ハヤカワ文庫JA

〈JA1313〉

グイン・サーガ⑭

翔けゆく風

五代ゆう
天狼プロダクション監修

早川書房

8124

THE WUTHERING WORLD
by
Yu Godai
under the supervision
of
Tenro Production
2018

カバーイラスト／丹野 忍

目次

本書は書き下ろし作品です。

光明栄光　きわみなき
ミロク尊者を　仰がなん
濁世乱世の　ちまたより
光の王の　み名のもと
地上楽土の　途たずね
人天の罪　みそなわし
慈悲なる願を　建てたまい
清き誓いぞ　守らなん

新ミロク教徒のためのミロク頌歌（一）

〔中原周辺図〕

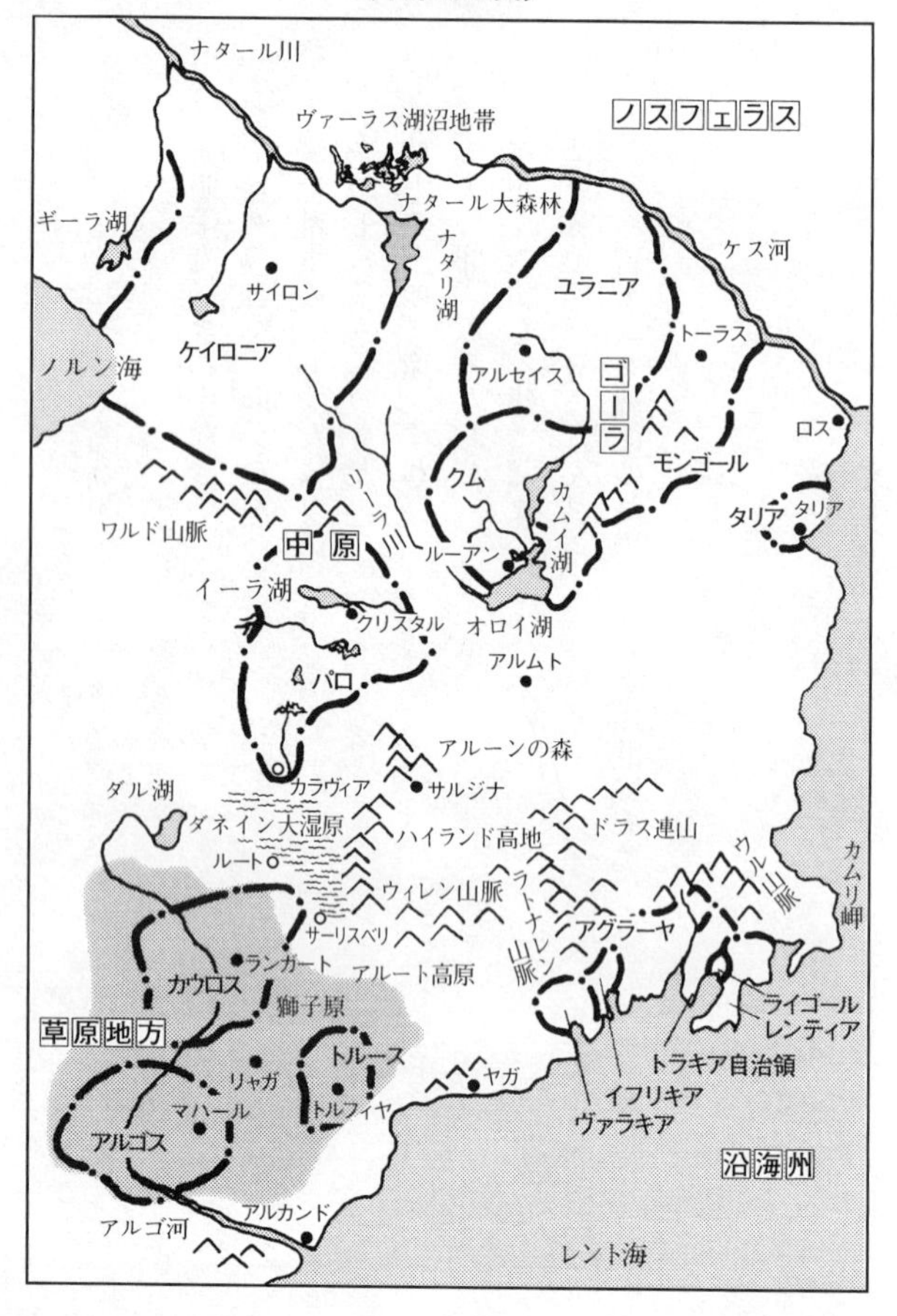
ナタール川
ヴァーラス湖沼地帯
ノスフェラス
ナタール大森林
ギーラ湖
ナタリ湖
ケス河
サイロン
ユラニア
ケイロニア
トーラス
ノルン海
アルセイス
ゴーラ
ロス
モンゴール
クム
リーラ川
カムイ湖
タリア
ワルド山脈
中原
ルーアン
イーラ湖
クリスタル
オロイ湖
アルムト
パロ
アルーンの森
ダル湖
カラヴィア
サルジナ
ダネイン大湿原
ドラス連山
ハイランド高地
ウル山脈
カムリ岬
ルート
ウィレン山脈
ラトナレン山脈
アグラーヤ
サーリスベリ
ランガート
アルート高原
カウロス
獅子原
ライゴール
レンティア
草原地方
トルース
トラキア自治領
リヤガ
ヤガ
イフリキア
マハール
トルフィヤ
ヴァラキア
アルゴス
沿海州
アルカンド
アルゴ河
レント海

〔パロ周辺図〕

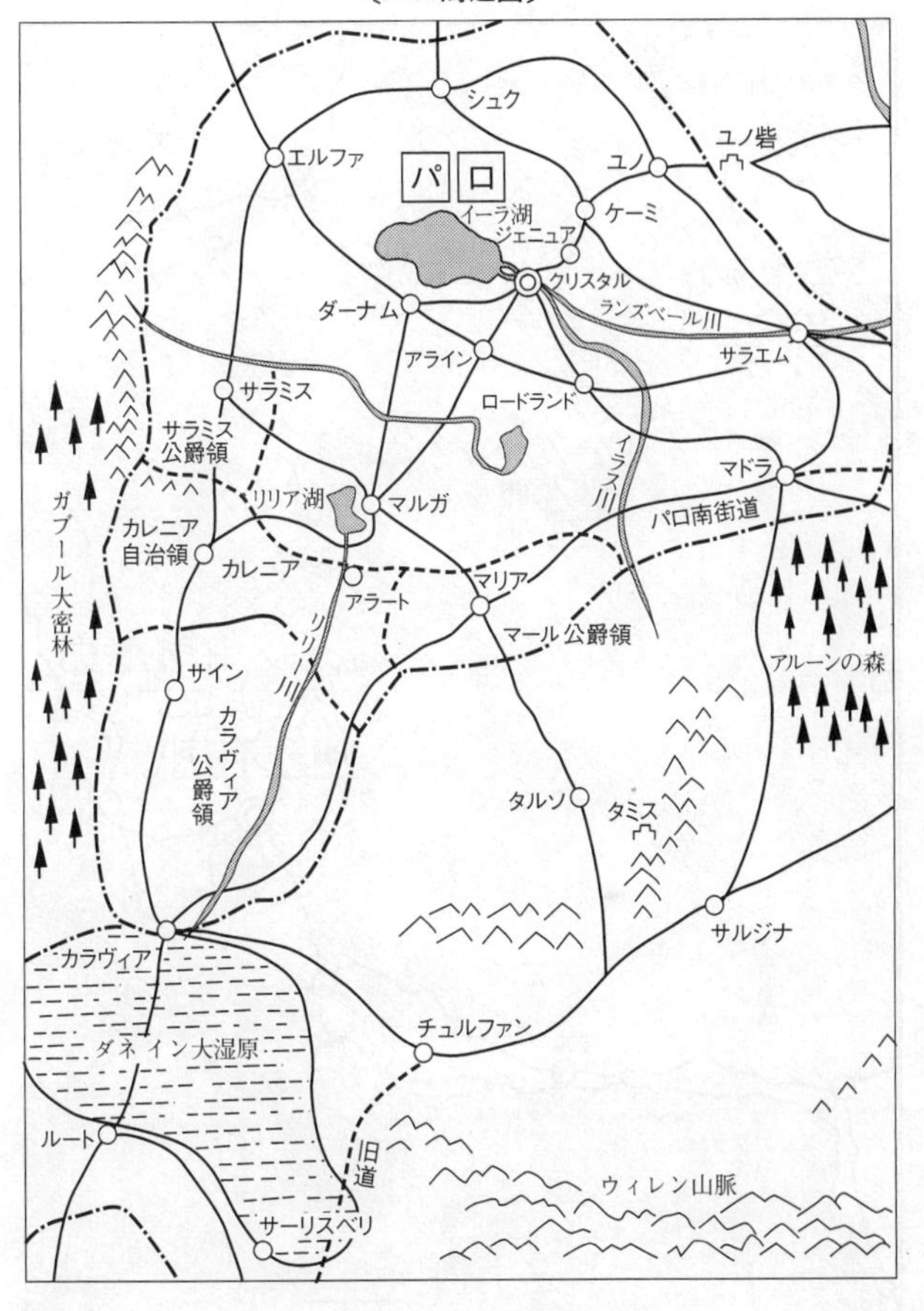
パロ
シュク
エルファ
ユノ砦
ユノ
ケーミ
イーラ湖
ジェニュア
クリスタル
ダーナム
ランズベール川
サラエム
アライン
ロードランド
サラミス
サラミス公爵領
イラス川
マドラ
リリア湖
マルガ
パロ南街道
ガブール大密林
カレニア自治領
カレニア
アラート
マリア
マール公爵領
リリア川
サイン
アルーンの森
カラヴィア公爵領
タルソ
タミス
サルジナ
カラヴィア
チュルファン
ダネイン大湿原
ルート
旧道
ウィレン山脈
サーリスベリ

〔草原地方 - 沿海州〕

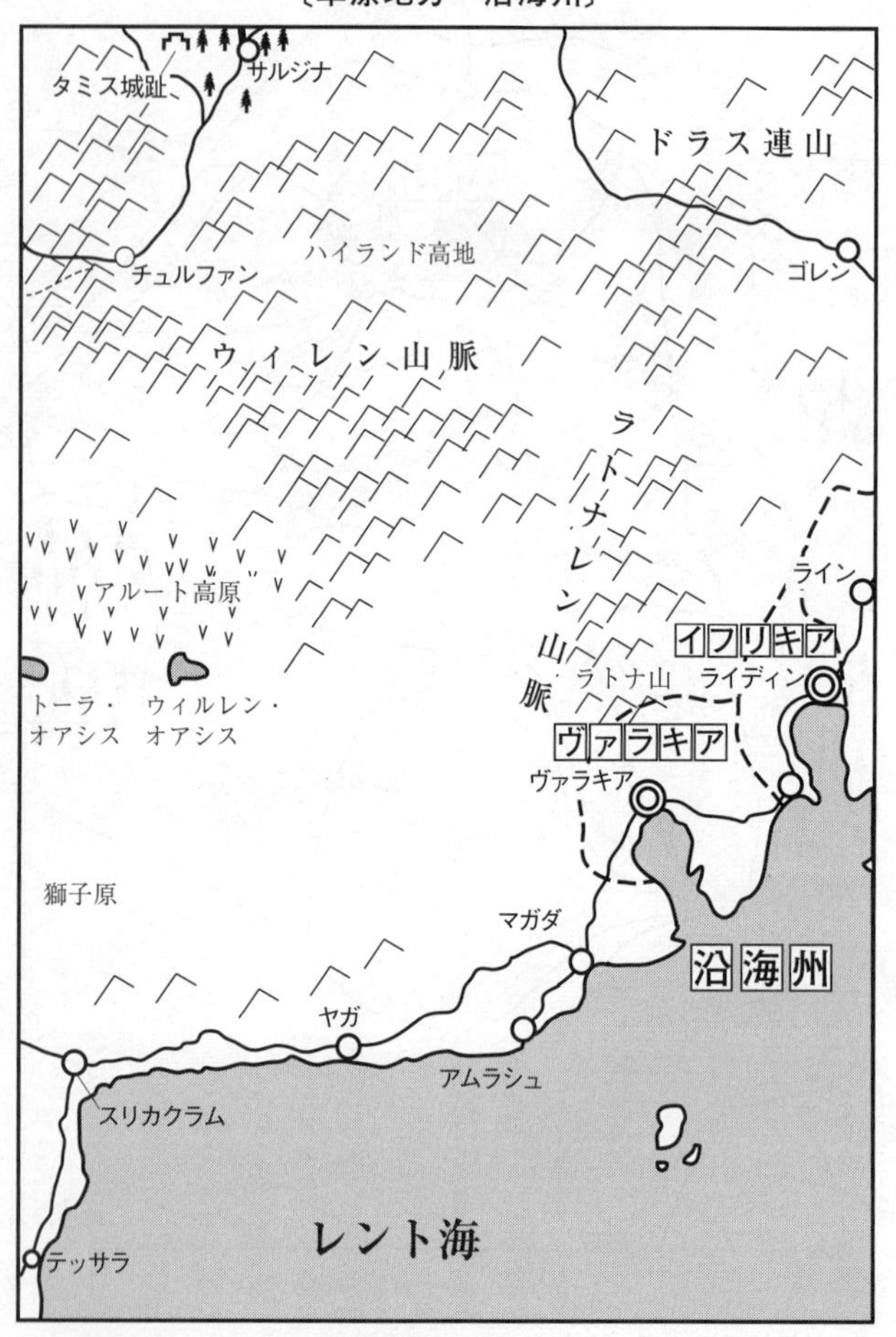

タミス城趾
サルジナ
ドラス連山
ハイランド高地
チュルファン
ゴレン
ウィレン山脈
ラトナレン山脈
ライン
イフリキア
ラトナ山
ライディン
アルート高原
トーラ・オアシス
ウィルレン・オアシス
ヴァラキア
ヴァラキア
獅子原
マガダ
沿海州
ヤガ
アムラシュ
スリカクラム
レント海
テッサラ

翔けゆく風

登場人物

ヴァレリウス……………………………パロの宰相

アッシャ………………………………パロの少女

アルミナ………………………………前パロ王妃

リッケルト……………………………ルヴォリ海洋伯

ジョナート……………………………ザカッロの太守

スカール………………………………アルゴスの黒太子

ザザ……………………………………黄昏の国の女王

イェライシャ…………………………白魔道師。〈ドールに追われる男〉

ブラン…………………………………ドライドン騎士団副団長

マルコ…………………………………ドライドン騎士団員

アストルフォ…………………………ドライドン騎士団員

ヨナ・ハンゼ…………………………パロ王立学問所の主任教授

フロリー………………………………アムネリスの元侍女

スーティ………………………………フロリーの息子

ソラ・ウィン…………………………ミロク教の僧侶

ヤモイ・シン…………………………ミロク教の僧侶

イグ＝ソッグ…………………………合成生物

ババヤガ………………………………ノスフェラスに住む魔道師

ヤロール………………………………ミロクの超越大師

ジャミーラ
ベイラー
イラーグ
}………………………〈ミロクの使徒〉

カン・レイゼンモンロン……………ミロクの大導師

第一話　風雲のヤガ（承前）

1

「ミロク――ご降臨……！」

大神殿前の広場は人間の渦に沸き立っていた。夢中になって振られる手が天空にさしのべられ、鉤型(かぎがた)に曲がった手がむっとする空気をひっかく。人々の顔は黄金とたいまつの光にあぶられ、ほとんど区別のつかないのっぺりした仮面に見えた。ぽっかり開いた口また口から、歓声がどろどろと天地を鳴りとよませて噴き上がる。

「ミロク！　ミロク！」

「ミロク！　ミロク！」

そのただ中で、金ずくめの衣装にくるまった超越大師ヤロールはつるりとした顔をいよいよ白く引きつらせ、両腕を広げてただ上空に目を据えていた。天の蹠(あしのうら)は悠揚(ゆうよう)せまらざる早さでゆるやかに降下を続け、人々の熱狂は際限なく高まっていった。どこからともなく妙なる音楽とえもいえぬ香りがただよってきた。真珠色の足とふくよかな足首は宝石の瓔珞に飾られており、降りてくるにつれてそれらの鳴る涼やかな音がますます群衆をあおり立てた。

両手を振り回していた老人がふいに動きを止め、胸を押さえてその場に崩れ落ちた。大人たちから前後左右に押しつけられて疲労困憊していた幼児がよろめいてうずくまり、膝をかかえたままじっと丸くなった。恋人らしい若い男と女の二人連れは、お互いのことなど忘れたかのように肘で突きのけあい、少しでもミロクの現身に近づこうと、血走った目でお互いをにらんだ。

黄金と水晶の階には四人の大師が居並び、雛僧たちがよってたかって目の前に広げる金襴錦で飾った経文を、それぞれにできるなりに堂々とした声で読み上げ、天からこぼれる光と音楽、散り舞うこの世のものならぬ虹色の蓮華の花弁に、よりいっそうの輝きを付け加えようとしていた。

「ミロク！　ああ、遂に！　遂に！」

「ミロクはこの世におわします……光の王よ、永遠の真理の体現者よ……」

「われらを救いたまえ、この争いと苦痛多き世界から、あなたの信仰者をお救いください……」

「ミロク！　ミロク！」

「ミロク！　ミロク！」

「もっと薬を焚くがよい」

　刻一刻と爆発点へ近づいていく熱狂を見守りつつ、蛇の目をした男は頭巾のかげからそっとかたわらの従者にささやいた。

「おそらくここまで来れば放っておいてもあの羊どもはわれらが意のままであろうが、芝居は派手な方がよいからな。黒蓮の粉をもう少し足して、紅蓮花の根をさらに増やせ。熱狂であ奴らの脳髄を焼き尽くすのだ。ミロクを疑おうという意識など、万に一つも芽生えたりせぬよう」

　伝えられた方も、いくらか小柄ではあったが相手と同じく、針の瞳孔と金紫の虹彩をそなえた爬虫類の目の持ち主だった。彼は小さくうなずくと一礼し、ほとんど動いたともみえぬのにスーッと後ろへすべって、幕の間に姿を消した。

　蛇の目をした大導師カン・レイゼンモンロンは、人間たちがくり広げている茶番劇に目を戻し、これまでのところはうまくいっているのを確認した。

　ここまでのところは万事うまくいっている。だがカン・レイゼンモンロンの胸中はやはり不安にじりじりしていた。侵入した間諜はいまだに見つかっておらず、探索に出した魔道師どもも間一髪というところで取り逃がしてばかりいる。なにより気になるのは、地下御堂から忽然と消えた聖僧ふたりのことだ。侵入した小動物が食らい尽くしたかどこかへ引きずっていったかだ、なにも問題はない、と自分に言いきかせはするものの、腹の底をかじる異様ないらだちは強まるばかりだ。

主ヤンダル・ゾッグの怒りに全身を打ち据えられた痛みはまだ残っている。肉体のみならず、彼ら異界の生き物の存在すべてを掌握する絶対的存在が、もし自分を無能とみなして切り離したら——口の中で舌がひとりでに裂け、シューッと鋭い音がもれる。

過酷な世界において、群を抜く強靭さとまたとない冷酷さで生き抜いてきた彼ら種族だったが、ヤンダル・ゾッグの存在は、そんな彼らでさえ残酷と恐怖の代名詞である。鱗ある一族はすでにヤンダル・ゾッグの一部として断ち切れぬ絆で縛られており、主体たる王に切り離されれば、ただそれだけで狂気と破滅が歯をむき出して飛びかかり、ばらばらに食い散らす。否、食い散らされるだけですめばよいが、あの主が、重大な拠点の一つとなるはずであったヤガ支配をしくじったものを、端に切り離して放置するだけですますとは思えない。彼ら冷たい漿液の生物であっても身のうちが氷と化すほど、恐ろしい処罰が待っているに違いないのだ——単なる消滅のほうがまだましであろうと思われる処分が。

カン・レイゼンモンロンは人間のように手をあげて額をぬぐい、ますます熱狂の度を高めていくヤガの民に視線を戻した。漂っていた香煙に、重くねっとりと甘い独特のにおいと、ぴりっと鼻孔を突き刺し狂乱をまねく異界の花のにおいを嗅ぎとり、彼は人間の仮面の上に、いささかひきつった笑みを浮かべた。

その笑みが一気に凍りついた。

「ヤガに集える善男善女よ、ミロクのはらからたる兄弟姉妹よ」

熱狂と奏楽が耳を聾するほどであったにもかかわらず、しわがれたその声は祈りを告げる梵鐘めいて人々の頭上に響きわたった。

叫び声が静まり、どよめきがところどころから立ちのぼった。狂熱にとらわれていたものはまだかなり上空のミロクに意識を向けて顔をほてらせていたが、それでも、足を踏みならすのはやめた。どこから聞こえてきたのかと、とまどい顔であたりを見回す。

階で読経していた四人の大師たちも同様にぎょっとし、きょろきょろしていたが、神殿内陣から静かに歩み出てきた痩せしぼんだ僧ふたりに、かぼそい悲鳴を上げて後ずさった。経文をかかげていた雛僧は巻物を持って膝をついたままの姿勢で目をぱちくりし、仲間同士で視線を取り交わしている。

「ミロクとは外の世界に認めることにあらず、ただおのれの心の内にある平穏の中にこそ真のミロクは立ち現れると知らぬか」

二人目の老僧が森厳な声で告げた。先に口を開いた僧が、もとはかなり太っていたと見えて、しわしわにしぼんだ今でもどことなく丸く、干した林檎を思わせる福相なのに対して、こちらは猿の木乃伊(ミイラ)をまた陰干ししてぼろをかぶせたような、いかにも峻厳(しゅんげん)な顔つきで、鋭い眼光を四方に投げている。

「わが弟子よ。ヤロールよ。そなたのことを気にかけてやれずにすまなんだの」

さきの福相の僧は首をかしげ、身じろぎもできず立ちすくんでいる超越大師ヤロールにむかって、親しげに手をさしのべた。ヤロールはただでさえ蒼白くこわばった顔から完全に血の気が失せ、つるりとした顔は仮面のようにつっぱっている。

「そなたは路傍にあって飢えて死にかけ、ミロクの慈悲もなにも知らぬままに輪廻の夢幻へ押し戻されようとしておった。せっかく人と生まれたに、またもやまことの智慧に縁なきまま迷妄の闇を巡るはいかにも不憫(ふびん)と、われらそなたを拾うてここヤガへ連れまいったが、そののちそなたを他人の手にあずけ、様子を見ることさえせなんだのは我らが手落ち、許してくれいよ。われら師僧のつとめとして、踏みいった錯誤の闇からそなたを救い出し、ふたたび正しきミロクの道に立ち戻らせんと、ここへまかりこした次第よ」

「うそだ――あなたがたは死んだ――死んだ――死んだはずだ」

ヤロールはじりじりとあとずさりながら呻いた。

「カン・レイゼンモンロンがそう言った。ヤモイ・シンとソラ・ウィンは地下御堂で往生を遂げたと。ここにいるはずがない。私の前になど現れるはずがない！」

「うむ。死んでおる方が気楽だったのは確かなのだが」

残念そうに福相の老僧は――ヤモイ・シンはため息をつき、しかしの、と続けて、

「ある男がやってきての、ヤガになにが起こっておるか、そしてわれらが手を触れた弟子がいかに虚妄の闇にまかれて身動きがとれなくなっておるかを言い立てて、わしとこのソラ・ウィンを安楽な瞑想から放りだしおったのよ。まあ不本意でないでもないが、わが弟子があやまてる教えに目をくらまされ、あまつさえそれをまことのミロクの教えに取って代わらせる手先に使われておるのは、さすがに不憫と思うでの」

――あれは、まさか――……と、ヤガに住んで長い住民を中心に、ひそひそと畏怖に満ちたざわめきが広がりはじめた。

――俺はあの御僧がたを見たことがある。ずいぶん痩せて、面変わりはしていらっしゃるが、あれは確かに僧正ヤモイ・シン様、ソラ・ウィン様――

――ヤモイ・シン様は失踪なされたのではなかったのか？

――中原をわたる遊行の旅に出られたと聞いたが――

――ソラ・ウィン様は地下御堂に下られたという話だぞ。なぜ、このような所に――

「ちがう、私はミロクそのお方の御意を得た」

ヤロールはなおも言い張った。

「ミロクは私に語りかけられ、地上天国を今こそ実現させるべく、民人を導く牧者たれ

と。蒙昧の闇に光をもたらし、痴愚のくびきにつながれた人々を救済せよと、私に」

「ミロクがおんみずから人に語りかけるなどということがあろうか」

　朗々としたソラ・ウィンの声がさえぎった。

「ミロクは生命の神髄にしてあらゆるものの魂のうちに存する光、いったいおのれ自身がおのれにむかって、汝は牧者たれ、人の上に立って金襴で身を飾り、剣と火をもってみずからの思想を地上におし広めよなどと語る愚があろうか。それは人なる魔、増上慢という煩悩のまどわしである。ミロクは平穏と清貧のうちにこそ感得する真の静寂と平和であり、他人に求めるものではなく、ましてや強制するようなことはミロクの教えにおいてもっとも外れた考えであるということは、初学の子供であっても知っている」

「ちがう、ちがう、ちがう！　ミロクは私に告げたのだ、私はミロクの代理人なのだ！」

　ヤロールは金切り声をあげてじだんだを踏み、ふるえる手をあげて老僧をさした。

「この二名を捕縛せよ。彼らは聖なる僧の名を騙る重罪人である！」

　壇上の大師たちは身を寄せあってがたがた震えている。幕のかげからカン・レイゼンモンロンが滑り出た。後ろには顔を深く包んだ一団の兵士を連れており、動揺している騎士を制して、ひたひたと僧たちに詰め寄る。

「これは、また」腹の上で手を組んで、ヤモイ・シンはのんびりと言った。

「ここにおるのもあの猪剣士どのと同様にせっかちな輩であるらしい。さて、どうするかの、ソラ・ウィンよ」

「いずれも心得違いばかりよ」ソラ・ウィンはしわだらけの顔をますますしかめている。

「あとでたっぷりと説教してやらねばなるまい。猪武者め、ヤロールを見つけたら知らせるなどと言って、まったく探してもおらなんだようである。けしからん」

　天空の音楽と散る花弁は息をひそめ、輝く白い臑ばかりが中空にかかって静止している。楽の音も荘厳な唱名（しょうみょう）もなくなると、黒雲の渦の中から真っ白な巨大な足だけがぶらさがっているという異様な光景に、群衆の中でも何人かの人々は理性を取り戻しはじめたようだった。ざわめきが次第に高まり、熱狂的に押し合っていた人々は、足もとに踏みつぶされた花や線香、小動物、それに放置されて死んだように倒れている幼児や年寄りを見つけて、狼狽（ろうばい）の叫びをあげてかがみ込んだ。

　そんな人々の肩を、何本もの手がのびてきてつかんだ。彼らはどれも身なりは一般のヤガ市民であったが、目つきが違っていた。奇妙にどろりとした視線で相手をのぞき込むと、正気に返りかけたものはふらりと視線を泳がせ、引き立てられるままに立ち上がった。拾おうとした香華（こうげ）や祈り紐を、倒れた子供や老人を離れて、引っ張られながらふらふらと人混みをかき分けていく。

「惑うな、人々よ、これはミロクの智慧を恐れる異端者の策謀である！」

後ろからこづかれた四人の大師のひとりが、震える声をふりしぼって怒鳴った。

「闇の力はミロクの天国がもたらされることを恐れてこのような奸計をめぐらすのである。僧の姿をいつわり、汝らの心に疑いを吹き込むことで、真の光がこの世にあまねく充ち満ちることを妨害し、汝らのものであるべき栄光と幸福を奪わんと欲する悪魔の所行である。このようなものの口車に乗ってはならぬ！」

「うむ、悪魔とな」ヤモイ・シンは子供めいて目を輝かせ、

「そういう名で呼ばれたことはなかったの。これは目先が変わってよい。拝まれるよりずっと楽しい」

「なかなか説教のしがいのあることになりそうだの」

自分たちをひしひしと取り囲む兵士たちを眺めて、ソラ・ウィンは目を光らせた。

「しかしこの者ども、どうやら人間ではなさそうだぞ、ヤモイ・シンよ」

「であるな。これはカン・レイゼンモンロンとやら、久しゅう。息災でなによりよ」

剣と槍のふすまに取り囲まれながら、ヤモイ・シンは旧友に向けるような笑顔をカン・レイゼンモンロンに与えた。兵士たちの後方で成りゆきを見守っていたカン・レイゼンモンロンはびくっと身をそらし、舌をシュッと鳴らした。

「せっかく気楽な休暇を与えてもろうたゆえ、心置きなく楽しんでおったのだが、やかましい男が地下までしゃしゃりでて来たうえに、ちと放ってはおけぬわが弟子の心得違

いを伝えてきたでの。その話をしに、迷惑ではあろうがここまでまかり出でた。わしの弟子を返してもらえんか。まだわしに大師たらなんたらいう話をするなら別だが、放っておいてもらえるのであれば、この騒ぎがおさまったのちに、おぬしにはいま一度ミロクの教えについて語りたい。できればおぬしの主とかいう、竜王ヤンダル・ゾッグどのにも」

ヤンダル・ゾッグの名が出たとたん、人の皮の後ろでカン・レイゼンモンロンの顔がはげしく引き攣（つ）れた。おろした面頬（めんぼお）の下に鱗のある肌をかくした兵士たちも、シューシューと息を漏らし、彼らなりのやり方で狼狽と恐怖をみせた。この世の言葉に翻訳されているとはいえ、彼らにとってほとんど物理的な威力を持つ竜王の名を、これほど無造作に口にされることは鼻先に火花を上げるたいまつを突きつけられるに似た衝撃なのだった。

「捕らえよ」

息を殺してカン・レイゼンモンロンは言った。たった今、この場でずたずたに引き裂いてやりたさに爪の付け根がうずいたが、さすがに、ほとんど全ヤガの住人が注目しているこの場を血に染めるのは危険な賭でありすぎる。ミロクの脚はまだ中空にかかっており、邪魔が入ったとしても、まだ挽回は効く。黒蓮の粉と影柳の葉、さらにいまだ人に知られてはいない秘密の薬物と呪文を投入すれば、なんとか――

四方からつき出された槍が老僧の渋紙色の肌を押さえようとしたとき、新たな光明がさっと走った。強烈な光に蛇兵士たちは眉庇に手を当てて後退した。ちんまりと立つ老僧を囲むようにして、黄金色の光の半球が、かすかにゆらめきながら輝いている。

「これはおぬしのしわざか、ヤモイ・シンよ」

「いやいや、まさか。こんな面倒くさそうなことがわしの仕事であってたまるものか」

ちらちら揺れる光の半球の中で、二人はそんな暢気な会話をかわしている。蛇兵士たちは武器を取り上げ、めったやたらに突きまくったが、半球はびくともせず、小さな光の粉を散らしただけで、攻撃を完璧に遮断した。カン・レイゼンモンロンは凍りついたように立ち、細くなった瞳孔に異界の憤怒を燃やしながら、シューシューと異音の混じる声で矢継ぎ早に命令を下したが、球はいっかな壊れる様子を見せなかった。

『御僧がた、お初にお目にかかる──といっても、姿はまだ見せられぬが』

球の中におだやかな老いた声が届いた。「うむ？」とヤモイ・シンは頭をあげ、興味津々といった顔で、

「どなたかの。この光は御身さまが？」

『さよう。われはイェライシャと申す。訳あってこの魔教のちまたに入り、剣士ブランとともに、ある重要人物を救いださんとしておる』

「かの猪どののお連れか」ソラ・ウィンはあまり面白くなさそうに、

「いらぬことをしてくださるものだ。われらミロクの徒、ミロクが下された運命であればいかなることも修行と心得ておる。この兵士の攻撃がミロクのしめされる運命であればどうしてくださるおつもりか」

さすがにイェライシャも苦笑したようだった。

『さ、それは、そうかもしれぬが、ここではわれが割って入ったことの方をミロクのおぼしめしと考えてくれぬかな。御僧がたとてそこの、ヤロールやらいうお弟子を救いもせずにおくのは本意ではあるまい。話は聞かせてもらっておった。御僧のおっしゃることはまことに正しいが、ここはさすがに場所が悪い。いったん退いて、わが連れであるブラン、それにわれらが探し人であるふたりの貴人と合流し、あらためて手立てを練るのも悪いことではあるまい。ここはひとつ、われと同道願えぬか』

「なるほど。あまり選べる道はなさそうではある」

ゆらめく金の光のむこうに、たじろいだ様子ながらも陣形を崩さずひしめいている蛇兵士たちをすかして、ヤモイ・シンは首をすくめた。

「それにヤロールの心得違いを放っておくこともできまい。ソラ・ウィンよ、ここはこの御仁のおことばに従って、いったん引っ込んだ方がよいのではないか」

「あれはどうするのだ」

ソラ・ウィンは背中に手を当て、まだ中空にぶらさがっている真珠色の巨大な脚を、渋い顔で見上げている。

「なにやらあれを、ミロクそのお方の現し身として人々に見せようとしておったようだぞ。どうにかせんといかんのではないか」

『そのことならば、われに任せていただこう』

とイェライシャが言うと、即座に、広場を埋める群衆から、これまでにない動揺と驚愕のどよめきが広がった。

「ああ！　ミロク！　ミロクが！」

騎士たちにかこまれてさがっていたヤロールが、護衛の手をふりはらって前面にまろび出てきた。

「ミロクが！……消える！　行ってしまわれる！　お待ちください、ミロクよ！　私、この超越大師ヤロールを、お見捨てにならないでください！」

白い蹠は端からほどけ、霧と雲のかけらになって空に解けていくところだった。はっきりと現じていた宝石と黄金の荘厳も白茶けて色を失い、ちぎれちぎれの筋雲になって、上空の風にまかれて散っていく。舞っていた花弁はなにやら虫の羽めいた気味の悪い物体になり、拾い集めて両手いっぱいにかかえていた人々は、ぶつぶつと斑点だらけのそれらをあわてて地面に投げ出した。ひらひら回りながらこの虫の羽もしだいに透明になって溶け去り、渦巻いていた黒雲はほどけて、星が姿を見せた。あっという間にいつもの夜空がヤガの上に戻り、細い月の光が地上を照らした。

なにが起こったのか、集まった人々はぽかんと口を開けてたがいを見交わし、いったい何故自分がここにいるのかと、今さらのようにいぶかった。〈兄弟姉妹の家〉に属する人々はどろんとした目のまま両手を下げ、つかんだ相手を解放した。解放された人々は痛む肩と腕を揉みながら、この人たちは何をするつもりでいたのだろうと、焦点の定まらぬその目を少々薄気味悪く思いながら、急いでその場を離れた。

破裂するような泣き声がした。神殿の段上で、黄金の衣装の中に小さくなったヤロールが、うち伏し、顔を覆って身も世もなく泣きわめいていた。おろおろと周囲を囲む四人の大師と騎士たちを、腕を打ち振って叩き、「あ奴らを殺せ！」とわめいた。

「あの者たちは私からミロクを引き離し、ミロクの代理人たる私の名誉を踏みにじった！　私を冒瀆（ぼうとく）することはミロクご自身を冒瀆することに他ならぬ、あ奴らを捕らえよ、首打て、火あぶりにせよ、即刻殺すのだ……！」

「うむ、これは、かなりな説教が必要になるの」

半球の内側で弟子の醜態を見ていたヤモイ・シンは、深刻な顔をして首を振った。

「ミロクが人を代理人として選ぶやら、ミロクの御心とおのれ一人の自負心を同一のものと見なすやら。大層なことをふっこまれておることよ。ソラ・ウィンよ、われら、もう少しあの哀れな子に意を尽くしてやるべきであったのう」

「心得違いはきびしく正すべきである。昔のことなど斟酌(しんしゃく)しても意味はない」

ソラ・ウィンはあくまで手厳しい。

「いやというても仕方がないようであるので従うが、イェライシャ殿とおっしゃるか、そなたも宗旨は違えある種の賢者であるとお見受けする。あの愚かな若者に対する智慧のしもとを打ち下ろすに、またの機会があるのは疑いないか。放置すればまた、あの若者は自らの迷妄に迷って、ヤガの人々に天国と称するはてなき迷いの道を示そうとするであろう。師僧として、弟子のそのような行為はとうてい看過できぬ」

『疑いはないとも。ヤガをかの魔教と、竜王ヤンダル・ゾッグの手から解放するのは、われにとっても、また中原全体の安定のためにも、重要なことなのだ』

金色の光の球は二人の老僧を包みこんだままふわりと床を離れた。カン・レイゼンモンロンとその一団があわてて追いすがるが、いかに槍をのばそうが矢を射かけようがまったく効果はなく、あっという間に光球は大神殿の屋根をこえて高い尖塔をかすめ、欠けた月の面を横切って、もう一つの新しい月となって人々を照らした。

『闇の司祭による暗黒教団の勢力をそぐも重要ではある、……が、その前に、この中原、この世界自体が異世界の存在に呑み込まれてしもうては元も子もない。竜王の力は増大しておる。放置すれば、ことによると世界間の均衡さえ崩すかもしれぬ。御僧がたにはご迷惑かもしれぬが、ヤガはぜひとも、われら人の手のうちにとどまってもらわねばならぬのだ』

「なにかようはわからぬ話だが」ヤモイ・シンは小手をかざして、高みから眺めるヤガの風景に眼を細めていた。「しばらく寝ていたあいだにずいぶんとまた様子がかわったのう。見違えるようだわい」

ヤロールの泣きわめく声はまだ響いていたが、見上げる人々の顔には変化が生じていた。異様な熱狂はすっかり消え去り、一人二人と、地面に伏して両手を合わせる老若男女が出てきた。乱れた服装のまま膝をつき、涙を浮かべて、昔ながらの素朴なミロクの経文を朗唱する。祈り紐も花も線香もないが、涙と祈りだけを供物にささげて伏し拝む姿は、ヤガでは長い間忘れられていたものだった。

騎士たちの中にも、居心地が悪そうに視線を見交わし、飛んでいく金色の球体にむかって、そっと彼らなりの祈禱の印をきるものがいた。半数以上がミロク教徒ではなく、よその国から雇われてきた傭兵だったが、内部に枯れきった僧二人を包んで飛ぶ黄金の球体は、ひかえめながら彼らにも、畏怖めいたものを呼び起こしたのである。

カン・レイゼンモンロンは微動だにせず飛び去る老僧をにらみつけていた。人間の仮面はひきつってしわが寄り、口のはしからごまかしきれない牙がはみ出て、紫色の漿液を垂らしていた。指先を破ってのびたかぎ爪が鱗の肌を貫いて食い込んでいる。金と紫に変わった爬虫類の目は、下されるであろう竜王の勘気と非難を目前にして、狂おしく上下左右に細動していた。

2

「ああ、やっと……やっと、やっと、やっと！」

ジャミーラはその場で踊り出さんばかりだった。敵と向かい合っていることすら忘れ果てたように、恍惚とした顔を仰向け、広げた両腕を震わせている。

「ミロクが到来される！　地上の楽土がやってくる……ミロクの光があたしたちを救ってくれる、智慧と平和の王国が、すべての望みの叶う理想郷……こんな腐った世間を焼き尽くして、本当の世界を到来させるお方……ああ、ああ、ああ」

魔女の黒い頬に涙が筋を引くのを見て、ブランは心底驚愕した。この女に流すべき涙があるなどとは、これまで思いもしていなかったのだ。

だがそこで、イグ＝ソッグの身体を借りていたときに目にした、この女の魂の底に眠る最大の願いを思い出した。子供を抱き、平凡な母親として静かに生きる女は、眼前にみだらな肢体をさらしている魔女とは似ても似つかないが、この記憶にはブランもわずかな憐憫（れんびん）を感じた。

しかしそんな気持ちもさしせまった危機にじき吹き飛ばされた。『剣士よ！』ブランの気のゆるみを感じ取ったのか、頭上に浮遊するイグ＝ソッグが金切り声をあげた。『ぼうっとするでない！　敵中であるぞ！』

はっとしてブランは剣をかまえなおし、フロリーの肩をおさえてしっかりと背中側へ押し込んだ。

「ミロクがご当来されると聞こえました」

フロリーもミロク教徒として、今の言葉は無視できなかったらしい。もじもじして心配そうにブランに身を寄せ、

「どういうことなのでございます、ブラン様。ミロクは輪廻の繰り返しのはてに確かに当来されるはずですが、このような時期、このような場所に、出現されるなどとはわたしには思えません。よこしまな人々に支配された今のヤガで、そんなことがあってよいものでしょうか」

「わからん。だが、〈新しきミロク〉の堕落したくそ坊主どもが、あなたを捕らえさせた張本人のカン・レイゼンモンロンなる竜王の手先に手玉に取られているのは確実だ」

ブランは強い口調で言って聞かせ、同時に自分をも強くいましめた。相手がどういう過去と望みを持っていようと、〈新しきミロク〉に取り込まれている時点で、同情などしている余地はない。奴らは邪教の走狗（そうく）であり、ひいてはキタイの竜王の手先だ。一瞬

でも気を許せば、毒蛇の牙がたちまち喉笛に食らいついてくる。

周囲はババヤガによる大地の加護で分厚い植物の壁におおわれ、ひっきりなしにうねくる蔓植物やとげだらけの樹木がぎっしりと生きた城壁を作っているが、同時にこれはブランの自由な動きをはばむ壁でもある。植物の熱く蒸れたにおいをくぐり抜けて、蛇人間どもの、妙に青臭くてなまぐさい、沼の臭気に似た体臭がにおってくる。

その蛇兵士どもはといえば、不思議にもばったり動きを止めていた。ジャミーラの叫びがこの場を一時凍結においたようでもあり、蛇どもは鱗のある手に握った武器もそのままに、やはり地上へと光る目を向けている。

そして三魔道師ともども、獲物の気配をかぎつけた肉食獣めいた熱心さで、天井のはての地上を見上げている。ブランもちらりと上を見上げ、とたん、理由は知らず、不快な蟲が背筋を這ったかのような、おぞましい感覚にとらわれた。

（なんということだ。こんな感じのするものが、聖者の到来であってたまるものか！）

「こうしてはおられぬ、地上に出て、一刻も早くミロクを拝まねば」

ベイラーが前に出た。夢をさまように似た目つきで、額の石の目もせわしない動きをやめ、ぴたりと天井の向こうを見上げて静止している。

「ミロク到来に尽力したわが身なれば、たちまち利益（りやく）この身に備わり、くだらぬ塵芥（ちりあくた）どもはみなこの前に倒れるのだ」

そう言うとたちまちぼんやりと姿をかすませ、どこへかと転移をはかりかけたが、走ったすさまじい稲妻にうたれて途中で落下した。

「たわ事を抜かすでないわ、ドールのしっぽにぶらさがった破廉恥漢が」

イラーグが醜貌をゆがめて冷笑していた。

「うぬらごとき役立たずではなく、ミロクはわれイラーグ、色狂いの蛙巫女でも、ちっぽけな魔神の下働きでもなく、この偉大にして有能なイラーグ様こそを愛してくださるのだ。のけ、のけ、イラーグ様がミロクの御前に参内するのを邪魔する奴は、七層の地獄の底から呼び出した食屍鬼どもにすっかり片づけさせるぞよ」

ジャミーラが眉を逆立てた。「なまいきな！」

「どぶ溝に沈んでおった小汚い蝦蟇の化け物が、大きな口を――」

ベイラーも悪意のしたたる声で呟き、手を伸ばした。一同を残してさっさと早口の呪文を唱え、みるまに虚空へ透けていこうとしていたイラーグは、朋輩二人がいっしょくたに放った魔道にからめとられ、もんどりうって床に転がった。壁際に倒れていた水瓶の水たまりに顔をつっこんで呻吟しているところへ、ベイラーとジャミーラの嘲笑が降り注いだ。水のしたたる顔を拭いながら、イラーグは憎悪にもえる目で仲間を見た。

「この蝦蟇女めが――腐れ司祭のいやったらしい気取り屋が――」

「蝦蟇女だって？　そいつはおまえのおふくろのことで、あたしじゃないよ」

ジャミーラは高らかに笑い、すばやく身を翻そうとしたが、これもまたベイラーとイラーグが相次いで放った魔道の網に足をとられてよろめいた。ジャミーラが熱帯の粗野な言葉でひどい罵りを吐き散らした。

ベイラーは顔をしかめて「下品な女の下品な振る舞いには耐えられんな」と呟いてこれもすばやく姿を消そうとしたが、怒り狂ったジャミーラの髪がどっと逆立ち、舞い上がろうとしたベイラーの胴体をぎりりと締め付けた。イラーグはキャナリスの盗賊たちが使う隠語でもって脅すように吠え、それらはたちまち黒い蜘蛛の大群となってベイラーに迫った。

ベイラーは顔をしかめると、身をゆすってジャミーラの戒めからあっさり逃れ出て、蜘蛛の大群にむかってふっと息を吐きかけた。蜘蛛どもはその場で石炭の燃え殻になって火花を散らし、放った当のイラーグの腫れ物だらけの顔に飛びついて肉を焦がした。

「糞ども！　おまえたちはみんな糞だよ！」

長い黒髪を四方八方に乱れ飛ばして、ジャミーラは地団太を踏んだ。

「おまえたちはあたしが怖いんだ。あたしがミロク様に愛されて、ほんとの地上天国に迎えられるのが怖いんだろ！」

「怖くなどあるものか、貴様ごとき淫売がミロクの清浄なる御国に迎え入れられることなど、万に一つもないのだから」

ベイラーが鼻を鳴らした。そばからイラーグが、「やかましい、うぬども屑は屑どうしで仲良くしておれ」とわめきたてた。

「見ておれ、このイラーグこそが、真にミロクの使徒として仕える資格を持つのだ。醜きもの、汚きもの、虐げられたものを愛されるミロクが、この俺のごとき哀れな人間を見過ごしにされるはずがない。うぬらのように我欲に食われた思い上がったやからとは違うのだ。黙って控えておれ、そして、この俺がミロク様のかたわらで、栄光に光り輝くのを指をくわえて眺めておれい」

三人の魔道師はぱっと散ると、それぞれに魔道を放つ仕草で身構えた。三者三様の姿ではあったがどの顔も悪意と憤怒にどす黒くなり、もとから黒いジャミーラの顔は、熟れすぎた黒李（くろすもも）のごとく膨れ上がって白目が血走り、牙のようにむきだされた歯がぎらついて、見るもおそろしい顔つきになっていた。

三人がたがいの隙をねらってぐるぐる歩き始めたとき、その真ん中に緑色の炎がどっと立ちのぼった。三人はあやうく飛び退き、不意をつかれた顔で振り向いた。ババヤガが白い杖を振り回して憤然としていた。

『このわしを横において、仲間割れとはいい度胸よ』

またもやの侮辱に、ババヤガの声はかえって静かだった。だがその底にうねる怒りの強さ根深さは、ブランにとっては背筋を粟立たせるに十分すぎた。ババヤガは杖をあげて、まっすぐ三魔道師をさした。

『なにがミロクか知らぬが、うぬらはババヤガの怒りの前にいるということを忘れるでないわ。われババヤガにかかせた恥をたっぷりと返すまで、この場を逃がすものではないわい』

「おだまり、堆肥（たいひ）お化け」

　ジャミーラがぴしゃりと決めつけた。

「あたしたちの邪魔はさせないよ。あんたみたいな糞の山は、ミロクの御代では存在のもともとから吹き散らされて、砂粒一つだって残らないんだ。まあ黙ってお待ち、すぐに、ミロク様のご審判がその身に下るんだから——」

『いや、わしの審判がそちらの身に下るが先よ』

　ババヤガの洞穴めいた口が開き、異様な響きの呪文がこぼれた。つきだした杖が純白に光り輝いたかと思うと、白光はたちまちフロリーの汚れた獄舎をみたし、爆発的ないきおいで天井から壁から床から、おびただしい植物が芽を吹き出した。

　ババヤガがまっすぐ三魔道師をさすと、植物は一体になって波打ち、さされた相手にむかって一直線に生きた槍衾（やりぶすま）となって突進した。魔道師たちは手に手に印を結び、それぞれの呪文で対抗した。木々は枯れ、青草はしぼみ、花と葉は散った火花にまつわりつかれて黒焦げになって落ちた。

しかしババヤガの力はとまらなかった。枯れても燃えても植物は際限なく伸び、渦を巻いて上下左右、前から後ろから斜めから敵に襲いかかり、しなる枝の鞭で叩き、鋭いとげで突き刺し、毒のある花粉と樹液を吹きかけ、強靱な蔦の縄でからめとろうとする。

荒れ狂う緑の台風の中心でババヤガは不動の岩めいて杖を手にじっと腰を下ろしていたが、黒い双眸（そうぼう）は太古の怒りに燃えさかり、叫びながら古き大地の魔道にあらがう三魔道師を見据えていた。

蛇兵士たちもまたこの怒りの渦に巻き込まれ、半数以上が逃げる間も与えられないままあちこちから伸びた枝の槍に貫かれ、鋭い縁をもつ強靱な葉の剣に切り裂かれて、漿液の池に倒れ伏していた。

ブランとフロリーを囲む緑の壁もまた、ババヤガの指揮のもと猛烈にうねって攻撃を繰り返す。隙間から見える凄惨な光景に、慣れないフロリーは青ざめて口を押さえ、ブランはなんとか彼女の目から異界の闘争を隠そうと、しっかりと彼女の身体に手を回して、ほとんど意味をなさぬ慰めの言葉を耳もとで呟いた。

「ババヤガ、ババヤガ！」

耐えかねてブランは叫んだ。

「そ奴らを痛めつけるのはあとにして、とにかく、ここから脱出させてくれ！　フロリー殿はこのような体験に慣れておられんのだ、せっかく元気になっても、こんなことの真ん中にいてはまた弱ってしまわれる」

『聞こえておらんな、あれは』

　イグ＝ソッグがブランの肩に降りてきて、あきれたように囁（ささや）いた。

『ノスフェラスの岩は原始の怒りを抱くものでもある。一度感情を爆発させれば収めるのは並大抵のことではない。言ったであろう、剣士よ、ババヤガは強力な魔道師ではあるが、その体内にノスフェラスの性を宿している以上、きわめて扱いにくく制御のきかない部分がある』

「そんなのんきなことを言っている場合か！　フロリー殿――」

「わたしは……大丈夫です」

　フロリーはかぼそく言ったが、頬のあたりが白くなり、いったん消えていた目の下のくまがまたうっすらと現れはじめている。ちょうどその時、ベイラーかイラーグの放った炎が音をたててすぐそばを通り過ぎ、フロリーは小さな悲鳴を上げてうつ伏せた。ブランはますます焦った。

「おい、ババヤガ！　ババヤガというのに、おい！　ちょっとこっちを向いてくれ、後生だから！　おい、ババヤガ、ババヤガよ！」

　やはり返事はない。かわりに地響きがしてぐらぐらと床が揺れ、土間が隆起した。見るまに石筍（せきじゅん）の太い針がどっと床から壁から突きだし、空中を飛んで魔道師たちにむかった。

　ベイラーが石の目をぎらりと光らせると数本の石筍はぼろぼろ崩れて砂になったが、ほとんどの石槍は三人の胸といわず腹といわず突き刺さり、額を貫いてその場に打ち倒した。ジャミーラの右目から妙な角のように石が突きだし、血が涙のようにゆっくり滴って流れる。黒い魔女はいったんふらついたが、倒れた姿勢からつり上げられるように首だけを持ち上げ、ぞっとする目つきでババヤガをうかがった。

「よくも、やっておくれだねえ――」

たちまちその肉体は闇のうちに沈み、黒人女の目鼻立ちを浮かべた暗黒そのものとなった。傷つけられた目からそれだけが赤い血がどくどく流れている。怪鳥めいた叫び声をあげ、ぬっと顔が近づいてくると、うごめく暗黒の中からてらてら光る赤い目の黒蛇が湧いた。

　蛇は植物と岩をかいくぐってババヤガに迫り、大地の魔道師をぎりぎりと絞り上げて毒をしたたらす牙をむく。ババヤガもまた大地の轟きに似た叫び声で応えると、身体に生えた茸の極彩色の胞子を破裂させた。蛇兵士のなまぐさい臭気とむっとする青臭さと泥の臭いに、鼻を突き刺す胞子の異臭が加わり、ブランでさえも咳こんだ。フロリーは呼吸すらままならないようすで、両手で口を覆い、あえぐように肩を上下させている。

ベイラーとイラーグも身体に刺さった石槍をふるい落とし、けんのんな色を顔面に燃やして立ち上がろうとしている――

　頭上からばらばら降ってきた何かからフロリーをかばおうと身を折ったとき、ブランの額がずきりと痛んだ。ブランは瞬き、身震いした。視界が陰り、肘を見えない手が捕らえた。また何か異常な力が自分をつかもうとしているのかとぞっとしたが、恐怖は、『老師！』というイグ＝ソッグの喜ばしげな叫び声に吹き消された。

『老師！　ご無事であられましたか？　ご覧くだされ、イグ＝ソッグはお言いつけを果たしましたぞ！』

　ぐいっと身体が後方に引っ張られ、宙に浮かんだ。緑におおわれた天井と入り乱れる魔道師たちの歯をむき出した顔が幽霊めいて漂ったがそれも蠟燭のように消え去り、ブランはフロリーを抱きかかえたまま、ぼんやりと明るい空間にいた。

　星空が足の下にあり、大地が頭の上に広がっていた。頭上の大地には星のごとく家々の灯が瞬いていると見えたが、それは速やかに溶け去り、大きなかがり火が地上に燃えた。それは広壮な大神殿のかたちをとっており、銅張りの丸屋根と尖塔をおびただしく天に突き立てていた。蟻に似た小さな人影が行き来し、その中に、ブランは二重にかすむ存在を見分けた。一見は人間に似ているのだが、その実は青や緑に光る鱗におおわれたとがった頭を持ち、耳がなく、しゃべると二股にわかれた舌がしゅうしゅうと音を立てる異界の輩だ。そういったものどもが人間に入り交じり、建てられていく大神殿の中に彼ら独自の技術と魔道を仕込みつつある。

仰天して警告の叫びを投げようとしたところでまた大地が震えた。大神殿は完成し、土と石の地味な都市の中心に、火の花となって咲いていた。香煙が薫り高い蜜となってただよい、外からやってきた巡礼たちを甘い手で誘った。

純朴で疑うことを知らないミロクの民たちは、優しい声で差し出される毒をそれと知らず受け取り、知らずに罠に堕ちていった。疑うことを知らない心はたやすく曲げられ、おだやかな信念は異様な形にねじ曲げられて、人の皮の下に潜む異界の力にひしがれた。以前からの住民はしだいに人の増えていく聖都について多少奇妙な感じを抱きはしたが、ミロクの名が広まり、強い教えが縁なき衆生(しゅじょう)を招き寄せたとあれば、怪しむほどのことではないと思った。

都市は発展し、ふくらんでいった。それまでの石と土の素朴な住居はしだいに建て替えられ、質素でも暖かみのあった町家は、無表情かつ無機質な、四角い〈兄弟姉妹の家〉にとってかわられていった。なめらかな舌と笑顔をもつ選ばれた信徒たちが運営にあたっていた。彼らの心臓には昏い火が燃え、瞳の奥には異様な金紫のひらめきが宿っていた……

今ではブランもそれが、かつて質朴な都であったヤガ、かつて聖者の智慧があがめられていた聖なる都市の過去だとわかっていた。平和と瞑想の都市がしだいに物狂おしい熱狂と、本来のミロクの思想とはかけはなれた思い上がりに塗り替えられていった。それこそがミロクの教義の追い払おうとしている煩悩に他ならないのだが、人の間に紛れた鱗あるものたちは、自分たちの舌先で書き換えられていく人間たちの心を眺めてほくそ笑むばかりだった。

すずしい星の都だったヤガは、今や重く膨らんだ熟れきった果実としてブランの眼前につり下がっていた。指でつつけばたちまち破裂して、血に似た真紅の果汁をほとばしらせるであろうそれは、中心に燃えさかる異界の火をやどして不吉に輝いていた。集められた人々の魂と血液を吸い上げて、異界の大神殿は張りひろげた網の中心にのうのうとのさばりかえっている。はじめつつましげに目を伏せて甘い香煙をまき散らしていた神殿は、完全に花開き、奥に隠していた毒のしたたる蕚（うてな）をあきらかにしていた。ブランの目にそれは、大地をうがつ傷口から鎌首をもたげた、巨大な大蛇の頭に見えた。長大な身体をひきずり、ささげられた人々の心と精気の上にとぐろを巻いて、針の瞳孔を地上に向け、次に飛びかかるのはどやつにしようかと、爬虫類の冷血な知性で考えている

……

ブランは何もかも忘れた。夢中で腰をさぐって剣をつかみ、この不浄な生き物に対しておどりかかろうとした。しかし、剣が鞘走るが早いか、都市にうずくまる毒蛇の姿はかき消え、両足で床を踏んで立っていることに気づいた。ブランは剣を垂らして、啞然

としてあたりを見回した。

「騎士よ」静かな声がした。「どうにもそなた、剣に訴えるくせが抜けぬようだの」

ブランはあわてて身をよじった。巡礼の衣の胸に白い髭を長く垂らした、水鳥のように痩せた翁（おきな）が端然と立っていた。

「老師イェライシャ……！」

3

しばらくの間、ブランは喜ぶべきか怒るべきか判断がつけられなかった。あれだけの危難と事件に翻弄され尽くしたあとで、まるでつい先ほど別れたばかりとでもいうようにおっとりとした顔でいる大魔道師に対して言ってやりたいことは山とあったはずなのだが、いざ目の前に据えてみると、喉がつまったようになってなかなか言葉にならないのだった。

足もとで動くものがあり、目をやると、イグ＝ソッグの光球が魔道師の膝のあたりを興奮気味に飛び回り、なにか古代の言語らしき耳障りな音をぶんぶんと立てている。イェライシャは慈父の顔つきでそちらに顔を傾け、魔道生物の従者のおしゃべりを聞いてやっているらしい。またブランは憤然となった。俺ではなく、あのちびすけの蛍の話を先に聞くとは、どういうことだ。

おかしなことに、これが誰やら害意のある魔道師のつむいだ幻影で、真実のイェライシャではないのではないかという疑念を払拭（ふっしょく）したのは、このしゃべり散らす蛍火にまつわりつかれながら微笑している老人の顔だった。かたわらで、フロリーが身をすくめて肩を抱き、あたりを見回している。つい今までまわりを荒れ狂っていた魔道師どもの姿はない。ぴりぴり痛む額をこすると、まだ目に残っていた幻影の残りが落ちた。ぼんやりと浮かびあがってきた細部は実に絢爛たるもので、若い貴人の住まいにふさわしい豪華に飾りつけられた室内は、ブランが悪徳商人の妾の館で見たようなたぐいの品物に満ちていた。

「フロリー様！　ブラン様！」

胸が轟いた。フロリーがはっと息を吸う音をたて、一歩前に出た。重なり合う幕がずれ、痩せた黒髪の青年が、よろめく足取りで進み出てきた。

「ヨナ殿！」

しばらくはほとんど何も考えることはできなかった。ブランはようやく見いだした貴人の肩をしっかりとつかみ、幻影ではないことを何度も確認した。触れた指先には確かにしっかりとした骨と筋肉の感触があった。フロリーはただただ泣き崩れ、喜びのあまりに口さえきけないでいた。ひとしきり、慰めと確認、その他声にならぬ再会と安堵のやりとりをかわすうちに、ようやく、イグ＝ソッグをつれたイェライシャが、悠揚せまらぬ態度で近づいてきた。

「老師」ヨナとフロリーを両腕にかき抱いて、ブランはやはりどのような顔をしてよいかわからずにいた。

「ヨナ殿を見つけてくださったか。俺たちをあの魔道師どもの争いの中から引っぱり出したのも、老師のお力か。あの三人の魔道師はどうなった。ババヤガは」

「どうやら隠れておられるような事態ではなくなったのでの」

イェライシャは顎をあげて天井をすかすようにした。

「ブランよ、そなたが地下で何と相対しておったかはこのイグ＝ソッグから聞いた。われも見知りの、サイロンの上空に集うた魔道師が以前の争いを再燃させておるとな。そなたのなしたことはヤガに潜む魔王の手先をつき動かし、性急な行動へと駆り立てたのだ。われはもはや一刻の猶予もならぬとみて、これまでの用心を捨てて打って出る覚悟を固めたが、幸いなことに思わぬ合力があった」

「合力？」

「ここはヨナ殿の監禁されておった部屋であるが、微妙に空間をずらして、われら以外には見いだすことのできぬ位相となっておる」

ブランの問いかけには答えず、イェライシャはぐるりと手を回して周囲を指し示した。

「完全に空間を移動するのはまだ危険すぎるでな。元々の部屋と重なってはおるが、われが調整したもの以外は、足を踏み入れたところでわれらを見いだすことも、触れることもできぬ。仮にとっていた身体はおとりに置いてきた。われがいることは感知されたが、本体を捕捉されるまでには至っておらぬ」

イェライシャが手をあげると、ぼんやりと空中に光る輪ができた。ブランが覗いてみると、そのむこうに、怒り狂ったカン・レイゼンモンロンの顔がいきなり現れ、ぎょっとしてのけぞった。あわてて反対側を覗いてみるが、大導師のいるはずの空間はからで、声も聞こえない。輪の内部にだけ鏡のように、造作はまったく同じ室内の光景が映っていて、そこでカン・レイゼンモンロンがかんしゃくを起こした子供のように枕や椅子を投げ飛ばし、贅を尽くした馳走ののった卓を蹴倒して、汁や酒精をまき散らしている。

またさらに映像が切り替わると、市内のとある家の裏庭が見えた。痩せた老人が裏口の階段に腰掛けて目を閉じていると、そこへ、槍をつらねた兵士の一団がなだれ込んでくる。妙に統制のとれた動きをするそいつらはよってたかって老人をつかまえ、からめとろうとするが、その手が触れた瞬間、老人の身体は光の粒となって消え失せ、からっぽになった巡礼の衣がくたくたと崩れ落ちる。とまどっている兵士たちの指先でからっぽになった巡礼の衣が白い炎をあげて消える。指を灼かれた兵士たちはシューシューと舌を鳴らし、灼けた指をかばう——人ならぬ鉤爪をそなえた鱗の指を。

さらに映像が変わり、ヤガの市中とおぼしき光景になった。ブランがまぼろしで見た橙色の火にあぶられた熱狂は、いつのまにか溶け落ちて奇妙な虚脱に取って代わられていた。道にひしめき合う群衆はとまどった顔で視線を交わし、なぜこんなところにいるのか理解できぬようすで、自分の乱れたなりや、裸足の足や、手にしたままの折れた線香や潰れた花などに目を落としていた。

あかあかと照らされた大神殿には少数の僧が残っているだけで、それも何をしてよいのかわからぬていでただ衣を乱して右往左往している。放置された花と飾りがきらめくのも、人気もない壇上では何やらそらぞらしい。大師および超越大師は内陣にこもってしまった。鎧を光らせた騎士が忙しく出入りし、尖った雰囲気がただよう大神殿から、徐々に人波は離れようとしていた。家々から焦げた食物の臭いがただよい、ひしめく人々のすっぱい体臭が路地に充満して、清潔で整然としたヤガの日常にはあるまじき、乱れた空気をつくる。踏みつぶされた花弁とごみが残るばかりの、不発におわった情事のあとのような、妙にしらけた眺めだった。

「合力というのは、ババヤガのことか。ここにおらぬようだが」

「ババヤガはさすがに巨大すぎて、ともに転移させるには危険すぎたために置いてきた」

残念そうにイェライシャは首を振った。

「落ちついておれば得がたい力であり、われも知らぬ古きノスフェラスの化身とはぜひ言葉を交わしたいことでもあるが、憤怒にとらわれておってはさすがに危険。うかとすればこの空間の均衡を崩してしまわぬものでもない。とりあえずは三魔道師の目くらましにもなろうと、こたびは手を触れずにおいた。機会があればあらためて挨拶しよう」

確かにあの怒りにとらわれたババヤガはあまり身近に置きたい存在ではない。平静なときはさほど害のない相手ではあるようだが、なにせ人間離れしていすぎて、気持ちを測ることもうまく対話することもむずかしいとあっては、イェライシャの判断もやむなしだろう。魔道師の争いの中にいきなり取り残してきたのは多少後ろめたくもないが、ババヤガ自身ブランやフロリーの存在を忘れていたような節もある。いずれにせよ、あの程度の戦いであっさりやられるほどの玉でもあるまいと、ブランは額をさすりながら、黒玉の目をした太古の魔道師を想った。

「さよう――ブランよ、かの魔道師ども、何か歓喜するか、待ち望むような態度であったのではないかな？」

「そういえば、あの黒い魔女……」ブランは口に指をあてた。「ジャミーラというあの女。『やっと！』と口にして……ミロク到来と唱え……涙を流して歓喜していた……まさか、老師」慄然としてイェライシャを見つめる。

「竜王はヤガ全体をだまくらかそうと試みたのか？　ミロク降臨……以前、市中にいたときに何度か耳にしたが、ミロク大祭とかいうものが近いと囁かれていた。それがどんなものかはいくら聞いても判然とせず、ただありがたいものだという噂しか知ることができなかったが、まさか」

「その、まさかだ」

老いたる大魔道師は森厳たるおももちで腰をおろした。どこにも座るような場所は見えなかったが、イェライシャは特に気にする様子もなく空中に腰掛けた姿勢でいる。

「ここへ引き寄せられる最中、そなたはさだめしヤガのまぼろしを見たであろう。あれはババヤガの大地の霊力によって呼び覚まされた、この土地の嘆きの記憶よ。本来は清い地脈によって祝福された地が、異界の黒い魔力の侵攻によってことごとく穢しつくされたこと、ほかの何よりもこのヤガ自体が嘆いておる。大神殿は古きヤガの地にうちこまれた呪いのくさび、本来ならばもっと力をため、満を持して人々の魂をからめとる作戦であったのだろうが、そなたが侵入し、蛇どもの計画にゆがみを生じさせたせいで、きゃつら尻をあぶられた鼠のように動き出さざるをえなんだのだわ」

「ヤガの中心にとぐろを巻く毒蛇を見た」ブランはゆっくりと言った。

「あの大神殿そのものが巨大な毒蛇の頭だった……あれは毒液を人々の心にしみこませ、魂を腐らせて、生ける屍となすものだった。あれがヤンダル・ゾッグのおよぼした異界の力の表象だと」

「その幻影は私も見ました」

ブランの肩に顔を埋めていたヨナがやっと言った。髪が乱れてひどく痩せ、そそけた頬に涙が幾筋もあとをつけていたが、怜悧な学者の平静さを、彼はすでに取り戻しつつあった。あたりの奢侈とは凜然と身を分かったのか、金銀綾絹の充満する室内で薄汚れた麻の着物を頑固にまとい、疲れた顔をいよいよ青ざめさせている。

「老師が私にも、同じものを見せてくださったのです。ブラン様がごらんになったのは、聖なるヤガとミロクの教えが、邪悪なものどもの画策によって本来の姿からねじ曲げられていく過程――寒気がいたします。もしあのように呪われた姿に書き換えられたミロクが、平和という名の終わりのない殺戮をかかげて、中原にあふれ出したならばどんなことになるか。真のミロクの御心は永遠に消え去り、私たちは終わりのない血と狂気の地獄に落ちるのです。ミロク大祭は終わらないとは、なんという恐ろしい言葉でしょう。ミロクの地上天国を唱えながら、彼らが持ち来たるのは、どのような輪廻の環からも見捨てられた、殺戮機械としてのミロクでしかない」

「少ししか理解は及びませんが――わたしも」

フロリーが細い声で言い添えた。

「わたしの小さな心では、ヨナ様やブラン様のように、深いところまではとうてい見ることができませんでしたが、ほんの一目見ただけで、ミロクの教えと平和のヤガが、あってはならぬ姿に変えられようとしていることはとてもよくわかりました。何も知らぬまま、あの影の大蛇に呑み込まれていく人々を思うと、胸がつまります。あの、老師様――」

フロリーは救い主たる白髪白髯の老人をまぶしげに見た。

「わたしの獄舎にいらした姿のないお声の主は、あなた様でございますね」

「娘御」

柔和な笑みをイェライイシャはフロリーに向けた。

「もっと早うに救い出せなんだのはまことにあいすまぬ。敵は巨大にして邪悪、そなたに危険を及ぼさぬようにするにはわれらも闇に隠れ、隠密に徹するしか法はなかったのだが、このブランがいかにもこの男らしゅう大暴れして奴らの肝を冷やさせたおかげで、結局はあの蛇どもの勇み足を誘い、冷や水を浴びせかける結果となったのは僥倖であった。いやまったく、ブランの向こう見ずが回り回って、ミロク大祭の進行をとどめさせたのであるから、そこのところはまず褒め置かねばなるまいな」

『喜べ、猪武者』イグ＝ソッグが冷笑するような声をたてた。『おまえの猪ぶりが褒められることなどよもあるまいと思うていたわ。老師のお褒めの言葉などまず頂けぬのであるから、せいぜい名誉に思うことだ』

「踏みつぶすぞ、花火」ブランは唸り、威嚇的に足を鳴らした。青い蛍火はふんと鼻を鳴らし、ゆらゆら漂って主人のもとに行くと、彼自身のざらついた言語でなにか言った。

老人がにやっとするのを見て、ブランはますますむっとした。

天井近くにゆらりと明るい色がともった。イェライイシャは頭をあげ、どこかとぼけた色を目にうかべてブランを見た。

「ほう、さて、地上の騒ぎをうまく収めた御仁らがおいでになった」

金色の輪が空中に揺れ、そこから光る球体が現れた。はじめ赤ん坊の頭ほどだった球体は急速に膨らみ、床に達するまでには小柄な人間なら立って入れる大きさに達した。静かに着地すると光る泡は身震いし、中から、ずんぐりしたのと枯れ木のようなのと二つの人影を吐き出した。

「これは」ヨナは呟いて、その場に膝をついた。「まさか、あなた様がたは――」

「お坊様」フロリーはさっと両手をあわせ、ヨナの隣に頭をたれて聖者に対する礼をとった。「道に迷いしこの娘に、どうぞ導きをお与えくださいませ」

「ああ、くそ」ブランは言った。「勘弁してくれ」

4

黒太子スカールは烏と巨狼をつれて黄昏の国をわたった。彼のマントの内側には大切に抱かれたスーティがいて、この異界の者の領域に対して、澄んだ瞳を驚きと好奇心で大きく見張っていた。この子供一人で歩いていれば、半歩進むまでもなく牙を持つ者や爪をそなえたもの、その他欲深だったり気性が荒々しかったりする異界の住人が声を立てるまもなくさらっていってしまったろうが、かたわらを歩く三人もしくは一人と一羽と一頭、つまりスカールと黄昏の国の女王ザザ、そして白銀の狼ウーラの眼光の前で、手出しをするほど勇気のある者も無謀な者も、黄昏の国にはいなかった。この食欲をそそる存在をつれて通過していく一行を物欲しげに物陰から見つめる視線には事欠かなかったが、それらはただスーティの無邪気な瞳に見つめられるだけで、こそこそと草陰にひっこみ、かすかな腐肉のにおいを残して森の中へと走り去っていった。

「おいちゃん、あっちであかいおめめがのぞいていたよ」スーティはスカールの袖を引っぱって告げた。「あかいのはさんかいめだ」

「ほう、スーティはよく覚えているな。えらいぞ」

　多少うわの空でスカールは言った。いちいち周囲に気を散らされていては手間がかかるばかりとみて、スーティに見張り番の役をまかせ、ほかの三名は防御に徹していたのである。ウーラはまた馬に姿を変えてスカールとスーティをのせ、ザザは烏姿でスカールの肩に止まっている。鞍の前頭にまたがったスーティはよく眠ったあとで意気軒昂、ザザに手に持たせてもらった蜂の巣のかたまりをしゃぶりながら、短い足をゆすって楽しそうにしている。スーティの頭をなでてやり、スカールは肩のザザを見上げた。

「ザザよ、ヤガへつながる出口はまだなのか？　もうかなりの距離を来たように思うが」

『あとちょっとだから我慢おし』ザザは不機嫌そうに答えた。

『どうもにおいが気に入らない。人目に立たないように、ヤガから少し離れたところで黄昏の国を抜けるつもりだったけど、こいつはしばらく様子を見た方がいいかもしれないね。さっきから、きなくさくて鼻がむずむずする』

「それは、異界の魔道によるものか？」スカールは身震いして馬のウーラのたてがみをつかんだ。「ヤガで何か起こっているというのか。老師とブランはどうなった」

『うるさいねえ、あたしだってそこまで千里眼じゃいられないのさ。ことにあんたみたいなうるさい人間を連れていちゃね。でも、この感じは気に入らないね。まったく気に入らない』

　ザザは尾羽根を逆立てて胴震いし、嘴を開けてカアと鳴いた。

『こういう感覚は何度か感じたことがあるけどね、そのどれも、ろくなもんじゃなかった。サイロンで王さまが竜王の罠にかけられそうになったときもこんな感じだったけど、今度はもっといやな感じだ。時間に焦げあとがついてる。ヤーンの織物であるこの世界に酸をぶちまけて、肉も骨もなんもかもいっしょくたに溶かしちまおうってな、そんな臭いさね。サイロンの時はとどのつまり、王さまひとりを標的にしていたけど、今度はもっとたちが悪い』

　黄昏の国の黄金の大気は実に濃く、糖蜜のようにとろりとしてどこまでも黄金色だったが、その明媚な光の向こうに、なにか毒虫がうごめいているのをすかし見たような気がして、スカールはそっと剣に手を触れた。

「よくわからんが、とにかくヤガにまた大きな危難が迫っているのだな」

『たぶんね。ちょっと止まっとくれ、ウーラ』

　ウーラの馬は開けた草地に足を止めた。うながされてスカールは、スーティを抱いて鞍を降りた。ザザは宙に舞い上がるとくるりと一転して人間の女の姿になり、彼女の変身をおもしろがるようになったスーティは手をたたいて喜んだ。

「とりさん、おんなのひとになった。きれい、きれい」

「ありがとね、坊や」

目を細めてスーティの頬をつついてやる。スカールを降ろしてぶるりと身震いすると、ウーラもひょいと飛んで狼の姿に戻った。

「どうした、ザザ」

抱いたスーティを地面に下ろしながら、スカールは尋ねた。すぐにウーラが近づいて、ふかふかの銀毛で子供を包み込むようにする。スーティはきゃっきゃっと笑った。

「ウーラといっしょに、そっちの木の陰へ」

ザザの声はするどかった。鞍につるしていた荷物をスカールに押しつけ、長い足をひとまたぎに動かして、少し離れた樹木のそばへ急ぐ。なめらかな樹皮と赤い葉を持つそれは、黄昏の国の永遠の夕日に照りはえて、溶けた金の一色に輝いていた。ウーラは子供をひょいと背中へくわえあげてあとに続き、スカールも荷物を引きずってあわてて陰にとびこんだ。

「どうした、ザザ。なにか来ると——」

「しっ」

ザザは指を唇に当て、身をかがめた。張りつめた彼女の表情にスカールは口をつぐんだが、そのとき、体をゆするかすかな地響きを感じた。草原での狩りで、猟犬に追い立てられた羚羊（れいよう）や野牛がなだれをうってこちらに近づいてくるとき感じるのに似ている。

しかし、これはもっと巨大で、大規模な……はじめの一陣が地を揺るがして飛び出してきた。それは人の上半身に馬の下半身を持った生き物の一群で、人の上半身には粗布を巻きつけ、弓矢と箙（えびら）を背中にくくりつけている。ぼさぼさの髪の毛とたくましい腕に両肩は完全に人間だったが、目はひとつしかなく、額にまたたくその大きな丸い目は、恐怖と狼狽に見開かれて血走っていた。泡をためた口はむかれた歯ばかりで、唇はほとんど見えない。甲高い悲鳴を引きつつ半人半馬の群れはスカールたちの頭上を飛び越えて駆けていき、その一団が起こしたつむじ風がまだ収まらないうちに、別の集団が入り乱れて駆けてきた。

　今度は黄色い縞の入った毛皮に茶色い毛の生えた人間めいた四肢、原始的なゆがんだ頭を持つ四足獣の群れで、見るからに獰猛（どうもう）そうな牙に、スカールは急いでスーティに手をのばした。スーティは恐れる風もなく、ウーラに抱かれてきょとんとしている。つくづく剛胆（ごうたん）な子供だとスカールはあらためて感心した。群れの中には数匹の雌もいて、子供をしがみつかせていた。雌の胸には人間そっくりの乳房があり、二匹か三匹の幼獣が小さい爪をたてて母親の肌に張りついている。牝獣の肌ににじんだ黒紅色の血に、ウーラが不快そうなうなり声を立てた。

　個別の種が見分けられたのはその前後くらいまでで、じきになんとも見分けのつかない雪崩となった。蹄（ひづめ）と脚と翼があわさってたてる物凄い音が耳を聾し、黄昏の黄金の光はいっときさえぎられて暗くなった。さすがのスカールも頭を上げていられず、スーティを押さえてただ身を低くしているしかなかった。ザザはゆだんなく目を光らせ、ウーラがさらにかぶさって、手出しするほど血迷った相手に備えて威嚇の牙を向けていたが、影の中に身を伏せている男と子供に目を向けるほど、余裕のある生き物は一匹もいなかったようだ。恐怖と狼狽の入りまじった叫び声は頭を殴られたような衝撃をスカールの聴覚に残し、彼はぐらぐらする頭を押さえつつ、必死にスーティを抱いて耳をふさいでやった。スーティももうまわりを観察する余裕はないようで、ぎゅっと目をつぶって、自分で自分の耳に手を当ててスカールの胸に顔を埋めている。

ようやく最後の一匹が飛んでいって姿を消した。風がおさまると、巻きあげられた木の葉が遅ればせに舞い落ちてきた。スカールはおそるおそる手を離して頭を上げ、スーティも目をぱちぱちさせながら両手をおろした。ウーラはまだ鼻面にしわを寄せて低いうなり声を上げている。

「なんだ、あれは。まるで野火から逃れる鹿の群れのようだぞ」

「間違いないね」ザザは断定した。

「この先で何か、とんでもないことが行われてる。そう、ヤガだ。黄昏の国の生き物をあんなにおびえさすなんてただ事じゃない。このあたしだって、身体に震えが来て、今すぐこの場から走り出したいような気がするんだ。いま逃げていったような下っ端妖魔たちじゃ、とうていいてもたってもいられないような何かが起こってる」

　賛成するようにウーラが一声吠えた。

「では、ぐずぐずしてはおれんな」

　スカールも表情を厳しくした。

「もはや用心などを気にしているときではない。今すぐヤガへ駆けつけて、老師とブランに合流せねば。ヨナとフロリーのことも気になる」

「かあさま」母の名を聞きつけてスーティがぴくっとした。「かあさま、いるの？　どこに？」

「この子は連れちゃいけないよ、鷹」

　ザザは首を振り、じっと目を見張っているスーティの額に気の毒そうに手を置いた。

「こんな子供を連れて行くには、いくらあたしやウーラがいたって危険すぎる。ただの子供ならともかく、この子はヤガの邪教徒に狙われてる身でもあるんだ。スーティはなんとか、安全な場所で待っててもらわなくちゃ」

「スーティ、いくよ。いっしょにいく」

　不穏な気配を感じたのか、スーティはけんめいに背伸びをして飛び跳ねた。スカールの手をつかんで、必死の面持ちで引っぱる。

「スーティ、いいこにする、スーティつよいこ。だからかあさまのとこつれてって、いっしょにいく、スーティ、おいちゃんといっしょにいくよ」

「すまんな、ぼうず。連れて行ってやりたいのはやまやまなのだが」

胸は痛んだが、ここは流されるわけにはいかなかった。スカールは片膝をつき、スーティの視線に目を合わせて語りかけた。

「どうやらこの先には、とてもあぶないものがいるようなのだ。おまえの身に危険が及ぶことは、どのようなことでも避けたい。俺は老師から、おまえの身を守る任を与えられ、草原の男として誓いを立てた。これまでは避けようもなかったが、おまえを争いと危険のただ中につれて歩くことはできん。もしおまえに何かあれば、老師にもブランにも、なにより、おまえの母にもいいわけがたたん」

「スーティ、いくの」この少年にはめずらしく、スーティは頭をふってはげしくじだんだを踏んだ。あふれた涙が魔物の国の草葉に散った。「スーティ、いくんだもん」

「聞き分けてくれ、スーティ」

スカールは膝をついたまま、両手で小さな子供の手を包んだ。

「これから行くのは、この黄昏の国や妖魔の国などとは比べものにならない危険な場所なのだ。今までおまえをさらしてきたような危険ですらおまえの母には申し訳ないことであるのに、我が身を盾にして子を守った母に対して、またおまえを異界の邪教徒の手に渡すようなまねをするわけにはいかん。どうか聞き分けてくれ、ぼうず。おまえがおとなしく、よい子にしていれば、かならず母はこのスカールが助け出す、約束する。そうだ、ブランもおまえの母を探しているに違いない。ブランのおいちゃんは強いだろう。このおいちゃんも強いぞ、どうだ、ひとつ信用してみる気はないか」

「ブラン」大粒の涙をぽろぽろこぼしながらもスーティはいった。「ブランのおいちゃん。スーティに、かあさまのこと、たすけだすって」

「そうだ、ブランのおいちゃんはそう言ったろう。このおいちゃんもそう言うぞ。剣にかけて誓おう。スーティはかしこい、よい子だろう、ブランのおいちゃんとこのおいちゃんが母を連れて戻ってくるまで、ちゃんと待っていられるな。どうだ」

「スーティよいこ」しゃくりあげながらもスーティは呟いた。「スーティ、つよいこ」

「うむ、スーティはよい子だ。強い子だ」

　くりかえして、スカールはスーティの肩を強く抱いた。子供の小さな肩が震えているのを感じ、哀れみが胸にこみ上げたが心を鬼にする。

「さあ、よい子のスーティはちゃんと待っていられるな。おいちゃんのいうことを聞いて、母が戻ってくるまで、言われた場所でおとなしくじっとしていられるな」

　スーティはしばらくひくひくすすり泣いていたが、やがてきっぱりと涙をぬぐうと、鼻をかみ、びしょぬれの頬を赤くして呟いた。「うん」

スーティの隠れ場所はさっきまで隠れていた大樹の上が選ばれた。

『あんたたちの隠れ小屋を作ったあの人間ほどじゃないけど、あたしも多少の隠蔽(いんぺい)の力は使えるからね』

鳥の姿にもどったザザはあちこち飛び回り、木に登って枝と木の葉で差し掛け小屋を作っているスカールに対して、口やかましく命令していた。

『竜王の力でもこの黄昏の国の深部にはとどかないと思うけど、念には念を入れておかなきゃ。この大樹は性のいいやつで、きっとこの子を守ってくれるよ。できればウーラを護衛に置いてきたいところだけど、ウーラも大事な戦力になるかもしれないからね。できるだけ安全に、目立たないように、隠れていられるようにしておかなきゃならない——ああ、その枝はこっちじゃなくてそっちだよ。右の結び目にはこの羽根をさして、敷居のとこにはその草と石、青いのと黄色いのは奥の壁際だ、早くしとくれ』

「小うるさい鳥めが」スカールはうなったが、言われたとおりに枝を動かし、ザザ自身が抜いた大鳥の風切り羽と尾羽を指示通りにさして、色とりどりの小石と蔓草をなにか複雑な手順のもとに配置した。なんといっても、スーティの安全のためなのだ。

やがて、大樹の二股になった幹に、以前イェライシャが作ったのに似ていなくもない小屋が完成した。イェライシャ作のものより小ぶりで、野性的だが、幼い子供が身を隠すにはちょうどいい。赤い目をこすりながら作業を見つめていたスーティも、木の上の小屋に隠れるという考えは気に入ったようで、できあがるのを見るうちにしだいにまだ出ていた涙も引っ込んできた。

『さ、これでいい。――じゃあスーティ坊や、ここであんたはしばらくおとなしくしてるんだよ、わかったね。何があっても、お外に出ちゃいけないよ。もしかしたら悪いやつが、あたしや、スカールのおいちゃんや、ひょっとしたら母さまの声で呼びかけるかもしれないけど、返事しちゃいけない。悪いやつだからね。あたしたちが戻ってきて、あんたを抱いて木から下ろすまで、動いちゃいけない。じっとして、この木につかまっておいで、あんたの世話をしてくれるように、頼んでおいたから。次に外へ出るときは、母さまの腕の中、そう思って、がまんするんだよ』

「かあさま」スーティは繰り返し、また浮かんできた涙を手の甲でこすると、ぎゅっと唇を結んでザザとスカールを見上げた。「わかった。スーティ、まってる」

「よい子だ、スーティ」スカールはもう一度強くスーティを抱きしめると、子供を背負って木に上がろうとした。しかしそれより一息早く、ウーラがひょいとスーティをくわえて、猫顔負けの身軽さで木に飛びあがった。巨体にもかかわらず、細い枝一本しなわせることもない。ウーラは身をかがめて小屋に頭を差し入れ、びっくり顔のスーティをそっと床におろした。

『形無しだね、鷹』ザザが嘴をカタカタ鳴らして笑った。スカールは口の悪い鳥をじろっと睨んだが、ふと思いついて、懐を探った。取り出したものを片手に、呼びかける。

「おおい、ウーラ！」

顔を向けた狼に、出したものを放った。ウーラは器用に空中で受け止める。

「それをスーティに持たせておいてやってくれ。力のある石だ、守りに役立つだろう」

ウーラは合点したというように頷き、また小屋の中に頭を入れた。

『琥珀かい』ザザがささやいた。スカールは頷いた。フェラーラ最後の女王が産み落とした不思議な琥珀のことはザザにも話してある。

まだあれがいかなる素性のものか、どのような力を秘めているのかは定かではないが、どうやらグインと自分にまつわる品であり、自らの意思で仕える品である以上、四人目の連れとして、スーティのそば付きに残していくのが適当であるように思われた。

――琥珀。〈ミラルカの琥珀〉よ。

――聞こえております、草原の鷹。

眠っているかと思われたが、すぐに応えがあってスカールは胸をなで下ろした。脳裏に黄金の髪と目をした童女の顔が浮かびあがる。

――休眠が必要だと言ったが、おまえ、俺と話はできるな。

――できます。皆様のお話も聞いておりました。この幼子を、安全に守らなければならないのですね。

——理解が早くて助かる。おまえには、われわれの代わりにスーティのそばについていてほしいのだ。おまえの力は俺にはよくわからんが、スーティを安全に保ち、もし何か起こったらすぐに知らせるよう、気をつけていてほしい。大事な子なのだ。

——生命はすべて大切です。幼く無垢なものならひとしお。

琥珀がほほえむ気配が伝わってきた。

——承（うけたまわ）りました。わたしの力はいまだ限られていますが、この子の存在を隠蔽し、害意ある存在から守るくらいのことは可能です。この地は外界よりもわたしたちの構成要素に近く、活動もしやすいのです。グイン王のそばにある時ほどではなくとも、無垢な魂の番人を務める仕事なら、よろこんでさせていただきます。

——よろしく頼む。

琥珀の娘の顔がとけて消える。こちらを向いたウーラが尾を高く振りたて、あとからスーティが首を突き出して、手を振った。片手に、金色の陽光の中でもひときわまぶしい、黄金に燃える大きな琥珀が輝いている。

『守ってくれるって？』

「うむ。何かあれば、すぐに知らせてくれるようにと頼んでおいた」

『便利なもんだねえ。あたしにゃ、よくわからないけど』ザザは多少むくれている。グインに惚れている彼女は、グインに近しい品であるらしい琥珀が女性の——童女とはいえ、女は女だという意見である——姿をとっていることに、いささか複雑な思いを抱いているらしい。

『あれも妖魔みたいなもんなのかい？』

「さあ、俺も知らん。妖魔とは違うもののように思うが」

手を振りかえしてやると、スーティは中に引っこんだ。ウーラがひと飛びで地面に降り、こちらにやってくる。

「とにかくスーティを守るとは言ってくれたから、それに越したことはあるまい。おまえの力を信じていないわけではないが、やはり妖魔のうようよしている世界に幼い子を付き添いもなくおくのは心配だからな」

ザザはつんと嘴をあげると、くるりと一回転してまた人間の女の姿になった。ゆたかな胸と腰をなで上げ、たちまちミロク教徒の黒い長衣で身体を覆うと、同じような衣を空中からつかみ出して、スカールに投げた。

「まあ、あまり用事はないと思うけどね。あの中に入ったら、すぐ、眠り込んでしまうはずだから」

「なんだと」長衣に手を通しかけていたスカールはぎょっとして目を上げた。「害はないのか？」

「あたしを誰だとお思いだい。あの子に悪く働くようなことを、このあたしがするもんかね」

　ゆるやかな長衣ごしでも、女姿のザザの豊満さはかなりのものであった。誇らしげに盛り上がった胸の上から、スカールを軽くにらむ。

「いくらかしこいって言っても、まだ子供だしね。母親恋しさにたまらなくなることはあるだろうし、あたしやウーラがいなくなったら、これ幸いと妖魔どもがどんな策略を使ってくるかしれやしない。眠って、まわりのことは何も聞こえず知らずでいてくれた方が安全ってものさ。寝てる間にわるさするかもしれない相手からは、あんたの琥珀が守ってくれるようだし」

　なんとなく嫌味な調子である。返事の言葉が見つからず、スカールは肩をすくめて長衣をなでつけ、フードをかぶった。ミロク十字の飾り物までしっかりついている。

「俺は顔を知られているが、大丈夫か」

「これにはあたしの魔力がこもってるから、人間の目にはそう目立たないよ。異界の力に属するものにはどうだかわからないけど、普通に人目を避けて行動するくらいなら問題はないはずだ。黄昏の国のめくらましを身につけてると思ってくれりゃいい」

　心配しても仕方がないようだ。

　ウーラがまたひと飛びし、たちまち小さくなって、羽虫のような大きさに縮んでスカールの衣の袖に入った。

まったく、便利なものだ、妖魔というのは。スカールは巨狼のもぐり込んだ袖をひっぱり、すでに先を歩いている女姿のザザのしなやかな背中を見て、ため息をついた。そして静かになった樹上の小屋をもう一度だけ振り返り、決然として、敵地への一歩を踏み出した。


現世への扉を抜けたとたん、きゃっといってザザが後ろへ飛びすさった。ちょうどすぐ後ろにいたスカールはもう少しで鼻をぶつけるところで、たたらを踏んで後ずさり、「おい、どうした！」と文句を言った。

「俺の鼻柱を折るつもりか。どうしたというんだ？」

「信じられない」ザザはうめいた。「いったい何が起こってるの。あいつら、この世界で何をしようとしてるの！」

スカールはザザを押しのけて前に出た。踵の後ろで黄昏の国がうすれて閉じていき、足に人界の地面を感じると、一瞬沼地に足を踏み込んだような強烈な不快感が駆けのぼってきた。思わずぞっとして身をこわばらせる。髪が四方八方に引っぱられているような感じがした。肌がちくちくして、熱すぎる湯おけに浸けられたときのようだ。

いや、確かに、妙に空気が熱されている。今は夏の盛りではないが、南方の海近くに位置するヤガはどちらかというと温暖な地域で、冬でも気候はあたたかい。しかし、このように不健康な、熱帯雨林を思わせる異常に湿けた空気と、ぬるい湯を呼吸しているようなどろりとした風は、本来この地方にはありえないものだ。

袖の中でウーラが低く唸っている。凍りついたままのザザをかたわらに遠くを見晴るかすと、ゆるい丘のむこうに広がる夜空に、打撲傷に似た濃い桃色と紫色の光芒が広がっているのが見えた。光の下にはヤガの大神殿、丸い大屋根といくつもの尖塔がぼんやり浮き上がっている。

戦闘でも起こっているのかと目をこらしたが、煙はたっていない。遠くからかすかに叫喚と太鼓や銅鑼を打ち鳴らす音は聞こえるが、戦いのそれとは違うようだ。だがスカールの鼻はなまあたたかい風の中に、花と香のにおいにまぎれて、死人の甘ったるい腐臭となまぐさい潮だまりを連想させる臭気をかぎとった。

「ザザ、妙な感じがするぞ。竜王が何か力を使っているのか」

ザザは頭を振っただけで、猛烈な勢いで街道を進みはじめた。人姿をとっているが、その歩みは鳥の形で飛んでいるときと同様か、それ以上に早い。かなりな速度で歩けるスカールが全力でついて行って、なお息を切らせるほどの速度だった。夜の街道はほとんど人影もなく、薄気味悪いほど静かだ。暗いことは障害にはならないスカールだったが、本来清浄であるべき星空に、不気味なシミとして浮き上がっているヤガの空が、奇妙に心をかき乱してならなかった。

やや行ったところで、人里に入った。小さな旅籠と茶店だけのささやかな休憩所で、スカールはまた異様さに震撼した。巡礼姿の者、あるいは旅籠の人間であるらしい前掛け姿の女、馬番の藁だらけの男、人形を手に持った幼い娘――そうした人々が、みな一様にだらりと口を開け、奇妙に光る目をして、ヤガの空を包む光芒の方を凝視している。

「おい！　どうした！」

次々まわって頬を叩き、耳元で怒鳴ってみたが、返事はない。みな夢の中にいるようにゆらゆらと身体を揺らし、喉の奥で何か呟いている。口に耳を近づけてみたが、スカールにとってはほとんど意味をなさない言葉ばかりだった。たった一つ聞き分けられた言葉は――ミロク！　ミロク！

「ミロク」愕然としてスカールは繰り返した。「彼らを虜にしているのはミロクか！　あの光のもとになにがある？」

ザザはもっと足を速めると、集団催眠のうちにある人々の中からスカールを引っぱり出し、大きくまたいで空間を跳びこえた。目立つことを嫌ってわざと離れたところに扉を開いた彼女だったが、そんなことを気にしていられる場合ではないと判断したようだ。くらりと目の回る感覚があったかと思うと、スカールはザザに袖をつかまれて、ヤガの中心部の雑踏のただ中にいきなり飛び込んでいた。

とたん、ギャッと声を上げて黒い羽が舞った。鳥に戻ったザザは風にあおられて上空に飛び、放り出されたスカールは、これまで体験したこともないほどすさまじく熱狂する群衆の真ん中で、あっという間にもみくちゃにされた。

どこからともなく現れた男の異常さなど、誰も気にしていない。彼らはひたすら空を見上げ、熱狂し、両手を振りながらただ一つの名前を連呼していた。

「ミロク！　ミロク！」

「ミロク！　ミロク！」

「くそっ、退け！」息をつまらせたスカールが怒鳴っても効き目がない。人間でできた大津波が街路という街路にみなぎっており、突き出された手が大きく振られるさまは草原の草木が季節風に吹かれて伏しなびくさまを思わせた。熱気と花の香り、香煙、そして甘ったるいようななまぐさいような臭気はますます強くなりまさる。

人におぼれそうになりながらやっと見上げると、四角い家々の軒のむこうにそびえる、大神殿の偉容が見えた。黄金と七彩の光輝にふちどられ、楽の音と唱名の合唱が高く低く夜気をふるわせる。恍惚とした群衆はじりじりと神殿に向かって流れつつあり、スカールも否応なしに流されていった。流れから出ようともがくが、そもそもつま先すらろくに地面につかないような状態では、踏ん張りようがない。袖の中でウーラが暴れているのがわかるが、ウーラも、どうしていいかわからないようだった。

ぎらつく目また目、洞窟めいて開かれた口、吹き上げる風のように吐き出されるミロクの名——風が虹色に渦を巻き、神殿で繰り広げられる祝祭から七色の霧を運んでくる。しだいにスカールの頭にもかすみがかかりはじめた。どよめきと人間の波にもみくちゃにされた感覚はいつか乳色のもやに覆われ、そのぼんやりとした地の上に、なにか壮麗な幻影が構築されていく。

火と金剛石でできた輝く天井の宮居（みやい）に居並ぶ金色の天人が、妙なる声で隠された真実を語っている。たなびく香煙は青紫に透けて小天人の衣となり、宙を踏んで飛び歩く小天人は小さい手で青玉の香炉を振りながら、天人たちの唱える真理を愛らしい声で復唱する。奏でられる音楽のなんという絶美。まさに極楽の音楽とはこのようなものであろう。天人たちの顔はいずれも深い知性と平和に満ちており、その口から告げられる言葉はいずれも真実に違いないと確信させる。楽の音の美しさにも勝るその言葉の真実が、耳から肌からしみ通り、あり得べき新世界の姿を、身のうちに結晶させていく——

『鷹！』

嘴で脳天をいやというほどつつかれた。

『鷹！　しっかりおし！　あんたまでなんてざまだい、まったく！　目をおさましったら！』

スカールは一瞬、頭上でわめき散らしている小うるさい鳥に猛烈な憤怒を感じ、そいつをつかんで翼を引きちぎってやるつもりで手を伸ばしたが、その時、袖の中で鋭い狼の遠吠えが響いた。せっぱ詰まった悲しげな咆哮が、意識にかかった霧を吹き払った。

スカールはぶるっと身震いし、手を下ろした。頭がくらくらし、吐き気がした。遅ればせに出てきた冷や汗が額を伝う。なんとか身をもぎ離し、道ばたによろめきこんで、荒い息をついた。ザザがはばたいてきて、そばの水桶にとまる。気がついてみると、周囲から人が引き、そこだけが囲ったような空間になっていた。ザザの力らしい。

『あんたらしくもない、といいたいとこだけど、今回ばかりは仕方ないかもね』

ザザは首を振りながら言った。

『何があったのか知らないけど、あっちじゃ、とりこになった人間の魂が、竜王の魔力にそそのかされて大変な猿芝居を打ってるよ。あんたが取り込まれそうになったのはそれさ。ミロクと、このヤガに集まってる人間たちをたぶらかして、竜王のために働く軍隊に変えちまおうって寸法だろう。物凄い思念の勢いだ。あたしもちょっとで、飲み込まれちまうところだった』

「竜王の催眠が働いているというのか」

スカールはまだ胸を押さえていた。冷や汗が次々と背筋をぬらし、悪心が止まらない。

「ヤガ全体のみならず、周辺の町まで一気に範囲に含めるとは、なんという恐ろしい力なのだ」

『残念だけどね、鷹、いまみなぎってるこの力は竜王のものじゃない』

沈痛にザザは言った。

『もちろん、多少の操作は加わってるし、前もっていろんな操作が加えられてるのは確かだ。でも、ここで働いてる催眠は、鷹、ほとんど人間が自分で生み出してるものだよ』

「人間が？　だが、この俺でさえもとりこまれそうになった、これがか？」

『人間だからこそ、こんなに強いのさ。あんたはどうも、人間ってものを過小評価しすぎてるようだ。……鷹、人間の心はね、甘い未来、すばらしい世界を信じこませてくれる言葉には、とっても弱いんだ。竜王が使ってるのはそれさ。ヤガとミロク教こそが世界の救い主になる、ばかな異教徒どもは間違った教えから救い出すために皆殺しにして、ミロクの教えの元に生まれ変わらせるのが天の意志だ、自分たちは聖なる教えを運ぶ聖戦士だ、死んでもミロクの天国のもとに生まれ変われる、自分たちは選ばれた民だ、自分たちだけがミロクの天国を受け継ぐ民なんだ……は！　世迷い言さ。だけどそいつが、どうしようもなく魅力的に聞こえちまう』唾を吐き捨てるような仕草をザザはした。

『人間ってな、しょうもないもんさね。竜王がサイロンで使った魔道は、ただ人をおびえさせ、傷つけはしたけれど、これほど悪辣じゃなかった。あれはこの世の理に押し入って傷つけたけれど、こんなにたくさんの心と魂を奪って、一気に怪物に変えてしまおうなんてものじゃなかった。ヤガの人間たちは、自分が怪物だと思いもしないままに怪物に変えられちまうんだ。見かけも心も怪物にしちまう方がよっぽど親切だよ。この人たちは女子供や赤ん坊を殺して、それが神の御心だ、正義だと胸を張るようになるんだ』

「止めなければ」

スカールは歯を食いしばって人の流れに戻ろうとした。

「そんなことをさせるわけにはいかん……この人々を目覚めさせねば！　おい、ザザ、見ていないで手伝ってくれ、ザザというのに！」

『無理だよ』ザザはさめた口調で言った。

『本当に竜王の魔道だけで操られていたんなら、あたしだってなんとかしたさ。力及ばなくてもね。でも今、ここで起こっていることは、八割方人間が自分の心で望んで起こしてることだ。異界の魔道は、ほんの少ししか使われていない。人間が望んでやってることに、あたしたち妖魔はかかわれない。だいいち、どうやって止めるのさ、鷹？　こんなに大勢の人間、こんなにすさまじい熱狂』頭をしゃくって、ザザは桃色に輝く空の下、ミロクの名を叫びながらのろのろと流れていく群衆を示した。

『この人たちを操ってるのは竜王じゃない、ミロク教っていう操り糸だ。みんなを目覚めさせるにはまずその糸を切らなきゃいけないけど、そんなことをしたらこの人たちには死ねって言うのと同じことだろうし、今のところ、その糸の根っこは竜王とその手先がっちり握ってる。そいつをこちらの手に奪い返しでもしないかぎり、この人たちは竜王の意のままさ。残念だけど、この人たちのミロクを信じる敬虔な真心が、この人たちを怪物にしちまうんだ。なんとかしてはあげたいけど……』

「御託はいい。ヤガを魔王の手先に変えるわけにはいかんのだ」いらだってスカールは大声を上げた。「なんとかするわけにはいかんのか！」

それに答えようとザザが嘴をあげたとき、口々にミロクを呼び続けていた群衆が、ふと静まった。

「なんだ……？」妙な空気に、スカールは再び街路に出た。ザザもけげんそうな顔で首を傾け、また羽ばたいてさっと上空へ飛んだ。

人波に入るとまた頭がくらくらとして、乳色の霞が脳裏に戻ってきた。だが、今度そこに映じているのは違った光景だった。

黄金の宮居と輝く天人たちの前に、ひどくみすぼらしい二人の人間が飄然（ひょうぜん）と立っている。この上なく場違いな光景だというのに、まるでその宮殿の王であるかのように堂々とした二人は、天人のうちの中心人物にむかって呼びかけ、問答を挑んだ。あれだけ自信に満ち、真理を語っていたかに見えた天人はよろよろと後ずさり、手もなく縮みかえって弱々しくうずくまった。

飛び回っていた小天人たちも消え、音楽も七色の彩炎もはたと止まった。荘厳な唱名の響きも失せ、妙にしらじらとなった舞台に、ぼろをまとった二人の僧――輝きが失せた今では、それは信じられないほど痩せた、二人の老僧であることがわかった――が、異様な存在感をはなって並んでいた。

と見るに、二人の周囲が輝きはじめ、人々が口々に叫んで指さす中を、金色に輝く光の球体に包まれて上昇を始めた。群衆がどよめき、取り残されて今はよそおいも剝げたミロク教の僧たちが乱れたって右往左往する中、金色の光はまさに神の使いにふさわしく悠然と、とつぜん現れた老僧を運んで、どこへともなく虚空に溶けて、消えてしまった。

「消えた……」呆然と、スカールは呟いた。何が起こったのかまったく理解はできなかったが、あのやせ衰えたぼろぼろの僧二人が、竜王にそそのかされたヤガの人々の熱狂を打ち消し、正気に立ち戻らせたことは明白だった。

すでに、周囲では夢から醒めたような目をした民が顔を見合わせ、決まりの悪い顔をして自分のなりを確かめているところだった。湯浴みをしているところだったのか、半裸で上半身がほぼむき出しのままの娘が、顔を真っ赤にして手近な建物に飛び込んでいった。裸足のまま歩いていた男は石で傷ついた自分の足にやっと気づいてその場にうずくまり、近くにいたものが急いで助けに駆け寄る。

もとより、興奮から冷めればごく温順で柔和なヤガの民である。いったい、何が自分をあのようにあおり立てていたのかいぶかしみながらも、彼らは乱れた街路と自分たちのようすを見回し、ひそひそ囁きあって、戸惑い顔でそこここに立ちすくみ、あるいはよろめきながら宿へ、家へと戻っていった。スカールが感じているようなめまいや頭痛に悩まされるものもいるらしく、額に手を当てたり頭を振ったりしている姿も少なくはなかったが、あの熱狂と物狂いしたような目のぎらつきは、民の目からは失われていた。

『鷹！』

空からザザが舞い降りてきて、小さくなってスカールの耳もとにとまった。蚊とんぼほどになったザザは早口に、

『信じられない！　あの坊さんたち、いったいどこから出てきたんだろうね？　まともにあのミロクの高僧たちの中へ切り込んでいったと思ったら、ほんの一言二言で、相手を黙らせてみんなの手綱を取り返しちまった！』

ザザは小さい翼を羽ばたかせて興奮気味にカアと鳴いた。

『鷹、あたしたち、あの坊さんを見つけなきゃいけないよ。あの人たちに協力してもらうんだ。ヤガを解放するには、まず、乗っ取られちまったミロク教を、正しい道に引き戻さなきゃいけない。それには、あの坊さんたちの力を借りるのが一番だ。それに、あの金色の球体からは魔道のにおいがした。きっと、イェライシャがあの二人にかかわってる。ひょっとしたらブランも。あんたが探してるヨナ博士も、スーティ坊やのお母さ

んも、あの二人を探せば見つかるかもしれない！』

「わかった、わかった。声を低くしてくれ」

小さくなったザザの声はキイキイ甲高く、鼓膜が痛む。スカールは顔をしかめて首を傾けながら、しだいにまばらになる人々をかき分けて先へ進んだ。人でびっしり埋まっていた路地は進むほどに広くなり、やがて、以前にも何度か通り過ぎたことのある大神殿の前の広場に出た。

散った花があちこちに汚れたごみの山になって散らかり、破れた提灯や蠟燭、割れた瓶、壺が散乱し、裂けた衣らしき布きれがなびいている。みやげ物を山積みにした店は開いてはいたが、店主も客もいない。釣り銭が投げ出されたままになっているのはさすがヤガというところだが、それよりも、たった今はみんなここで繰り広げられていた宗教的熱狂にまだぼうっとしていて、小銭などに注意を払っていられないようだ。

まだいくらかの信徒が、立ち去りがたいようすで祈禱機の前にうずくまったり、階の前に膝をついてぽかんとしている姿があったが、あれだけ大量にいた群衆はほぼ消えて、なにやらくたびれた、なげやりな雰囲気があたりを覆っている。スカールは用心のために頭巾を深く引き下げ、光が消えた今はただけばけばしいばかりの大階段に歩み寄って、内陣をのぞき込むふりでそっと首を伸ばした。

すぐ足もとでかすれたうめき声が上がった。

ぎょっとしてスカールは足を下ろし、階段のそばの溝をのぞき込んだ。

またうめき声、そしてむせて咳きこむ声がした。

スカールはためらい、心を決めた。いっそう頭巾を深く下ろし、片膝をついて、階段の下のめだたない雨水溝に手をつっこみ、探った。

濡れた小さな手がぎゅっと握り返した。咳をして水を吐いているらしい物音がし、水のはねる音が連続した。

「誰か、そこにいるのか」

スカールは身を低くし、水の流れる溝の中へ頭を入れた。

水しぶき。咳。

「手をつかめ。落ちたのか？　頭を持ち上げるのだ、そうだ、こっちへ来い。いいぞ」

力をこめて引っぱる。水音がして、ぬるぬるする溝の中から、びしょ濡れになった幼い子供が姿を現した。

茶色の髪が濡れてべったり身体に貼りついている。ミロクの長衣ではなく、裾長の白い簡素な上着をつけていて、下は東方風の幅の広い短袴をはいている。一方の足は裸足で、もう一方には赤い布靴が脱げそうになって引っかかっている。背をさすってやるとごぼごぼ言いながら水を吐き、ぐったりとスカールによりかかった。

「しっかりしろ、そら」

六歳か七歳、とスカールは読んだ。もしかしたらもう少しいっているかもしれない。少女はやせていて顔色が悪く、年より発育が悪くてもおかしくなさそうだった。つまんだように小さな、ふっくらした唇が薔薇のつぼみに似ている。ようやく口をぬぐい、おずおずとスカールを見た瞳は、はっとするほどの濃い青色だった。

「さっきの人混みに押されて落ちたか。もう大丈夫だ。おまえの親はどこにいる」

「ほら、これで頭をおふきよ。ぐしょぐしょじゃないか」

女姿に戻ったザザが、どこからさらってきたのか、清潔な白い手ぬぐいを差し出していた。少女は大きな目をしてザザを見上げ、合掌してからちょこんとおじぎをして受け取った。もたもたと頭をこするのにじれて、ザザが自分で手ぬぐいをとり、しずくのしたたる頭を丁寧にこすってやった。

「はぐれたのか。まさか一人でヤガにいるわけではあるまい。親のところへ連れて行ってやろう。親はどこだ？」

きょとんと目を見開いている少女の肩に手をおいて、スカールはゆっくり問いかけた。

「おまえの、親は、どこだ？」

少女は首をかしげてじっとスカールを見ていたが、ひとつうなずいて、スカールとザザの手を取って歩きだした。大神殿の前を離れ、〈兄弟姉妹の家〉の建ち並ぶある一角へと入っていく。片方しか靴のない足を痛そうに引きずっているのに気づいて、スカールは少女を抱き上げてやった。少女はちょっと驚いたように身を固くしたが、視点が高くなったのが嬉しいのか、スカールの肩につかまって、おっかなびっくり周囲を見回している。

「名前はなんというのだ、嬢や」

問いかけたが、返事は返ってこなかった。

少女は視線と、指をあげてさすことでスカールとザザをある建物に導いた。ヨナとども閉じ込められそうになった〈兄弟姉妹の家〉のうちの一軒で、同じ場所というわけではなかったが、四角く無個性な戸口を見ると、スカールの首筋の毛は反射的に逆立った。

「鷹？」足を止めたスカールにザザが問いかけるような目を向ける。

「……うむ……この手の家には、いささか、いやな記憶があってな」

剣で真っ二つにされてもゆうゆうとしていたイオ・ハイオンの記憶がよみがえった。またあのような化け物がここにいたら面倒なことになる。

だが、さっきの騒ぎの余波か、建物には人気がなく、入り口を入ったところの食堂には食べかけの食事が放り出されたままで、椅子や敷物が投げ出されてちりぢりになっていた。脱ぎ捨てられた衣や靴が散らばっているだけで、物音のひとつもしない。

少女は手まねで二階をさし、上がってくれという表情をする。スカールは迷った。二階に上がれば、すぐには外へ逃げ出せなくなる。この娘がなんらかの害意を持っていたとしたら――

えい、ままよ。スカールは少女を抱き直し、狭い階段をあがった。今、ヤガに巣くう邪教の徒は動揺している。スカールの侵入に気づく余裕も、ましてやそれに対して素早く罠を仕掛けるだけの時間も持ってはいるまい。溝で溺れかかったいたいけな少女にいらぬ疑いを抱くより、早く親のもとに返して、ここを出る方がいい。

上がったところは長い廊下の両脇に個室がいくつか並んでいて、少女は、そのうちもっとも手前の左側に位置する戸口をさした。スカールが下ろしてやると、足を引きずりながら歩いていって、入り口に下がった仕切り布を持ち上げた。

「ティンシャかい」中から若い男の声が静かに問いかけた。

「どこへ行っていたの。水のにおいがするね。誰か、そこにいるのかな？」

第二話　海を想う

1

風が騒ぐ。

「マルコ」

呼ばれて、マルコは馬を止めた。後ろから追いついてきた最年長の騎士アストルフォが、人目をはばかるように肩を寄せてきた。年齢と経験をかわれて、騎士団の監督を任されている篤実（とくじつ）な男である。古い羊皮紙の色にやけた頬は皺に覆われ、疲れて憔悴していた。

「香油の壺がもうつきる。これ以上は……」

その先は言いよどんで唇をかむ。「そうですか」と短く返して、マルコは沈黙した。

耳元をかすめていく風は涼しく緑の香りがして、頭上はるかに木々の梢が騒いでいる。

木漏れ日の下に立ちつつ、マルコは木々のそよぎのむこうに聞き慣れた音をきいた。打ち寄せる波の音、泡立つ波頭が岸壁を洗い、白砂の岸辺をなでる遠い潮騒の音だ。離れてひさしいあの港町の、魚と潮のいりまじったなんともいえないにおいが一瞬、たまらないほど明晰によみがえった。こみあげてきた涙を押し返して、マルコは口を開いた。

「やむをえません。この先で、火を焚きましょう」

アストルフォははっと息をのんだが、ややあって、「了解した」と応じ、馬首をめぐらせて戻っていった。マルコはしばし佇み、記憶の中にゆらめく懐かしい都市に、たったいま、一足に飛んでゆけたらと、甲斐もない願いをまた繰り返した。もしそうできたら。おやじさんがあれほど愛した海と船のもとに飛んでかえれたら、この胸の痛みも少しは治まるだろうに。なぜこの人が、ヴァラキアの海に名高いカメロン卿が、遠く離れた内陸で担架に乗って運ばれながら、香油漬けにされていなければならないのか。

「斥候、戻りました」

先行して様子をうかがっていた二名、アルマンドとヴィットリオが戻ってきた。二人は同じ年に騎士団入りした同期で、伝説的な名声を誇るカメロン船長にあこがれ、先年ようやく正式な団員として認められたばかりの若者である。アルマンドは金髪、ヴィットリオは黒髪、ともに娘たちの心をときめかす甘い美貌の持ち主だったが、ごく身堅くて生真面目なアルマンドに対し、要領がよくて遊び好きなヴィットリオはよく衝突していた。だがこの時ばかりはふだんのじゃれあいを忘れて、馬上に二つ、沈痛な顔を並べていた。

「人里はしばらく見えないようですが、この先にかつて大樹がそびえていたあとらしい開けた場所があります」

「周囲も確認しましたが、追っ手の気配はありません。危険な獣もいないようです」黒髪のヴィットリオが落ち着かない馬をなだめながら付け加えた。

「もし、その――団長を安置するなら、あそこが……」

「わかった」マルコはすばやく遮った。「お二人とも、お手数をかけた」

そのままマルコはアストルフォのもとへ行き、言葉を交わしたあと、後続の騎士たちをうながして、そろってその場所まで馬を進めた。細い獣道をさくさくと蹄が踏み分けていく。ほとんど会話もないまま、ヴァラキア、ドライドン騎士団の一行は、布でおおった担架を囲んで、開けた森の中の空き地に入っていった。

パロを出るとき、守らねばならない家族のある者、あまりに若い者、幼い者は、話し合いの末、故郷へ帰っていった。どのような理由であれ王たるイシュトヴァーンに反旗を翻すことは、ゴーラという国への背信行為となる。忠誠を求める騎士の誓いにも反することを、全員に強制するわけにはいかない。帰郷を促された者は必死に抗ったが、説得の末、泣く泣く団を離れていった。残ったのは、七名。

ほかのヴァラキア騎士たちにマルコは思いをはせた。国境を越えて散っていった中にもヴァラキア出身者は多く、お願いだから自分もカメロンの遺骸を護る隊に加えてくれと、男泣きにすがったものはとても両手ではきかない。

　だが、ゴーラ一国から追われる身になることを考えると、ヴァラキア出身者であってもやはり親族のあるものを巻き込むことはできないし、さらに、あまりにも大人数で移動していれば、道中でいらぬ悶着をも引き寄せかねない。武装をととのえた騎士の一隊がいかめしく街道を進行していれば、戦争か、なんの荒事かと、無用の懸念をまねく。

　カメロンの遺骸は、できれば静かにヴァラキアへ帰還させたい。それが一同の願いだった。偉大な提督の身分にふさわしい葬儀は彼の街であるヴァラキアに帰ってからにしよう。それまでは、どのような騒ぎにも触れさせず、ただ目立たず静かに、彼の最後の道をたどろうと、話し合った末の選抜である。

　ヴァラキアで待つ、あるいは別行動をとって自ら正義を求める、と言い置いて発っていった仲間たちの目には、どれも苦渋と悲嘆と、抑えきれぬ怒りとが渦巻いていた。彼らが不用意な真似に走らぬことをマルコは祈った。

　彼らのためにというより、むしろ、カメロンのため、かつ、己のためである。パロやクリスタルにとって返すことは厳に禁じ、剣にかけて、堂々と仇を討つ日が来るまでイシュトヴァーンとゴーラからは距離をとることを誓わせている。血気にはやってイシュトヴァーン暗殺に走りかけるものがいてはならない。それは自分、マルコの役目であり、カメロンが血を流して倒れるのを真っ先に目にしたこの目こそが、イシュトヴァーンの血が流れるところを真っ先に目にせねばならぬからである。

　ほかのどのような人間にもこの権利を譲るつもりはなかった。クリスタル宮の床を染めた赤い血だまりは、いまもマルコの眼裏でじわじわと広がりつづけている。それを止める方法はたった一つしかなく、マルコは、それを執行する権利と義務は己のものであると信じた。

　大樹があったようだ、という報告は正しく、空き地の中ほどに、なかば朽ちた巨大な樹木の折れ株があった。嵐で折れたのか、落雷にでも遭ったたか、大人が腕を回しても足りないほどの太い幹が腰ほどの高さで折れ、虫に食われたあとをさらしている。樹皮に焦げたあとが残っているところを見ると、もともと老いて弱っていたところに雷が落ちたのがとどめだったらしい。ちょうど、自然の薪台（まきだい）にも見えるそれが、マルコには運んでいる人の高貴な肉体のために天が用意した、天然の祭壇のように思えた。

「この上に、おやじさんを」

　マルコの言葉に、皆がうなずいた。かつては偉大であったものが不意の災いにうたれて声なく死んでいるさまは、彼らが運んでいる悲しみにあまりにもよく似ていた。マルコは馬を片寄せ、降りた。ほかの騎士たちもそれに倣った。代表を務めるアストルフォはじめ、ディミアン、シヴ、ミアルディがしずしずと進み、香油を吸って重い布をはずして、その下の、青ざめて堅い肉体を持ち上げ、丁重に木の台の上に横たえた。

マルコは近寄り、見下ろした。もはや涙も涸れたと思っていたのに、死者の瞑目した顔を見下ろしたとたん、胸に熱い塊がつきあげてきた。

「すみません、おやじさん」

マルコは、そっと言った。手をのばして亡骸の頬に触れる。

血はできるだけ拭き取ってあったが、衣服にしみこんだ血はどうにもできず、替えの衣服もないままになっている。顔立ちは崩れていなかったが、血の気のない皮膚はたるんで、不吉な印象を漂わせていた。胸の上で組み合わされた手はこわばり、握らせた剣の柄は、にじみ出た黒血ともなにともつかぬもので湿っている。

赤黒く染まった衣服の上から騎士のマントで巻かれたカメロンの身体は、塗り込まれた香油と香料で腐敗をできるだけ遠ざける配慮はなされていたが、完全ではなかった。マルコの鼻には、すでにこの人の不壊であるはずの肉体にしのびよる、腐朽の気配がかぎとれた。できるならば、海の男の慣習として遺体を海に葬り、波の上に花をまき散らしたかったが、これ以上、このままの遺体を運んでいくのは限界だった。

横たえられたカメロンの身体は、荷物から取り出されたドライドン騎士団の旗をかけられ、きっちり覆い隠された。残っていた香油がすべてその上にまき散らされ、さらに、明かりや料理のために運ばれてきていた油も、すべてまかれた。比較的新参のものが周囲の森に散っていき、枯れた枝や粗朶、乾いた枯れ葉、それに、ささやかな花を集めてきて周囲にのせ、くくった花を配置した。香油の強い香りと青い草いきれが、いっとき、死んだ肉体がたてる甘苦い屍臭をかき消した。

やがて、用意を終えた七人のドライドン騎士は、亡骸ののった樹木のまわりに円を描いて立った。みな装備を調え、あわただしい退去の中持ち出すことのできた精いっぱいの品で威儀を正して、このささやかな送りの儀式に臨んでいた。

アルマンドと銀髪のディミアンが、太い枝に布きれを巻きつけ、即席の松明を作って厳粛な表情で控えている。布には貴重な最後の香油が染まされ、においの高い青い煙を放ってシューシューと燃えていた。しばしは誰も口を切るものがなく、松明の燃える音と、鳥の鳴き声、それに、梢を風が渡るさらさらいう音だけが、一同の頭上に鳴っていた。

「マルコ」アストルフォが重い口を開いた。「そなたが、言葉を」

マルコは首を振った。息がつまる。「私はいまだ若年です。このような場で、年長の方々をさしおいて口上を述べるのは、いかがなものかと思いますが」

「しかし、カメロン卿の死を目の当たりにされたのは、他ならぬそなただ。われらを代表し、かの暴虐の王イシュトヴァーンへの報復の念を新たにするためにも、ここはそなたが誓いの言葉を告げるべきであろう。またそなたはカメロン卿にとってもことに身近く仕えて愛されておったもの。息子のようであったそなたに送られることこそ、故人の望まれたことではないか」

マルコは苦い思いを隠しつつ、一礼した。息子のようであった、という言葉がまた塩からい涙を呼んだ。

俺がもしおやじさんの息子であったなら、とマルコは胸中に呟いた。けっして海を離れず、おやじさんの元を離れず、死ぬまでヴァラキアの英雄たる父のそばで働き、このような潮風すら届かない内陸地で、非業の死をとげさせるようなことはけっしてしなかった。ましてや愚行の果てに、自分のために身をなげうって支えさせた王国からさえも引き離して、ごみ溜めのような室内で犬のように刺し殺すなどと。

手紙を書いてイシュタールから彼を呼び寄せたりせねばよかった。あの頃はまだ、マルコの中にもイシュトヴァーンへの好意や忠誠心があり、異常な行動で道を外れていく王への懸念がやらせた行為だったが、今では、マルコはカメロンの死刑執行証書に署名したのは自分であるという気がしていた。走り書きした密書を鳥の脚にくりつけたあの日が悔やまれる。イシュトヴァーンもゴーラも勝手に破滅するに任せ、カメロンを促して故郷に戻るべきだった。

そう考えながらも、カメロンが決してそれを肯わなかったろうことはよくわかっていた。マルコがいかに画策したところで、いずれカメロンにはイシュトヴァーンの愚行は届き、結局は同じ事態を招いていただろう。あれほど考え深く、狡猾でしたたかであったカメロンが、イシュトヴァーンのことに関しては信じられないほど無鉄砲になるのをマルコは見てきている。海を捨ててゴーラに移ったのもそうだ。あれほどまでの献身に対して、返されたのが剣のひと突きと、情けない否認の言葉だけだとは。あの男は、自らの罪にさえまともに相対できずに、カメロンの死を最後の最後まで侮辱したのだ。

（俺じゃない！）汗に濡れたイシュトヴァーンの、狂った馬のように白目をむきだして後退する顔が脳裏に浮かんだ。

（俺じゃない、俺じゃない、俺が殺したんじゃない――）

せめて堂々と手の血を受け止め、怒りを真正面から受け止めるような相手であれば。

頬がむずがゆく濡れた。もはや涙をぬぐうこともせず、マルコは黙って一礼すると、デイミアンが差し出す松明を受けとった。

彼とシヴ、ミアルディの三名は、沿海州出身が多いドライドン騎士団では少ない、異国生まれの人間だった。デイミアンとミアルディはケイロニアからさらに北方、ノルン海の沿岸の生まれで、胴の長い略奪船に乗り組んで南へ流れてきたところを、ヴァラキアの海軍に拿捕されたのである。同胞のほとんどが暑い土地を嫌って故郷に戻っていったが、自分たちを扱ったカメロンの男ぶりに感じ入ったこの二人は、それまでの無情な氷雪の神をすててドライドンの誓いを受け、騎士団入りを果たした。ミアルディのもつれた長い髪は火のように赤く、北峰の雪を思わせる銀髪白皙のデイミアンと二人戦場を奔るさいは、雪嵐と火の渦がともに刃の林をないで駆けていくかのように見えた。

　またシヴは逆に南方、黒い太陽の輝くクシュの人間で、磨いた黒檀のような漆黒の肌をし、桃色の唇と手のひらを持っていて、ほとんど口をきかない。デイミアンたちの船が拿捕されたのと同じころ、オルニウス号と海上で交戦した奴隷商人の船の船倉から救い出されたのだった。彼が助け出される光景を、マルコはぼんやり覚えていた。暑さと飢えでほとんど死んでいた奴隷たちの骸の中から、弱々しくもがく黒人の少年がかつぎ出されてくる。もうだめだ、と感じたとき、奴隷商人は船底の栓を抜いて、違法な積み荷を船ごと沈めてしまおうとした。悪臭のする汚水にひたって震えている少年を抱きかかえて船尾に立つカメロンは、黒い眉をきびしくひそめて、波間に浮かんで命乞いする奴隷商人どもがつぎつぎ斬り殺され、沈んでいくのを最後まで冷然と眺めていたのだった……

　さわやかな香りをかぎながら進み出て、いちめん青で刺繡し、錦に金襴を配した騎士団旗を見下ろす。固まった血とよどんだ体液を含んだ肌は金色のきらめきと青い絹の下に隠され、波打つつややかな青と金は、マルコにどうしようもなく、ヴァラキアの海のきらびやかな朝夕を思い起こさせた。

　いつだったか、ずっと若いころ、まだオルニウス号が家で、自分は生涯を波の上で、冒険に明け暮れて過ごすのだと信じていた日々、何度もこのような光景を見た。地平線がうっすらと青くけむり、やがて徐々に紫に変わる空に、溶けた蜂蜜のような濃い黄金が広がり、そこからやがて、まばゆい剣のような朝日がさっととばしる。あるいは、いちめん燃えるような緋色と橙に燃える空に、夕映えがどこまでも続く金襴の波となって広がり、その中に、オルニウス号がひく白い水脈（みお）の裳裾（もすそ）をながめながら、涼しい夜風の気配を熱くなった額に感じた。

そして、そうした光景には、常にカメロンの姿があった。筋骨隆々とし、たっぷりした袖をまくって赤銅色の肌を光らせた彼は、伸びた髪をほかの船員たちと同じように風に吹き乱されるまま、目を細めて波のかなたを見つめていた。無限の世界、果てもない冒険が自分を待っていると自信満々に信じており、また、彼に付き従う部下たちも、彼らの堂々たる大船長が導く栄光と冒険、財宝といつまでも続く宴の日々を、うたがったことなど一度もなかった。

なぜ、自分たちはこんなところにいるのか。何をしているのか。

いくら問いかけても答えはない。絹の波は動かず、涙でぼやける視界で金襴はむなしくあだ光りした。マルコはまばたいて涙を振り払い、「ここに」と声を絞った。

「ここに我らは御身を送る、ヴァラキアのカメロン、大いなる海の王にしてオルニウス号の長、波をわたる支配者にして高貴なる冒険者、いかなる苦難にも危険にも怖じる事なきわれらが総帥」

　騎士たちの間から押し殺したすすり泣きが漏れた。デイミアンはなんとか立ってはいたが流れる涙で顔をくしゃくしゃにしており、アルマンドとヴィットリオは秀麗な顔をこわばらせて、火明かりの届くぎりぎりの位置で身じろぎもしない。ミアルディとシヴは北の彫像とその影のように身を寄せ合い、動かない。最年長のアストルフォはさすがにそこまではないが、顎を胸にぴったりつけて、青銅の兵士像のようにこわばっている。

「慣例に従い海に身を捧げることかなわざりしを許したまえ。われら御身の肉体の神髄をとり、熱き火にて洗い清める。われらここに誓う、御身の苦悩、御身の恥辱、その身に加えられし不敬を、全力をもちてあがなわしめんことを。御身の血はわれらが血、御身の肉はわれらが肉なり。洗われし骨はいつの日にか波に帰り、偉大なるドライドンの宮居に休らわん。ひとときを眠りたまえ、御身われらが父、われらが兄、われらが長たるもの、われらここに礼をもって御身を送り、ドライドンのものなるその霊に、復讐の誓いを捧げたてまつらん」

　言い終えて、マルコは燃える松明の先を油につけた。

　油は音をたてて高く燃え上がり、見守る一同の中からはっと息をのむ声があがった。

　マルコは片手に松明をさげて、身じろぎもせず見つめていた。風が吹きつけ、あがった炎はすぐに全体に回って、積み重ねた薪と木々をのんだ。高く立ちのぼる火と煙のむこうで金と青の旗がじりじりと焦げていき、その奥に、もはや定かではなくなった人の顔が一瞬見えて、すぐに火の粉の渦に隠れた。

もう泣き声を抑えられるものは少なくなっていた。ほとんどの者が手放しでむせび泣き、朋輩と肩を抱き合っている。ディミアンがとつぜん、声を放って泣き崩れた、ミアルディが走り寄って友人を抱きしめる。肩に触れる者があり、マルコが我に返ると、シヴが、いつもながら無表情な黒い顔を光らせて、マルコの腕をとっていた。

「火をおけ」と彼は言った。「火傷をする」

そっと松明が手から抜き取られる。一瞬、反射的に抵抗しそうになった。このまま松明をかかげて、目の前で燃える葬送の火に身を投げてともに燃え尽きることこそ、何よりも敬愛した指導者への正しい敬意の表し方ではないかという気がしたのだ。

あやうく踏みとどまったのは、先ほど述べた誓いの言葉の記憶だった。御身の苦悩、御身の恥辱、その身に加えられし不敬を、全力をもちてあがなわしめんことを。そうだ、償わせずにおくものか、あの男、その果てしのない愚かさで多くの人間を踏みにじり、もっと敬意を払われるべき男に恥辱の死を迎えさせた恥知らずに。

カメロンの息子にもっとも近い存在であり、死のまぎわまでその愛情を独占していたというのに、その父代わりの相手に彼が与えたのは横死のためのひと突きと、その身の栄誉にふさわしい丁重な扱いでも壮麗な儀式でもなく、こうして少数の部下たちにありあわせの品で見送られるだけの、寂しい火葬でしかないとは。

シヴは枝のほうまで燃えてきている松明をもう一度高くかかげ、腕を振って弔いの火に投げ込んだ。火の粉がどっと立ち、くすんだ青空に渦をまいて立ちのぼった。古い大樹の株が崩れて、焦げた布にくるまれた遺体をもう一段炎の奥へと呑んだ。

もう抑えようもなかった。マルコは嗚咽(おえつ)をもらして、後ろに立っていたアストルフォに寄りかかった。松明を持っていた指がひりひり痛んだ。アストルフォは炎の中で骨になっていく者の代わりのように、マルコを抱き寄せ、自分もはばからず涙をこぼしながら、声を放って泣くマルコの背中を、はげますように何度もさすった。


薪がようやく鎮火した時にはもう夜も更けていた。灰がある程度冷えるまで待ち、マルコたちは黙々と燃えがらの中から骨と遺品をより分け、鎧櫃(よろいびつ)のひとつにおさめた。

そのためにわざわざパロから持ち出してきた品で、あの都で作られた品らしく、銀張りの地に細い金線が象眼(ぞうがん)され、虹色の貝殻と真珠が配されている。おそらくこれらはヴァラキアの海で産したものであろう。たとえ今すぐあの海の下に葬ることはかなわずとも、少しでも故郷に縁のある品物の中に、なき人を休らわせたかったのである。

櫃のふたを閉じ、仲間うちで供出した刺繍入りの上衣で包んで、まだくすぶっている大樹の幹を背にして安置した。さらに、その前であらためて火を焚き、一同が顔をそろえて、葡萄酒を回して酒盛りをした。話し声は少なく、笑い声はもっと少なかったが、めいめいが話をし、なき人の思い出を、栄光に満ちた日々への賛歌を、語った。

暗い記憶は追いやられ、口にされなかった。ヴァラキアの船乗りにとって、死は本来、あらたな冒険への船出であり、海神の宮殿に参じて、海緑のその腕の下で果てしない航海を続ける新しい生命への旅立ちである。輝く地平線の黄金を手にし、星の海をも渡るドライドンの大船団への参加を許される栄光の扉である。そのような旅立ちには、陽気な宴会と、酒と女と歌とがふさわしい。

アストルフォがまず口火を切って、オルニウス号に捧げる頌歌（しょうか）を吟じた。無名詩人の作とされている詩だったが、若いころから知性豊かな風流人として名高かったアストルフォが、いつか作った歌でも不思議はなかった。

大海（わだつみ）の淑女よ、
汝（な）が翼は風を抱きてひるがえり、
汝が裳裾は泡立つ水泡（みなわ）の綾なして
はろばろと瑠璃の舞踏場（おどりば）なす波間を支配す、
オルニウス、汝がしなやかなる竜骨（キール）は

いかな女の白き首筋よりも尊し、
いかほどのますらおどもの魂奪いしか、波濤の貴婦人、
なお貴く、いと無情に、海の女王よいざ誇らしくあれ。

老いたりといえどその声にはいささかの衰えもなく、堂々と吟じる声は夜空をついて風に乗り、暗い森の中へとしみわたっていった。喝采をあびて彼が座ると、次はアルマンドとヴィットリオの二人が立ち、今の頌歌を受ける形でカメロンの業績を物語りはじめた。物堅いアルマンドが唯一身辺から離したことのない、しなやかな曲線を描く胴体を持つ弦楽器を胸にかかえてつま弾く。

彼は毎晩、女ではなくこの楽器を抱いて寝るのだとからかわれていたが、カメロンは、男は誰でも好きなものを寝床に入れる権利がある、と微笑して皆をたしなめたのだった。アルマンドの手は器用だし、それに少なくとも、楽器は妙なる音で啼く。いたずらっぽく付け加えた一言で、いささか緊張した雰囲気だった一同はどっと笑い、息をつめてうつむいていたアルマンドは肩の力を抜いて、おずおずと笑ったのだった。

いまアルマンドは懸命に弦の上に頭をうつむけ、金色の巻き毛を両肩に散らしながら、ヴィットリオの朗唱にあわせている。ヴィットリオの甘い声は蜜をたらした火酒のように熱くあまやかにうねり、カメロンの生い立ちからその英雄的な日々をいきいきと浮か

び上がらせていく。華やかな戦いと宴と、冒険と女の年月――アルマンドとぴったり身を寄せ合ったヴィットリオは、長いまつげをまたたかせて星空に目を向けていた。

星空の名で呼ばれるある貴婦人と逢い引きをし、その嫉妬深い夫に命を狙われたとき、救いの手をさしのべたのはカメロンだった。直接決闘を申し込むだけの度胸もなく、刺客をさし向けて間男を排除しようとした夫を弾劾し、決闘の場に引きずり出すよう手配を整えたのだ。砂のまかれた決闘場でヴィットリオは相手と対峙したが、怯えあがった老人を前にしても戦意は起こらず、むしろ哀れみを感じるばかりだった。ヴィットリオは自ら退いて夫に謝罪し、応分の慰謝料を支払って夫人と手を切った。震える夫に従う星空の名の貴婦人はさびしげに、だが感謝するようにヴィットリオにむかって頷きかけた。

ご存じだったのですか、とヴィットリオはあとでカメロンに問いかけた。彼女が老いた夫を愛しており、この俺はたんに一時の情熱をわけあう相手でしかなかったことを？

カメロンは笑って、お前のような男も、彼女のような女も、俺はたくさん見てきた、とだけ言った。ヴィットリオは恥じ入り、夜ごとの漁色をしばらくはさし控えた。ほんの一年ほどしか保ちはしなかったが、それでも、色男で名高い彼が女遊びを控えるというのは、かなり大きなことであった。

彼らの語りをついでさらに数人の騎士が吟唱をつなげていき、やがて北方人のデイミアンとミアルディの二人が立った。この二名の吟唱は沿海州の優雅な形式とは違って荒々しく、極北のけわしい山嶺に吹き荒れる雪嵐と雷鳴のとどろきをその内に響かせていた。

雪と火をそれぞれ額にいただいた彼らは、高く低く交錯する唄で夜の空気をかき乱し、荒削りの岩を思わせる粗野な詩句と、暗い天地をゆるがす魔力を持つといわれる彼らの部族の古語で、英雄に下った悲運を語った。彼らの民族に伝わる英雄譚(サガ)では幸せな結末を迎える英雄は一人もおらず、英雄は英雄であるからこそ地上では恵まれず非業の死を遂げ、またそれによってこそ天なる氷雪の神の館に招かれて、尽きることのない酒と肉と、戦いの日々に赴くとされている。故郷を捨ててドライドンの誓いをうけた彼らであったが、重大な局面に際しては、常に彼らに命を与えた北の大地の神々が、魂のうちに戻ってくるのだった。楽器の代わりに大剣と、長胴船(ロングシップ)にいた時からの愛用の武器である刃広(はびろ)の戦斧(せんぷ)をそれぞれ手にして、彼らは武器が空気をなぐ音を伴奏に、荒々しい北の戦歌を歌った。

最後に立ったのはシヴだった。黒い肌をほとんど夜に溶け込ませて、ひとり声も立てず、涙も流さずにいた彼は、立ち上がるとやにわに鎧を脱ぎ捨て、衣をすべり落とした。腰布一つになった彼の肌に、縦横に走る白い傷跡を目にして、仲間たちは息をのんだ。

カメロンによって奴隷船の船底からひとり抱き上げられた彼にとって、全身を走る白い傷跡は奴隷の陰惨な記憶を呼び覚ます烙印であり、他人の目にさらすことはほとんど耐えがたい恥辱のはずだった。マルコがはじめて陽光のもとで見たとき、折れそうな骨にざらついた皮膚がまつわりついているだけだった少年は、磨き上げた鉄のような肌を持った、隆々たる巨漢に成長していた。

桃色の手のひらと足の裏をひらめかせて、シヴは舞った。無言のまま歯をむき、ときおりかすかに息を吐いたり草をかする音をさせるだけで、大きく見開いた白目と食いしばった歯がちらちらと闇に踊るばかりだった。言葉も、音楽もなかったが、ひきしぼられた筋肉と怒りに満ちた両目と白い牙が、彼の体内に燃えさかる怒りを表現していた。奴隷の烙印を仲間にさらして踊ることで、彼は自らの恥辱を自らのなき救い主に捧げ、血のしたたるその捧げ物にかけて、いま彼が体現しているがごとき怒りの暗黒を、敵に対して下さずにはおかないという意志を伝えた。漆黒の戦士の憤怒は中央で燃える焚き火の炎すら圧倒するほどで、マルコは彼の怒りが実際に熱となって肌を焼くのを感じた。

女はおらず、酒も十分ではない。だが、歌と物語はふんだんにあった。騎士たちは一晩かけてなおも旅だったカメロンの剛勇と知略を存分に語り、これから彼がおもむくであろう世界で繰り広げる新しい冒険を賞賛した。次々と歌い手は入れ替わり、声をそろえて七人は歌った。剣が打ち合わされ、偉大な船長に捧げる擬闘が行われた。杯を手から手へ渡しながら彼らは歌い、また涙を流した。酸い葡萄酒にまた涙を誘われながら、マルコもまた何度も酒を干し、仲間にあわせて歌った。

だが、腹の底で燃える暗い火をもまた彼は感じていた。パロの白い宮殿の奥、あの汚れ果てた部屋へ飛び込んでいった瞬間に焼きついた血の色、瞼の裏にじわじわとにじみ広がる赤い血だまりの紅が、いまだに残る熾火（おきび）のようにちろちろと彼のはらわたを舐めた。陽気で実直だった若者の瞳の奥に、危険な色が宿っていた。杯の縁をかみながら彼は微笑し、その固さを、イシュトヴァーンの骨であると思いなして、わずかに心なぐさんだ。

翌朝、七人の騎士たちは一晩安置した鎧櫃を担ぎあげ、そのために特に選んだ一頭の馬に、しっかりくくりつけた。

弔いの時に燃やした一枚以外に騎士団旗は手持ちがなかったので、さらに何人かのものが鎧の上につける飾り衣を差し出し、骨壺代わりの櫃は精いっぱい荘厳（しょうごん）された。馬と衣の両方をさしだしたアルマンドが護衛につく栄誉を与えられ、くつわをとってかたわらを進むことになった。彼は昨夜、存分にかなでた楽器を背中にかけ、吟遊詩人のようないでたちで、長い髪を背中に垂らし、徒歩ながら頬に昂奮の色をのぼらせて、鎧櫃に手を走らせていた。

大樹の株はほとんど焼け落ちていたが、まだかすかにいぶる太い根や堅いこぶは、灰の中に黒く突き出ていた。一夜を過ごした場所を去る前に、マルコは、いまは骨と化したものがその上に横たわった場所に手を置き、なき人の感触を確かめるかのように、黙して静かになでさすっていた。

木々が騒ぐ。鳥が渡る。空をゆく風はおそらく遠い海までも吹き渡っていくのだろう。

「おやじさん、見ていてください」

まだそこに彼がいるかのように、マルコは呟いた。

「あいつに代償を払わせずにはおきません。あなたは反対するかもしれない、だが、俺はあいつに生きていることを後悔させずにはおかない。俺からあなたを奪ったように、俺は、あの男からすべてを奪ってやる。自分が与えられていたものの価値も知らず、投げ捨てて踏みにじったあの男に、自分のしたことの意味を思い知らせてやる。王の名に値しないあの男から王冠と国をむしり取り、本来いるべき泥の中へ追い落としてやる」

言葉を切り、マルコは一瞬さびしげな色を目に浮かべた。復讐を口にしたことによって永久に失われたもの、かつての明るく屈託のない青年だった自分自身を悼むかのような、沈痛な表情だった。

だがそれもすぐに消え、酷薄な表情がふたたび瞳を冷えさせた。「誓いますよ、おやじさん」そう言って、彼は香油の煙がしみついた大樹の根に唇をあて、頭をたれた。

「俺はイシュトヴァーンを破滅させる。あの男があなたを殺した時のように、あいつを跪(ひざまず)かせ、なにもかも亡くしたことをたっぷり知らせてから、その目をのぞき込んで剣を突き刺してやる。俺の心はその時まで休まることはない。ひょっとしたら、俺はあなたを悲しませるのかもしれない、おやじさん、だが正義は、行われねばならないんだ」

最後の一言を自分に言い聞かせるように呟いて、マルコは頭をあげた。陰りをやどした目は海へと続く空を見ていた。彼は立ち上がり、深く一礼した。

「マルコ」

シヴが寄ってきて重くささやいた。「出発だ」

マルコは頷いた。鎧櫃をのせた馬のそばでヴィットリオがアルマンドと話しており、アストルフォは誰にも手伝わせず黙々と火の始末をしている。デイミアンは所在なげに自分の馬のそばで手綱をもてあそんでおり、相棒のミアルディが戦斧を鞍にくりつけようとするのを、手伝うでもなく疲れた顔で眺めている。

「行こう」マルコは行った。とたん、なにか巨大な一歩を踏み出してしまったような気がした。これから踏み出していく先がひどく暗い、想像したこともない洞窟の奥であると思われた——しかも出口はなく、進めば進むほど地底の闇にとらわれるしかない、永劫の迷宮にのまれていくのだ。

マルコは頭を振り、らちもない空想を追い払った。シヴのあとに従って草地をのぼる。葬礼の一夜をこえた森は深閑として、焼けた大樹は早くも大地に還ろうとしているかに思えた。

2

一行はさらに南へと進んだ。パロ、クリスタルを出て、アルーンの森を抜け、ハイランドを縦断し、ウィレン・ラトナレンの両山脈のあいだを通って、ヴァラキアへいたる道筋である。

もともとカメロンの個人的な部下として付き従っていたドライドン騎士団に、ゴーラへの忠誠心はない。彼らにとっての故国はあくまでヴァラキアであり、カメロンの遺骨を守る今は、一日も早く故郷に帰りつき、馬上に仮安置されている骨を、本来あるべき場所である海へ、ふさわしい礼をもって葬り直すことが、彼らにとってはもっとも重要であった。

ヴァラキアを統べるロータス・トレヴァーン公は英明で知られる武人である。在ヴァラキア時代のカメロンとも良好な関係を保っていたし、イシュトヴァーンのもとへ馳せ参じたときにも、かれの丁寧な推薦状を持参した。正式にヴァラキア海軍提督の地位を返上し、オルニウス号をはじめとする船を副船長を務めていた部下のグンドにあずけて、イシュトヴァーンによる新生ゴーラ王国の宰相となったのである。

　そして現ゴーラ王国は、モンゴールの正統であったアムネリス王妃の死後、依ってたつ王家の血脈という意味において弱い。弱い王権には必ず虫がつく。いまだ体制の整わない新興ゴーラをひとりで支えていたのがこの宰相カメロン卿であり、その彼が、国から離れたパロで不慮の死を遂げた――しかも、王であるイシュトヴァーンも国を離れており、いまのゴーラはまったくの無防備状態である。もし、この状況がゴーラ国内で機を狙う勢力に知られれば、たちまちゴーラは分裂して戦乱のちまたとなるだろう。

　ゴーラを囲むクム、ユラニア、モンゴールの三国に対しても油断はならない。ユラニアの歴史は長い。成立した時代だけでいうならクムやモンゴールより古いのである。起源をたどれば帝国時代の旧ゴーラの皇帝を傀儡としたユラニア大公によって建国されたユラニアが、皇帝サウルの亡霊などという不確実なものを礎とするイシュトヴァーンの王権より、自国のほうがもっと古く確実な権利を所有すると唱える可能性は大いにある。

　対するクムは現在、三公国で大公家の血筋が唯一残っている場所である。現在の大公タリクは一度はイシュトヴァーンと同盟し、ユラニアの滅亡に手を貸すことになったが、彼の野心がさほど豊かではないとはいえ、その下に集まるものも同じだとは限らない。イシュトヴァーンに恩義を感じるような殊勝な人物でもない。部下につつかれ、唯一の大公家の生き残りとして、新ゴーラの玉座を主張することはありうる。現在イシュトヴァーンに幽閉されているパロのリンダ女王に、婚姻の申し込みをしたという噂も流れていた。求婚者としてリンダ女王の救出の名目をかかげれば、イシュトヴァーン王の追い落としをはかる理由としては十分だろう。

　そしてモンゴールはほかならぬ、亡きアムネリス王妃の国である。王妃は現時点で最後のモンゴール女大公でもあった。三国の中ではもっとも新興ながら、かつてはパロを破った強大な国家であり、おそらく今でもその勢力はかなりの部分残っている。

　しかもアムネリス妃の血を継ぐドリアン王子は、現在の正嫡である。イシュトヴァーンによる彼女の非道な扱いとのちの非業の死を言い立て、イシュトヴァーンを廃して、強大なモンゴール大公家の正統な血を受け継ぐドリアンを王とすると宣言すれば、ややこしい傀儡やその他の理由をつくることなく、一気にゴーラを簒奪できる。国力と、現在王権にもっとも近い位置にあるということで考えれば、おそらくモンゴールの残党勢力がもっとも警戒すべきものであろう。

　こうした不安要素を抱えていたにもかかわらず、新ゴーラがまがりなりにもこれまで成立していたのは、ひとつにはアムネリス妃の存在、ひとつは（マルコにとって認めるのは業腹なことだが）イシュトヴァーンという人物の妙に人心を引きつける存在感、さらに、実務的な面においてのカメロンの卓越した存在という、この三つの柱によって支えられていたためである。

いま、ゴーラはそのどれをも失っている。アムネリス王妃は死に、イシュトヴァーンはパロにあり、そして、カメロンはイシュトヴァーンに殺された。

殺された、と口中に呟くとき、マルコは凍るような火が胸の中でちらりとゆらめくのを感じる。さよう、カメロンはイシュトヴァーンに殺された。息子のようであったイシュトヴァーンがカメロンを殺した。ならばイシュトヴァーンもまた、息子の手によって殺されるべきではないかと、なにかが脳内でささやいていた。

ドリアン王子はいまだ幼く、ほんの赤ん坊にすぎないが、名目として立てるにはそれで十分だ。むしろ意志を持たない幼児であってくれる方が都合がいい。

イシュトヴァーンは息子を嫌い、カメロンの手にあずけて顧みなかったが、それもまた好都合だ。カメロンが愛しいつくしんだ子供が、イシュトヴァーンの喉を切り裂く刃となる。これこそ因果というものではないか……

こうした陰鬱な思いを抱きながら、マルコは騎士団の同胞たちとともに道をたどり、緑ゆたかなハイランドから急峻なウィレンの山肌を眺めて、アグラーヤ・イフリキアの国境につづくラトナレンの山々のつらなりの下を旅した。

クリスタルを出たときはそれなりに美々しく装っていた騎士の面々も、行路が半月、ひと月と長くなるにつれ、しだいに疲弊の色が濃くなってきた。途中の村や都市で休息し、補給もしたとはいえ、パロからイシュトヴァーンの意を受けた追っ手がいつやってこないとも限らない。クリスタルを出るとき、イシュトヴァーン、もしくは彼に力を貸す怪しいものが放った異形の竜頭兵の爪痕もぞんぶんに目にした。

あの怪物どもがなんであるにせよ、今のところイシュトヴァーンを助けるように動いているあのものに襲われたら、マルコたちには抗するすべがない。パロの魔道師宰相は皇太子であるアル・ディーン王子とともに姿を消し、行方が知れないと聞く。マルコたちにいまできるのは、できるかぎりクリスタルとイシュトヴァーンから距離をとるとともに、カメロンの名と、ゴーラに戦乱を呼ぶことで得られる利益で釣ることのできる、沿海州の諸侯に事態を話して合力を求めることだけである。

十数日ぶりに人里がみえたという知らせを受けて、一行にほっとした空気が漂ったのは、ひどい雨が降って荷物と服を水浸しにされた三日後のことだった。沿海州は温暖で湿潤な気候であるが、それがどういうことであったか、身をもって知ることになったのだ。寒冷で乾いたゴーラや、かの地にひそむ古代の魔道の恩恵か、内陸部であっても温暖な気候の保たれているといわれるパロと違って、南の地方では温気とともに来る突然の豪雨が旅人になまぬるい水をかけ、大事に運んできた何もかもをぬるま湯に浸したようなありさまにしてしまう。

「やれやれ。少しはましな寝床で寝られるといいんだが」

伸びた髪に手を走らせてヴィットリオがため息をついた。伊達男の彼にとって、長い間身体も洗えず、衣服を替えることもできないというのはきわめて難儀なことなのである。鎧櫃のそばにぴったりとついて禁欲的に歩を運ぶアルマンドを気づかわしげに見る。大雨のあいだじゅう、大切な楽器と、さらに大切な櫃を身を挺してかばったせいで、美男のアルマンドは見る影もなく全身から水をしたたり落としている。

「大事なのは無事にヴァラキアにつくことです。カメロン卿とともに」アルマンドは静かに答えた。

「あとどのくらいなのですか？」

「かなり下ってきたからな。あの雨も、南海に近づいたしるしだろう。潮のにおいがする。沿海州の砂のにおいだ」ミアルディが手を近づけて鼻をひくつかせる。

「うん、レントの海のにおいだ」

「おまえの垢のにおいじゃなきゃいいがな」デイミアンがまぜっかえす。

ミアルディはうなり声をあげてさっと振り返り、手の甲をデイミアンに叩きつけた。デイミアンは慣れた仕草でミアルディの腕をとらえ、叩いて突き返した。いつものことなので誰も騒ぎはしない。ミアルディ自身もちょっと手を振っただけで、すぐに鞍の上で立ち上がって丘のむこうに目をこらした。

「ああ、見えた。アストルフォ殿、ご覧になれますか？　少なくとも、こいつの垢のにおいからは解放されそうな街です、間違いない」

「そうだな」しんがりをつとめていたアストルフォが、人里が近いという知らせを聞いて追いついてきていた。

「水浸しの食料を買い足さなければ、行軍を続けるのは難しいだろう。記憶が正しいならば、あれはルヴォリ海洋伯リッケルト・カルディニ卿支配下の都市で、ザカッロというところだと思う。むかし、遠征で何度か入ったことがあるが、当時は先代のバーリ卿の支配だった。何度かお会いしたこともある。バーリ卿は篤実なお方であったが、息子のリッケルト卿がどうであるのかは、さて、覚えがないな」

「篤実であろうとどうであろうと、訪ねてみて損はありませんね」

黙って会話を聞いていたマルコが言った。

「食料を手に入れるのが急務なのは確かですし、皆、長い旅で疲れています。安全が確保できるなら、ヴァラキアへ入る前に数日滞在して、英気を養うのもいいでしょう。できればリッケルト卿に会見を申し込んで、ヴァラキアへ入る前におやじさん……カメロン卿のことを知らせ、味方についてもらうのもいいかもしれません」

「俺が行って見てくる」シヴが言葉少なに申し出た。「俺なら早い。見つからない」

「それほど警戒する必要もないと思うが」アストルフォが首をかしげた。

「だがまあ、クリスタルでのことがあったあとだ。用心に越したことはないか。いいだろう、頼むぞ、シヴ殿。われらはここで待機する」

　一行は隊列を止めて、木陰に入った。シヴはひとり馬をすべり降り、身ひとつになってどこかへ消えた。彼がいざとなれば、騎馬のどんな戦士よりも身軽に、風のように駆けていくことはみな知っていた。音もなく、気配もなく、誰も入りこめない場所を偵察することもできれば、誰かの喉に短剣の刃を吸い込ませることもできる。葬礼の夜に傷を捧げる舞を見せてから、彼はますます寡黙に、鋭利に、夜から現れる影の刃のように予測のつかない男になっていた。

　午後おそく、シヴが戻ってきた。彼の報告によれば、見えているのは確かにザカッロの都邑（とゆう）で、現在は太守のジョナート・オーレリオが統治している。ジョナートはルヴォリ海洋伯の三女オルネッサの女婿で、トラキア自治領と縁が深く、アグラーヤの王家ともよしみを通じている執政官で、なかなかしたたかな仁ではあるようだ。街はまずまず繁華で、人も店も多く、食料や宿には不自由しないであろう。大門は日暮れとともに閉じられ、夜明けまではいっさい旅人を入れないことになっているので、今夜を屋根の下で過ごしたいのならば、すぐにでも出立した方がいい。

　騎士団は安堵の息をつき、ふたたび馬をすすめた。午後いっぱいかけてゆるい丘陵地帯を越えていくうちに、渦巻き模様の白石で組みあげられた城壁と、たなびく色とりどりの旗、そして槍に寄りかかっている数人の衛兵が見えてきた。大門は開かれ、夜を外で過ごしたくはない隊商や旅行者が、急ぎ足に門をくぐろうとしている。

「こちらは、ジョナート・オーレリオ太守のおられるザカッロの街か」

豚の群れをやっきになってつついている農民を追い越して、マルコは丁寧に衛兵に話しかけた。疲れ果てた様子ながらも、一目で騎士連とわかる隊列が近づいてくるのに気づき、警戒の色を浮かべている。

「さよう」とわずかにとげとげしい色をにじませて答える。

「騎士身分の方々とお見受けする。皆様の所属なさる国、もしくはご主君のお名前を承りたいが」

「われらはヴァラキアの大船長、カメロン卿麾下、ドライドン騎士団の一同」

アストルフォが堂々と応じた。

「はるばるパロはクリスタルより引き上げてまいった。こちらの都市にて休息と補給を、そして、可能ならば太守ジョナート殿に面会し、われらの窮状を申し上げて援助を得たい。だが、ひとまずはこちらにて一夜の宿を取り、食事と寝床を求める。騒ぎは起こさぬと約束する。通していただけるか」

衛兵は動揺の色を浮かべた。「カメロン卿？　しかし、あの方は——」

「そうだ、卿はゴーラに移っておられた」そばからマルコがすばやく口をはさんだ。「そしてわれらも卿についてゴーラに移動していた。しかし、ここでは話せぬある事情があって、沿海州に戻ってきたのだ。事情は太守にお目にかかれたならば、その時にお話しするだろう。どうか、通していただけまいか」

　衛兵はとまどったように目と目を見交わしていたが、「少々お待ちを」と言い置いて、城壁の中へ入っていった。しばらくして、こざっぱりしたなりの口ひげを生やした壮年の男が出てきて、一行に向かって胸に手を当てて礼をした。

「町差配のリッピオと申します」と彼は言った。

「騎士様がたにはどうぞお通りくださいと、お上からの命令です。わたくしがお宿までご案内いたしましょう。城壁の中でお待ちください。すぐに参ります」

　半分閉じられていた大扉がいっぱいに引き開けられた。日暮れ前に急いで入ろうとしていた人々は目を丸くして、疲れ果てた顔の騎士がぞろぞろと馬を進めるのを、左右に分かれて見守った。吟遊詩人のような若者に守られて列の中央にある、銀と真珠の櫃は特に奇異の目を集めたが、さすがに表だって声をかけてくるものはいない。

　大門を入ったすぐ脇に馬を止めて待つ。さすがに安堵の空気がただよった。暮れなずむ街はいかにも平穏で、行き交う人々の足取りもゆったりしている。何より心をなぐさめたのは、長い間目にしていなかった、沿海州風のたっぷりした透ける女衣装や、潮風に映える鮮やかな色や、船乗り風のベルトや靴などの風俗があちこちに見受けられたことだった。大雨はうれしくない事件だったが、レント海が近づいていることを一同に告げ知らせた。そして今度はザカッロの街の雑踏が、故郷がすぐそこまで来ていることを明らかにしている。ヴィットリオは口笛を吹き、花かごを手に気取ったようすで歩いてきた娘に片目をつぶった。娘は驚いたように足を止めたがすぐににっこりとほほえみ、美男の騎士にしなを作って、指でキスを投げた。

「ほんとに帰ってきたって感じがするな」うきうきと彼はそばにいたディミアンにささやいた。ディミアンは尻をふりふり歩いていく娘に目をやり、

「ちょっと痩せすぎだ」と意見を述べた。「俺はもっとたっぷりしてる方がいい」

「お前ら、もう女の品定めをはじめてるのか？」ミアルディが割り込んで、うんざりといった顔で額に手をあててみせ、

「しょうのない奴らだ。女は胸や腰だけでできてるわけじゃないんだぞ。肝心なのは脚だ、脚。すらっとしたふくらはぎに、むっちりした太もも」

「なんの話をしてるんです？」

　櫃を乗せた馬について眉をひそめていたアルマンドが厳しく言った。

「カメロン卿とドライドンの名にふさわしくない会話は控えなさい。イシュトヴァーンの下についていたならず者どもと、われわれが同じだと思われたらどうするんですか」

　しかられた三人はてんでに首をすくめ、いたずらっ子のようにくすくす笑った。

「若いというのは元気だな」マルコに向かって、アストルフォは苦笑した。「ちょっとほっとしたと思ったらもう、色事に目が行っている」

「お忘れのようですが、私だってそう年寄りというわけではないんですよ」

微笑を返して、マルコは街を眺めた。腹に燃える熾火はマルコに浮ついた気分を起こさせるには熱すぎたが、若い彼らが懐かしい故郷の風物に触れて、張っていた気をなごませる気持ちはよくわかる。もしここに生きてカメロンが同行していたなら、マルコも彼らといっしょに、気楽な品定めに興じていたかもしれなかった。

ふと、別れて長いブランのことが思い出された。カメロンの命を受けて、イシュトヴァーンの私生児、小イシュトヴァーンとその母を探しに出かけた彼は、いまごろどこでどうしているのだろう。カメロンがこんなことになっているとは、きっと彼は思いもしていない。カメロンにもっとも近い副官であり、つきあいも長い豪快なあの男は、イシュトヴァーンの所行を知ったらどうするのだろう。イシュトヴァーンの息子を無事見つけ出していたとしても、その父親が父とも慕うカメロンになしたことを知れば、息子に対する気持ちも、それまでのままではいられないのではなかろうか……

「お待たせいたしました」

汗をぬぐいながらリッピオが姿を見せた。よそ行きらしい赤い絹の胴着に着替え、腰のベルトに職分を示すらしい装飾的な短剣と、役目のしるしの儀礼的な天秤秤（てんびんばかり）をさして、緑色の布を腰から長く垂らしてなびかせている。後ろには従者が数人、荷物運びのなりをして付き従っていた。

「お宿にご案内いたしましょう。荷物を運ばせます。よろしければこちらの者どもに、手綱をお預けくださいませ」

「ああ、こちらの馬はわれわれが牽く」マルコはさりげなく言って、鎧櫃をつけた馬の方向に手を振った。

「大事の品だ。人に預けるわけにはいかない事情がある。だが、ほかの荷物は運んでいただければありがたい。馬も疲れている」

リッピオはお辞儀をして従った。脚通しの裾を布で巻いた人足たちがばらばらと出てきて手綱を受け取った。一人が脚の白い一頭のくつわをとろうとしたとき、そばからぬっと現れた黒い影が、うなるように、「俺がやる」とだけ言った。震え上がって下男はあとずさった。夜が形を取ったようなシヴは滑るように動いて、自分の騎馬を導き、空身になった仲間たちの後ろからむっつりとついて行った。騎士たちの真ん中には鎧櫃を背負った馬がたいせつに取り囲まれ、王侯のように輝いていた。

リッピオは騎士団を街の中心に位置する広壮な宿屋に導いた。〈波濤館〉と呼ばれるここは、先々代の海洋伯が草原のトルース太守のもてなしのため建てた館です、とリッピオは自慢げに言った。今でも草原地方との通商は行われていますが、かつてのような大規模なものではなくなったため、こちらは高貴な方々のための旅館として使用されております、と説明した。マルコたちにとっては何に使われていた建物であろうとあまり関係はなかったが、騎馬民族をもてなすために使用されていた建築らしく、馬房が立派で、世話をするものも充実しているのはよいことだった。

「お食事はすぐに用意させます」

みずから一人一人を部屋に案内して、リッピオは頭を下げた。

「湯をお使いになる方は下の浴室へおいでください。蒸し風呂も備えてございます。湯はラトナレンの方から湧いてくる温泉を使用しておりますので、いつでもたっぷりとお使いいただけます」

「やあ、それはありがたい」伊達男のヴィットリオが額を叩いた。「街へ出る前に、一風呂浴びてきれいにしたかったところだ。淑女に見せる顔は、いつでも見苦しくなく整えておくのが礼儀というものだからな」

「アストルフォ殿が先ですよ。お疲れなんですから」厳しくアルマンドがたしなめる。

「お疲れはみんなそうだ。だが老齢に敬意を払って、アストルフォ殿にお譲りしよう」

「わしは結構だ」アストルフォは苦笑いして手を振った。「蒸し風呂はきつすぎて心臓にこたえる。あとでゆっくりぬるま湯につからせてもらえれば十分だ。どうやら出かけたくてうずうずしている元気者がいるようだから、気にせず使うがよかろう」

「さすがはアストルフォ殿だ。人間ができていらっしゃる」

運ばれた食事をとり、それぞれに風呂で湯を浴びて身体を温めると、マルコも骨身にたまった長い緊張と悲痛がほどけて流れ出ていく心地がした。香りのいい小枝と草で背中をうってもらい、たまりにたまった汗と汚れをかきとってもらうと、生き返ったようにさっぱりした。

ヴィットリオとディミアン、ミアルディは身なりを整え、久しぶりの街泊まりに嬉々として、目当ての酒場へ繰り出していってしまった。老アストルフォはゆっくり湯につかったあと早々と床に入った。アルマンドはカメロンの遺骨のそばを離れないと主張し、櫃の安置された部屋で静かに悲歌を奏でている。シヴはいつものように喧噪を避けて姿を消し、どこか人のいない片隅で、謎めいた夢をみている。マルコは習慣をまもってざっと今夜の宿営たる宿をまわって構造と人を確認したあと、自分に割り当てられた部屋を出て、表通りに面する通廊へと出ていった。

途中で汚れ錆びた鎖帷子（くさりかたびら）を手入れの職人に渡す。軽くなった身体で、風通しのいい衣を着て夕風にあたる。氷を入れたヴァシャ果汁と香料入りの柑橘酒（かんきつしゅ）を売る男が肩に長い棒をかけ、素焼きの大瓶を両端に振り分けで担いで歩いていく。独特の哀愁を帯びた売り声をマルコは心地よく聞いた。金色の房のついた面紗（めんしゃ）で顔を隠した人物がこっそりと道の端をすり抜ける。身なりのいい若者たちがふざけて笑いこけながら通り過ぎていき、ふかした饅頭の皮に煮た赤えいのひれをはさんだ軽食を、群がった子供たちが買っている。魚の丸揚げの香ばしい香りが漂ってきた。食事は十分取ったあとだったが、懐かしい沿海州の街角にいつもあった香りはマルコにせつない郷愁の念を起こさせた。冷やした葡萄酒入りの小瓶を片手に提げてマルコはぶらぶらと門へ出ていき、門前を行き交うザカッロの市民たちの上に、もうすぐ帰りつく故郷の面影を眺めた。

「冗談じゃないよ」

　たまりかねたような声がした。まだ高い、少女の声である。

「ちゃんと代金は払ったじゃないか、なのに量をごまかしてるのはそっちだ。あたしは升一杯ぶんのお銭を出したのに、これ見なよ、半分はただの草だ。小娘だと思って、ごまかそうとしたってそうはいかないよ」

「大人を侮辱するとただではすまさんぞ、ちび」

「ちびで上等さ、あたしはあこぎな商売でちびの娘をだまそうとなんてしないからね。ちゃんと料金分の薬草を出しておくれったら！　あたしには待ってる人がいるんだから」

　ガタガタと物のぶつかる音がして、通りの斜め向かいの門口から、小柄な娘と、商人らしき恰幅のいい男が転がり出してきた。娘は顔を真っ赤にしてじたばた暴れており、男は帽子をななめにずり落ちかけさせたまま、こちらも真っ赤になってあえいでいる。指輪をいくつも塡めた指が娘の肩と腕をしっかりつかんでおり、まわりには乾かした木の葉や草が散乱していた。

「さあ、出ていけ、この物乞いめ。黙っていればいい気になりやがって、貴様のような小汚い娘を店に入れたのが間違いだった」

「あたしは物乞いじゃない！」

身をよじって娘はわめいた。小さな、逆三角形の子猫じみた顔は痩せていて、鮮やかな朱金色の巻き毛が乱れて目の上に覆いかぶさっている。ミアルディも見事な赤毛だが、また一段と鮮やかな明るい色の髪だ。店先の洋灯に照らされた髪はそれ自体意志を持っているかのように身もだえした。

マルコは糸に引かれるように宿の門を離れた。店主と少女が争っているところへ近づく。まわりには見物人の人垣ができていて、中から息を切らしてもみあう彼らの罵りあいが聞こえてくる。

「お金を返しなよ、この悪党！　いいよ、あんたのいんちきな薬草なんかいらないや、けど、代金をごまかそうとしたってそうはいかないよ」

「俺を泥棒呼ばわりするのか？　物乞いのくせに失敬千万だな、どうせあの銀貨だって偽金なんだろうが。お前みたいなぼろ娘があんな大金を持っていてたまるもんか。ほんとならすぐにお役人につきだしてやるところだが、子供に縄目をつけさせるのも可哀想だから見逃してやろうとしたのに、恩知らずなやつめ」

髪をつかまれて娘は金切り声をあげた。あおむいた小さな顔が灯火にぎょっとするほど白く、その目が緑の光をためて危険にきらめいた瞬間、人垣をかきわけてきたマルコが声をかけた。

「これは、何の騒ぎだ？」

「あんたにゃ関係ない……ああ、こりゃどうも、旦那様」

片手に娘の髪をつかんだまま噛みつこうとした男は、上等な麻の衣に短剣をたばさんだマルコの姿に、急に弱気な笑みを浮かべた。

「なあに、この汚い流れ者の小娘がですね、あたしの店で泥棒を働こうとしたんで、ちょいとこらしめているところでさあね」

「泥棒なんかしてない！」

そっくりかえって娘は大声をあげた。

「料金分の物をよこさない上に、品物だってひどいから、そう言ってやっただけじゃないか。ザカッロ一の薬種商が聞いてあきれるよ。ここじゃ、詐欺をして客のお金をそっくりだまし取る奴が商人って呼ばれるのかい？」

「いい加減なことを言うと首を引っこ抜くぞ、ちびめ」店主はあわてて娘の髪をねじった。娘はうめき声を立てた。爛々と輝く緑色の目に大粒の涙がにじんだ。

「もういい。ほんの子供ではないか。幼い子に乱暴をするものではない」

マルコは懐から財布を出して、数枚の硬貨を手に載せた。

「さあ、金はここにある。これで、買えるだけの薬草とやらを俺にくれ」

「はあ、それで、旦那様はそいつをどうなさるんで」店主は口をとがらせた。

「そんなことはおまえの知ったことではない」ぴしゃりとマルコは言い、金をむりやり商人の手に押し込んだ。

「さあ、早く商品を持ってこい。ザカッロ一の薬種商とか言っていたな。何を買いに来たのだ、娘?」

　手を離された娘はそばにふらふらしながら立ち、顔をこすっていたが、それでもはっきりと数種類の薬草とその他の品の名を口にした。マルコは尊大を装って顎をしゃくり、「では、それらだ。すぐに持ってこい」と命令した。

「流浪民の子供には売れないというなら、旅人のこの俺にも売れないかな?」

　店主は腹に据えかねる顔をしていたが、マルコの身なりと物腰、腰につけた剣、そして何より、そばにいた者がそっと囁いた、このお方はヴァラキアのカメロン卿配下のドライドン騎士だ、という言葉に、震え上がって頭を下げた。

「承知いたしました。すぐにお持ちいたします、旦那様」

　少しあと、マルコはさわやかな香りを放つ袋をかかえて、路地裏の細い石畳を歩いていた。表通りとは違って、こちらは石もひび割れて汚れ、ごみから流れ出る汚水がところどころに筋を作っている。娘は先に立って歩き、どこかから取り出した、火屋(ほや)のこわれた小さな手提げ洋灯をつけて、足もとを照らしていた。

「ありがとう。助かったよ、お兄さん」と彼女は言った。

「気にするな。お前のような子供がいじめられているのは、気に入らない」

「子供じゃないよ。十五歳だ」

怒ったように娘は言い、だぶだぶの黒い衣をひっぱった。右の腕が、黒い毛織りの手袋に覆われているのが目についた。身なりのみすぼらしさにしては、手袋のような贅沢品を身につけているのは奇妙なことだった。

「まあ、ちょっとちっちゃいし、痩せちゃったのは認めるけど。ここの街に来るまで、ずいぶん酷かったから。ほんとは、ここに入るのも嫌がってたんだけど、いいかげんちゃんと薬なりなんなり飲んで、ちゃんとしたものを食べないともたないって、あたしが説得したんだ。ちゃんと飲んでくれればいいけど」

「誰がそう言っているんだ？　家族か」

「まあ……そんなもんだね」

はっきりしない口調で娘は言い、こっち、と洋灯を振り動かした。

二人はますます暗い裏路地に入っていった。鼠やごみあさりの虫が、光と足音におびえてちょろちょろ逃げていく。ごみの山とほとんど見分けのつかない、汚れ果てたぼろの塊が裏階段や汚穢（おわい）であふれたごみ入れにもたれかかってぴくりともせず、たちこめる強烈な悪臭に、マルコは思わず顔をしかめた。

「こんなところに若い娘がいては危険だ。大丈夫なのか」

「平気。これでもそれなりに身は守れるんだよ」

鼻を鳴らして、娘はほとんど見えないほど細い階段を上がりだした。マルコもついて行く。小柄な娘はともかく、マルコが歩くと肩がつかえそうな幅しかなく、実にせまくるしい。石はすり減ってくぼみ、汚水でぬるぬるしている。マルコは袖で鼻をおおい、懸命に口で呼吸した。娘の連れが誰だか知らないが、こんなところにいては、薬を飲んだところで治るものも治らないのではないだろうか。

「お師匠」腐りかかった木戸を押し開けて、娘は呼びかけた。

「お師匠、ただいま。薬買ってきたよ。いま、煎じ薬作ってあげるから、飲みなね。食べるものもちょっと買ってきたから、薬の前に、なんか腹にお入れよ」

娘はばたばたと奥に向かった。奥と言ってもせいぜい飼葉桶に毛の生えたような大きさのとてつもなく狭い部屋で、むきだしの石の床の上に、ぼろ布を積み重ねたような寝床がひとつあるきりだ。寝床だけで部屋はいっぱいで、足もとのほうにかろうじて空いた隙間で、娘が小さなコンロに火をおこしている。わきに置いた洋灯の弱々しい明かりが唯一の光源で、マルコの高い影は、魁偉（かいい）な巨人のように長く伸びてぼんやりと壁に躍った。

「誰だ？」老人のようにしわがれた声がした。

「お金を取られそうになったのを守ってくれたんだ。騎士様なんだって」

鍋に水をそそぎ、むしった薬草を勢いよく放り込みながら娘が言う。「失礼する」マルコは言って、そろそろと前に進んだ。

「俺はマルコという。ヴァラキア、カメロン卿を長とするドライドン騎士団の一員で、沿海州に帰還する道筋でこの街に立ち寄った。この娘御が商人に痛めつけられているのを見るに見かねて割って入ったのだが、ご病気か、ご老人」

「ヴァラキア？」愕然とした声がした。「ヴァラキア——沿海州？　カメロン？　ドライドン騎士団だと？」

煮染めたような毛布がさっとめくられた。ぎょっとして飛びたった娘が、両手を広げて病人を床に押し戻そうとする。

「ちょっと、だめだよ、お師匠、寝てないと！　少なくとも、薬ができるまではおとなしくしてなって！」

しかし、聞こえていないようだった。生白い、ほとんど死人のようにやせこけた男の顔が、目も口も大きく見開いた驚愕の表情をマルコに向けていた。濃い隈が灰色の涙っぽい目を取りまき、つやのない頬はげっそりとこけて、まるで内側から肉を吸い取られたように見える。乾いた灰色の髪がぼさぼさと頭を取りまいており、ごみだらけの鳥の巣を頭にかぶっているかに見えた。

はじめ、その顔はマルコに戸惑いしかもたらさなかった。だが、しばらく見つめ合っているうちに、アルド・ナリスを訪ねてマルガに旅した体験が徐々に思い起こされてきた。

記憶に入り交じるイシュトヴァーンの顔は苦痛をもたらしたが、その奥から、しばしば顔を合わせることになった、いつもこの世の重荷を一身に負っているような顔つきをしていた黒衣の男が浮かんだ。小柄で貧相な顔をして、何かに耐えかねているようにいつも背中を曲げて歩いていた姿はよく覚えている。

しかし、パロはほぼ壊滅したはずだ。ほとんどの宮廷人は殺されるか、幽閉されるかしている。逃亡できた幸運な人間はほんの一握りだろう。その中に誰か高官がいたとは聞いていないし、誰か重要人物がいれば、噂はいずれ耳に入ってくる。宰相ともなれば、なおさら――

愕然としてマルコは一歩あとずさった。

「まさか――ヴァレリウス殿か？　パロ宰相の？」

3

〈波濤館〉は翌日、新たな客を二人迎えることになった。病みやつれた灰色の髪の男と、そのそばに心配げに付きしたがう、赤毛に緑の目の娘である。マルコが先導してシヴとデイミアンが荷物と人を引き取りに行き、ヴァレリウスは熱でけだるい身体をシヴのたくましい背にあずけて、ほとんど意識もないままに〈波濤館〉の部屋に連れていかれ、ととのえた寝床に寝かされた。

「薬師は肉体と精神のきわめて重い疲労が原因だと申しております」

リッピオがアストルフォの部屋にやってきて報告した。

「なにか、非常な苦難と心痛を経験されて、心身が限界を超えてしまわれたのでしょう、と。どうやら、もとからあまり丈夫な方ではいらっしゃらないようですし、しばらくこちらで休息し、栄養のある食事を摂れば徐々に回復するとのことでございます」

「まさか、パロの宰相閣下がこんなところの場末に身を隠しておられたとは」

アストルフォが首を振った。

「話すのはまだ無理か？　……無理だろうな。それにしてもよく見つけられたものだ」

「偶然だったのです」

誰よりも驚いているのはマルコだった。宿に運ばれたヴァレリウスは、薬を与えられて人事不省の眠りにおちている。あの赤毛の娘――アッシャというらしい――ともまだまとまった話ができているわけではないが、そのただ中を逃れてきたものから聞くパロ市街の惨状は、身の毛もよだつというのさえ控えめすぎてふさわしくないほどだった。

マルコたちが目にした被害は、ほんの一端にすぎなかったのだ。カメロンの亡骸を守ってクリスタルの廃墟を通り抜けていくさいに目にした破壊と荒廃は、もとの都市が美しければ美しいだけ無惨きわまりなかった。砕けた神像や白い神殿、引き倒された塔、焼け焦げた家々や赤黒く染まった水路。投げ出されたままの死骸やぐしゃぐしゃに潰れた奇怪な生き物の死体が折り重なって腐汁をたらし、中原の真珠をきたならしい汚穢で汚していた。何が起こっているのかは水晶宮の壁の中で伝わる程度しか知り得ず、それでさえあまりの凄惨さに背筋の凍りつく思いがしたものだが、例の竜頭兵という化け物が、パロの魔道師宰相にどんな烈しい苦悩を与えたかは、想像するしかなかった。

「太守のジョナート殿には使いを送った」アストルフォは言った。

「パロの宰相がここにいるということがどんな意味を持つか、彼らもすぐに察するだろう。ゴーラがパロを蹂躙し、女王を監禁しているという話はすでに彼らも知っている。

ケイロニアの出方がまだわからないから様子をうかがっているが、もしグイン王がパロの後ろ盾につくとはっきり宣言するなら、ヴァラキアおよび沿海州諸国はなだれをうって味方につくだろう」

「中原がふたたび戦乱に飲み込まれるとなれば、たいそうな儲けが見込めますからね。食糧、武器、傭兵、その他もろもろ」壁にもたれてナイフをもてあそんでいたミアルディが退屈そうに指摘した。

「俺たちの仲間だって北方からまた下ってくるかもしれない。略奪に一口かめればすごい稼ぎだし、暑さに我慢できるならどこか適当な国の紋章を盾にくっつけてみてもいい。戦争ともなれば稼ぎ放題だ。雪に埋もれて景気の悪い土地で馴鹿(となかい)とやってるよりも、よっぽどいい目が見られる」くるりと刃先を回してにやりとする。「少なくとも、馴鹿(となかい)よりはパロの貴婦人はおとなしいだろうし」

「ヴァレリウス殿は病んでおられるのですよ。不謹慎な話はやめなさい」アルマンドが叱りつけ、不安げな目をマルコに向けた。

「あの少女の話は私も聞きましたが、本当でしょうか？　ケイロニア領内でも竜王――あの、えたいの知れない竜頭兵のたぐいがうごめいているとか」

「ヴァレリウス殿が話せるようになれば詳しく聞けるだろうが、しばらくはな」

アストルフォがため息をついた。

「われわれは魔道師でもあられるヴァレリウス殿と違って、魔道というものに通じてはいない。その、竜王という存在に関しても、わからないことだらけだ。魔道というものがどれくらいの力を持つものかさえ、よくは知らない。だが、パロに続いてケイロニアにも妖しい力が爪をのばしてきているのだとしたら、まことにただならぬ事態だ」

「あの娘」ヴィットリオが唇をつまんで考えている。「どうも、魔道師の衣を着ていたように思うんですが。ずいぶんぼろぼろでしたけど。確か、魔道師ってのはみんな男ばっかりなんですよね？　つまんない奴らだなって考えたの覚えてますから」

「彼女はヴァレリウス殿をお師匠と呼んでいた」不謹慎な話には触れずに、マルコは簡単に答えた。「魔道師は男しかなれないものだと聞いてはいるが、魔力を持つのは男ばかりではないということは、俺も知っている。まじない婆や薬使いの女はみんなそうだ。パロが壊滅して、魔道師の塔も失われた今、ヴァレリウス殿が自らの判断であの娘を弟子にされたのなら、われわれが口をはさむべきことでもないだろう」

「ちょっとかわいい顔だな。下手なまねをすると嚙みつかれそうだが」

デイミアンが無邪気を装って言った。「まあ、もう少し大きくならないと、どっちにしても楽しい相手にはならなさそうだが。やあ、シヴ、どうした」いつもながら音も立てずに滑りこんできたシヴに陽気に呼びかける。

「太守からの使いがきた。われわれの代表と話したいそうだ」低い声でシヴは言った。

「表に、担ぎ駕籠が待っている」

「了解した。アストルフォ殿、ご用意を」

「わしが行くのか。まあ、そうなるな」

アストルフォは吐息をついて立ち上がった。それからマルコに、「そなたも来てくれ、マルコ。イシュトヴァーンのそばにもっともいたのはそなただ。彼の所行について、だれよりもくわしい話ができるのはほかにいまい」

マルコは逡巡したが、うなずいた。直接太守にイシュトヴァーンの所行と、その危険性をうったえられるのであれば、いい機会だ。おそらく太守はカメロン麾下の騎士団が街に入ったのに加え、行方不明のパロ宰相と名乗る人間まで現れたと聞いて、警戒を募らせているにちがいない。その警戒を解き、自分たちとヴァレリウスの身分を確かにした上で、なんとか海洋伯を、さらにはヴァラキアを動かし、イシュトヴァーンとゴーラを打ち負かす後ろ盾にかり出さなくては。

（パロ宰相をこちらが担ぐことができれば、いい大義名分になる）

服を替えながら、マルコは考えをめぐらせていた。

（俺たちドライドン騎士団だけでは、たぶんヴァラキアは動かない）

ましてや、沿海州諸侯は。カメロンは偉大な市民だったとはいえ、いったんヴァラキアを出た人間で、たとえ殺されたとしても、それはイシュトヴァーンとカメロンの間の問題であってこちらは関係ないとの主張はありうる。カメロンを重用していたロータス・トレヴァーン公に正義を訴えることはできるだろうが、イシュトヴァーンへの復讐という、ゴーラ一国に対して戦いを挑むに等しい暴挙には、いかに武人として名高い公とはいえ、さすがに慎重にならざるを得ないだろう。

また、沿海州は商人の多く行き来する土地でもある。その経済の多くを担っているかれらの意向は無視できない。主権者であっても、国家の根幹を支える経済を抑えられていては強く出られない場合もある。

おそらく、このザカッロ太守、およびその主人は商人あがりの口だろう。海洋伯を名乗るものはもともと、固有の船団を抱えた大商人や半分海賊のような冒険商人から身を起こした人間が多い。称号も正式に大公から認められたものではなく、ヴァラキアがまだ大公をいただいていなかったころに名乗られていたものが、慣習的に残って敬称となっているだけである。

称号に付される名も大陸上ではなく、海洋上の島嶼（とうしょ）群や、時には本人だけが主張している土地の名前であることがほとんどだ。太守ジョナートの縁続きだというルヴォリ海洋伯の名は、おそらくはるか南海に下った灼熱の地獄にある緑濃い島々の名にちなんでいるのだろうし、また太守が領していると称するザルケロ地方とは、かつてレントの海にあったが、ある日地震と津波で沈んでしまった土地一帯のことである。つまりどちらも、実体などないに等しい。

そのような、正式な貴族とは呼べないかれらが大公国となったヴァラキアでもそれなりの地位を許され、ひとかどのものとして遇されているのは、ひとえにその巨大な財力と情報収集能力のためである。本質的にはいまだに商人であり、名誉よりも金貨を、正義よりも儲けを求める彼らは、沿海州の経済という巨大な屋台骨を支える不可欠な存在となる。

国家には必ず明るい面と暗い面がある。ロータス・トレヴァーン公が明るい表の面を示す存在なら、こういった静かな、表立つことなく非公式の敬称に甘んじたまま、実をとって甘い汁を吸うことをひたすら追求する彼らは暗い影の存在である。

とはいえ、そう言われたところで、おそらく彼らはなんとも思わない。「りっぱな称号は金になりませんからな」と肩をすくめるくらいだろう。それを売買することで巨万の富が得られるとなれば身を乗り出すのかもしれないが。流れる風雲の方向を確かめ、少しでも分のいいほうに就きたい商人たちにとって、善悪正義は二の次である。まだ立場を明らかにするのは時期尚早であると一決されるか、だらだらと評議を引き延ばされて、うやむやになる可能性が大きい。

だが、パロ宰相が助けを求めてきたとなれば話は別になる。アッシャというあの娘は、アル・ディーン王子は随身の騎士とともに、サイロンのグイン王のもとへ保護を求めに行ったと話している。パロに縁の深いグインはいずれ、世継ぎの王子を擁してパロ奪回に動くだろうし、そうなれば、沿海州はパロ宰相保護をしるしに立てて、堂々とグインのもとに参じることができる。尚武の国ケイロニアと英雄グインは、中原と人類世界のきわめて強力な旗印だ。戦時の通商手形にとって、これほど心強い裏書きはない。

——しかも、扱いに困る世継ぎの王子と違って、病んだ宰相ならば、邪魔になったときの排除もさほどの危険はない……

自らの冷酷さにマルコは驚いた。以前の彼であればヴァレリウスに同情し、その回復を祈ってかいがいしく看病したであろう。その上で、彼の存在を使ってどうこうしよう、不要ならば始末しようなどとはけっして考えなかったはずだ。

だが、マルコの腹にとりついた冷たい炎は、彼の脳をいつのまにかすっかり書き換えてしまっていた。イシュトヴァーンに罪を思い知らせ、すべてを奪って破滅させる、そのことだけが唯一の目的であり、それ以外は、些末なことがらにすぎない。他人も、自分も——なにより大切な廉潔も、騎士の誇りも、正義も、魂でさえもいらない。イシュトヴァーンに血の代償を払わせ、(俺じゃない！)と叫んだあの口に、苦い血と胆汁をたっぷりと含ませてやるまでは、けっして本当に胸の休まる日は来ない。

門前の階段を降りたところに、金象眼を施した駕籠椅子が二台、待っていた。一台に四人、計八人の屈強な人足が、たくましい肩を光らせて待っている。マルコが出て行ったときにはアストルフォはもう来ていて、駕籠の上からマルコに頷きかけた。マルコは頷き返し、足台を踏んで椅子にのぼった。ぐらりと椅子が揺れ、動き出す。ゆっくりと揺れる椅子の感触に、マルコはふたたび、遠い海とその光の記憶を思った。

ヴァレリウスはうっすら目を開けた。とたん、そばにうずくまっていたアッシャがぱっと立って、枕もとにしがみついてくる。

「目さめた、お師匠？　なんか飲む？」

何もいらない、と答えようとしたが、渇ききった喉は紙のこすれるような音しか出さなかった。アッシャは頭を傾けて聞いていたが、そばの台から氷を浮かせた水差しをとり、冷たい水を器に注いで唇にあてがった。手袋をはずしているため、むき出しになった鋼鉄製の指先が、わずかに軋んで光をはじいた。

「はい、これ。さっきあの、肌の黒い騎士様が持ってきてくれたんだ。いい人たちだよね。他人にはまかせられないからって、騎士様なのに、まるで給仕みたいに一生懸命世話焼いてくれてさ」

吸い飲みから蜂蜜を溶いたらしい甘い水が少しずつ流れ込んでくる。とても飲めない、と感じたが、気がつくと赤子のように器に吸いついてからにしていた。アッシャは満足そうにほほえみ、器をわきに置いた。

「お医者さんはとにかく食べて、寝ることだってさ。あたし、ここにいるから、なんか欲しいものあったら呼んでね。すぐもらってくる」

ヴァレリウスの骨張った手を、アッシャの鉄の指先がそっと叩く。それからまた寝台のそばの床に滑りおり、さっきから読んでいたらしい書き取りの教本に戻った。師匠がふがいなくとも、弟子はしっかりしているらしい、とヴァレリウスはぼんやり感じた。蜜水には薬が混ざっていたらしく、じきにまた意識が漂いだした。

熱はまだ高いが、あの裏通りのごみ溜めで寝ていたときよりはずっとましだ。食事と清潔な寝床、そして、おそらく安全が（ひとまずは）保証されたことで、アッシャが安堵しているのが伝わってくる。熱に浮かされてやせ衰える一方の師匠を抱え、娘ひとりでどろどろの貧乏通りを行き来するのはどれだけ心細かったことだろう。いくら、いざとなれば多少の魔道が使えるとはいえ、その力がまだまだ未熟で不安定なことを知っているのは、ほかのだれよりアッシャ自身だ。

ワルド城でのあの一件から、人に対して魔道の力をふるうことに、アッシャは極端に臆病になっている。それはかまわない。彼女の力が暴発することを考えれば、臆病くらいに慎重になるのでちょうどいい。

両親と近所の人々、そしてワルド城での悲惨な事件で、アッシャは人間の死を多く見過ぎた。看護人がいるにもかかわらずヴァレリウスのそばを離れないのは、ヴァレリウスもまた、彼女を置いて死んでしまうのではないかという恐怖を感じているのだろう。

あの裏通りでも明るくふるまい、せっせと動き回っていたが、聞かれていないと思っているとき、彼女が歯を食いしばってすすり泣いていたのをヴァレリウスは知っていた。けっして涙は見せず、その痕すら頬の上に見ることはできなかったが、アッシャの恐怖は、ヴァレリウスの病と同様に、あの窖（あなぐら）の空気を濁らせていた。ただでさえ心痛の多い彼女に、師匠の心配までさせるのは気が重かった。魔道師として教育を与え、導かなければならない身が、逆に看病されているとは、なんというざまだ。

もともと、人里にはけっして近寄るまいと考えていたはずだった。アッシャと二人ワルドを離れ、もと来た道を大きく西へはずれてパロを迂回し、ダネイン大湿原へと入った。

そこでしばらく息をひそめていたが、カウロスからやってくる騎馬の民の略奪がすぐ近くまで迫っていることを知り、湿原を出て、さらに南下した。

草原に入ることも考えたが、最近騎馬の民の気性がことに荒くなり、かつてはグインとよしみを通じたアルゴスでさえも、黒太子なきあとカウロスとトルースの両面から押され気味で、争乱が絶えないと聞いて行くのをやめた。結局アルート高原を横切ってウィレン山脈の奥地に入り、アッシャの修行を進めるつもりでいたが、そこで、ヴァレリウスは倒れた。

湿原にいたときに咬まれた虫か、食べた魚がいけなかったのかもしれない。激しい腹痛と嘔吐が続き、高熱と節々の痛みが何度もぶり返した。アッシャは必死に看病し、ヴァレリウスのいう薬種を集めてきて飲ませたが、パロ脱出以来、うち続く精神の苦難は思った以上にヴァレリウスを弱らせていた。

熱は下がったかと思うとまた高くなり、急速にヴァレリウスは弱っていった。見かねたアッシャが山を下り、街に入って養生することを言い出したとき、ヴァレリウスは反対したが、実際に抵抗するだけの気力も体力も残ってはいなかった。

アッシャに背負われるようにして山を下りた。街道に出て数日歩き回ったのち、見世物一座の行列の最後尾に、ヴァレリウスの席を見つけた。アッシャは座頭と交渉して、荷物運びや飯炊きといった下働きをこなす代わりに、病んだ父親（ヴァレリウスのことだ）を都市まで運んでくれるようにとりつけたのだった。

壊れた楽器やほつれた衣装の山といっしょにヴァレリウスはごろごろと運ばれていき、やがて、ザカッロというこの街にたどりついた。一座と別れた二人は、最後に残ったなけなしの路銀とアッシャが下働きで稼いだ多少の金を使って、場末の貸部屋を借りた。

「こんなに遠くへ来たんだもの、竜王だってそう簡単には手を出せないよ」

人のいるところはいやだ、と抵抗するヴァレリウスに、青ざめた顔でアッシャは反論した。

「それに、いくら気をつけたって、お師匠が先に死んじゃ元も子もないでしょ？　お師匠はパロを再建するために必要な人なんだから、こんなところで死んだりしちゃいけないんだ。それに、あたしに魔道を教えてくれるって約束したし。あたしをちゃんとした魔道師にしてくれるまで、勝手に死んだりしちゃ駄目だよ」

アッシャはヴァレリウスが人里を恐れるのは、またパロやワルド城でのように、竜王の昏い力が身辺に迫って人を傷つけるのを恐れるからだと考えている。しかし、そうではない。ヴァレリウスには口に出せない恐怖がとりついている。カル・ハン。あの、キタイの魔道師の妖しいささやき、そして、彼が約束する、彼の後ろにいる、どうしようもなく魂を魅惑する人物に対する。

(あなた様はわたくしと同じ仲間のはず)

うなされて眠りに落ちると、必ずあの声が脳裏に忍び入ってきた。

(くだらぬ人間の理(ことわり)など捨てておしまいなさい。あなた様をお待ちしているのは、これまで考えたこともない宇宙の秘密の大海、そして、あの方……そう、あの方が、あなた様をお待ちになっていらっしゃいます……あなた様のお力が必要だと……かつての真心と忠誠を思いだし、そばに参じてくださることを願っておいでです……)

少しでも気を抜けば粘り着いてくるその声を、ヴァレリウスはもはや自己の声と区別できなくなっていた。カル・ハンが繰り返し彼の耳に流し込んできた甘い毒は彼の心の奥底に根を下ろして黒い枝を広げ、かすかな心の動揺にも甘やかな誘惑をこぼす。その言葉も声も、確かにヴァレリウスの魂という泉から吸い上げられたものにはちがいなく、人間を捨てるように誘う誘惑の声は、かつての輝きに満ちた夏の光景を呼び起こして胸苦しいまでの渇望をさそった。

あれは本当のあの方ではない。竜王が駒にするために作り上げた傀儡だ。イシュトヴァーンを使ってパロをあのような悲惨に追い込んだ者が、マルガの墓所に眠る麗人と同じわけはない。竜王の邪悪な意志がたまたま記憶の中の光り輝く姿をとったからといって、惑わされる必要がどこにあろう。むしろ、加えられた冒瀆に怒り、きっぱりと拒絶するのがとるべき道であるはずだ。

なぜ、それができないのか。自分もまた竜王のまどわしに落ちているせいだとは思いたくなかった。いっそそう思ってしまえれば楽だったかもしれないが。心くすぐる誘惑の声は、カル・ハンの声ではなく、すでにヴァレリウス自身のものになっている。理想と希望を胸に抱いてパロの新時代のため奔走した日々を、もう一度味わいたいとしつこくささやく声がする。すべてが破壊された今こそ、思う存分力をふるって、本当のパロのために力をそそぐべきではないか。

いや、パロなどもうどうでもいい、人間などというくだらないものにはもう用がない。求めているのは最高の知識と力、人間には許されてこなかった異次元の知性をのぞき見て、大魔道師たちすらこえる星となれれば。ワルドでヴァレリウスは、自分の人間としての知覚力がどれだけ狭く、限られたものであるか実感した。視界を遮る人の認識の限界という霧がすべて取り払われ、新しい主のもとでなんの制限もなくあらゆる知識を思うままにできるのに、このまま人間界の雑事にくよくよと気をもみ、虚弱な肉体に悩まされる意味がどこにある……

熱い息を吐きながらヴァレリウスは寝返りをうった。

与えられた部屋には通りを見下ろす露台があり、病人の目を痛めないようにうすい日覆いがかかっている。だがいま、そこに日覆いはなく、いつの間に入ってきたのか、長身のがっしりした男が、こちらに半面を見せてよりかかり、外を眺めている。

騎士たちの一人が様子を見に来たのだろうか。だが、どことなく服装が違っている。マルコはじめドライドン騎士たちはゆったりした胴着と、旅用の簡素な短袴に革の長靴を身につけているが、いまいる相手はむしろ――そう、むしろ、この都市に来てからよく見かけた、海洋商人が着ているような軽くて動きやすいシャツに、鮮やかな色をした腰帯を巻いている。剣の鞘も見えるが、直剣ではなく、船員たちが使う弧を描いた短刀（カトラス）だ。たっぷりした黒い髪がたくましい肩に垂れ、赤銅色の首筋に、ドライドンの像と、きわめて優美な一隻の帆船を刻んだ護符がかかっている。

身を起こして誰何（すいか）しようとしたが、身体が動かない。相手は、真ん中の高い鼻梁をくっきりと浮かばせてしばらく微動だにしなかったが、やがてわずかに首をめぐらせて、ヴァレリウスを見た。逆光で顔はよく見えない。その胸に、なにか異様なものが見えた気がしてヴァレリウスはまばたいた。その広い胸の真ん中を、剣が貫いているのが見えたように思ったのだ。

相手はしばしヴァレリウスを見つめ、また外に目をもどした。なにか話しかけられたような気もするのだが、あとになってもけっしてその言葉は思い出せなかった。ヴァレリウスを促すように手を振って、彼は外の光景を指し示した。

ザカッロの街と通りであるはずのそこは、いつの間にか陽光を受けて輝く入り江の海の風景になっていた。紺色のなめらかな海を、白い水脈をひいておびただしい船が行き来する。大きく各家の紋章を染め出した沿海州諸侯の持ち船をはじめ、高貴な貝紫で帆を染めたアグラーヤ王家の御用船、南方諸島からこいできたカヌーの草色の帆、北方の緋色の帆をかかげたガレー船、空に溶けこむ青い帆のパロの船、黒と金の帆は雄大なケイロニアから……色とりどりな鳥のように船がゆく。自分の熱も忘れて、うっとりとヴァレリウスは見入った。

しばらくそのままにさせておいて、相手はある一隻の船を見るよう促した。一隻だけ飾りのない帆をしているそれは、ほかの船がしずしずと交錯する海を離れて、北へのぼろうとしていた。まるで人目を避けるかのように、ほとんどあやつる者の姿も見せず、肩をすくめるようにして、北へ——カムリ岬をまわり、さらに北上——見えてきたのは、あれはケス河の河口か——河をのぼり、奥地へ——奥地へ——奥地へ——

奥地へ。

「お師匠？」

ぎくっとヴァレリウスは身を固くした。アッシャが心配そうにのぞき込んでいる。

「どうしたの？　なんかうなされた？　ずっと一人でぶつぶつ言ってたと思ったら急に目を開けたまま固まって、呼んでも呼んでも返事してくれないんだもん。びっくりしちゃった。お医者さん、呼んできたほうがいい？」

「いや……」

冷やした布で額を拭かれながら、ヴァレリウスはやっとそれだけ口にした。かすむ目をまばたいて窓辺を見る。そこにはだれの姿もなく、船員のなりをした長身の男のかげもない。血のあとも。あの男の胸からはずっと血が流れていた。涙のようにしたたっているのを、たしかにはっきりと見た。

外からは曇りがちな白っぽい空のもと、にぎやかに呼び交わすザカッロの街の喧騒が立ちのぼってくる。

「なんでもない」絞り出すようにヴァレリウスは言った。「なんでもない……」

4

ザカッロ太守ジョナートの態度は、ほぼマルコが事前に予見していたとおりだった。

「お話はよくわかりました」

なめらかな口調で彼は言った。濃い栗色の口ひげを美しく整えた細身の男で、女のようになめらかな手を会談中でもしきりにためつすがめつする癖がある。いったいこちらの話を聞いているのかといらいらさせられることもしばしばだったが、これが相手を刺激して、思わぬことまで口にさせてしまう手管だということはわかっていた。マルコは太守の手元から目をそらし、水で割った甘い果実酒をがぶがぶと飲んだ。

「もちろん、われわれ、つまりこれはザカッロおよび我が主、海洋伯リッケルト卿を含めてお話ししておりますが、同胞にして公明なるカメロン卿に加えられた非道について、遺憾の意を表明することはやぶさかではありません。しかし、実力行使に出るかどうかということになりますと、私の権限ではすぐにお返事をすることはできかねますな。リッケルト卿に使いを差しあげ、ご判断を仰がねば。ことはザカッロのみならず、沿海州、ひいては中原全体に影響を及ぼす大事です。確かでない情報にうかうかと乗って、私が中原を燃え上がらせる火付けの下手人となることはぞっとしませんし、リッケルト卿もお喜びにはならないでしょう」

「確かでない情報だと」マルコは思わず怒鳴り出しそうになったが、アストルフォがすばやく引き留めた。老騎士のなだめるような視線に出会って、マルコは咳払いして気を静め、淡々と、

「カメロン卿がゴーラ王イシュトヴァーンに殺害されたのは確かです。私がこの目でその現場を見たのですから。イシュトヴァーンはパロとクリスタル市民に非道な手段で殺戮と強奪を加えたのみならず、不浄な魔道の影響下にあってその傀儡となっており、放置するのはきわめて危険な存在です。なにもわれわれは、私怨でのみ動いているわけではないのです。イシュトヴァーンによっていずれもたらされるであろう害毒をあらかじめ摘んでおくためにも、早いうちにあの男を討たねばならないと言っている。今は親代わりであったカメロン卿を殺したことでおとなしくなっているかもしれませんが、もし魔道の影響が強まり、中原全体にその手を伸ばしはじめたとしたら、どうなさるおつもりです。すでにパロは亡国の縁に立たされています。沿海州がそうならないという保証はどこにもない」

「見た者がおりませんのでな」ジョナートは肩をすくめた。

「いえ、騎士のお方がご覧になったという事実を疑うものではありません。騎士たるお方が虚言を弄されるはずがないことは承知しております。しかし、一都市の支配を預けられ、またいずれ沿海州にも影響の及ぶかもしれぬ事実を預けられる身としては、確証を得られぬお話によって軍を起こすような軽挙妄動は許されません。現在、手の者を出してパロへ上らせておりますし、リッケルト卿のもとへも、この会談の内容をまとめた書面をすぐに届けさせるよう、書記を待機させております。とにかく、私は一介の太守にすぎず、ここでなんらかのお返事を皆様にできる立場でないことはご理解ください。私としては、お話を海洋伯にお取り次ぎし、ご指示を待つというお返事しかできかねるのです」

「パロ宰相ヴァレリウス閣下のことはどうなさるおつもりか。われわれが単なる目撃者でしかないというのならば、あの方はまぎれもなく、イシュトヴァーンによって劫掠（ごうりゃく）されたパロから脱出してきた方であられる」

「現在は病の床に伏しておられるとか。たいへんお気の毒と存じますし、われわれにできることは何でもさせていただきますが、まずは何より、ご健康を取り戻されることが大事でありましょう。宰相閣下のご意志が確認できぬのでは、こちらも勝手になにかするわけにはまいりません。パロの状況についても、まだくわしいことはわからないのですし」

何を言う、とマルコは胸の中で歯ぎしりした。沿海州の海にゆきかう人々の中で、海洋伯などと名乗る一党ほどあつかいにくいものはない。無法の時代に波と潮の間から成り上がってきた彼らは、基本的に陸地と陸地に属している人々を、自分たちに儲けをもたらす対象としか認識していない。かれらは普段はおとなしい顔をして商人としてふるまい、陽気で刹那的なところのある船乗りたちを使って大きな儲けを紡ぎ出し、各国の経済を動かしているが、その実、彼らがあきなうのは品物だけではない。秘密や情報、表に出せない噂や陰謀なども彼らの商品なのだ。

そんな彼らが、現在中原で起こっている事態を知らないわけがない。イシュトヴァーンの動向やパロの殺戮などとうに耳に入っているにちがいないのだが、それを表だって使うかどうかは、商売の利益になるかどうかで決まるというわけだ。カメロンの死とパロ宰相の出現は予想外の出来事だったかもしれないが、それもたくわえた情報の中に繰り込み、今後いかに対応するほうがより財布を膨らませることになるか、吟味を重ねるのだろう。愛想のいい微笑を浮かべたジョナートののっぺりした顔に、マルコは漏らしそうになる歯ぎしりを懸命に抑えた。

「この屋敷にかかげるのは海豚(いるか)よりなまこの紋章にするがいい」

会談に使われた商館を出て、ふたたび駕籠椅子に揺られながらマルコは吐き捨てた。

「あのぬるぬるした返事しかできぬ男にとっては、それが似合いだ」

「落ち着くがよい、マルコ」アストルフォがたしなめた。

「こういう反応になるのは予想していたではないか。必ず勝つ相手にしか協力しない、さもなくば敵味方どちらにも通じておくのが沿海州の商人だ。ヴァレリウス殿が床を離れられるようになったらあらためてお話しし、パロ宰相としての正式な交渉に臨んでいただこう。それでも動くかどうかはわからぬが」迷うようにつけ加えた。彼もまた生粋のヴァラキア人であり、海洋伯とその一党については深く知り抜いている。勝つ勝負にしか賭けず、なにか秘密裏に事を運ぶ場合、かれらの作り上げている網の目は有益であり役には立つが、とかくどんなところからでもまず利益を搾り取ろうとするところはひどくやっかいだという事実が身にしみた。マルコは喉の奥でうなっただけで、〈波濤館〉へ戻るまで、一言も口をきかなかった。

遅々たる歩みで日々がすぎていった。マルコたちがじりじりしながら待つ一方、ヴァレリウスの病状は一進一退を繰り返しながら、少しずつ上向いていった。よい食事と清潔な寝床が効いたのか、灰色の顔に少しずつ血の気が戻ってきた。髪はあいかわらずぼさぼさのままで、もともと貧相な顔がそれ以上になることはなかったが、覆い被さっていた死相は薄くなり、アッシャは胸をなで下ろした。

話ができるようになると、マルコとアストルフォが交互に部屋を訪ねてきた。それぞれのこれまでの体験を語り、ヴァレリウスはパロからの脱出とケイロニアへの逃避行、そしてワルド城の惨劇を、マルコたちはパロで見た悲劇と、カメロンの死を告げた。カメロンの死を知らされても、ヴァレリウスがさほど驚かなかったのでマルコたちは驚嘆した。

「グイン王が推察されておりました」とヴァレリウスは答え、つづけて、ワルド城へのグインの訪問と、風吹く塔の上でかわした会話を語った。熱に浮かされながら見た、胸の剣から血を流す船乗り姿の男のことは口にされなかった。夢ともうつつともつかないそのことは、ひそかな秘密としてしばしヴァレリウスの胸におさめられることとなった。

「さすがはグイン王。英傑は常に明敏であられる」アストルフォが嘆声を放った。

「それでは、ケイロニアはパロの後ろ盾にまわるということでよろしいのですかな？」

「おそらくは。しかし、新帝オクタヴィア陛下の体制が整うまでは、大規模な軍を動かすことはおできにならないでしょう。私はそう思います。また、そのほうがよいのです。竜王ヤンダル・ゾッグはグイン王を手に入れんと、すでにケイロニアに悪疫の害と、サイロンに魔道の大災害を引き起こしております。パロほどではないにせよいまだ復興も十分ではなく、また、オクタヴィア陛下は、こう申し上げるのもなんですが、正統のお生まれではない。お世継ぎであったシルヴィア妃は病ゆえの廃嫡とされましたが、実はご乱行の果ての始末という話は誰もが知っていること。しかし、権力を求める人間にとってはシルヴィア妃のお血筋は、格好の口実となりましょう。盤石の地歩を築いてからでなければ他国の動乱に手を出す余裕などありませんし、無理にケイロニアを動かして、パロともども竜王の勢力に一網打尽にされるようなことがあっては元も子もない」

「グイン王にお子が誕生されたと耳にしましたが」マルコが尋ねた。旅商人たちの噂には、大帝アキレウスの薨去（こうきょ）と、グイン王の愛妾に双子が誕生したという話でもちきりだったのである。

「そのようですな」ヴァレリウスが一瞬口ごもった理由を、マルコたちは知らない。しかし、それに続いた言葉に、ヴァレリウスはぎくっとしたように背筋を伸ばした。

「それに、ケイロニア全土の親のない子供をご自身の子とする触れを出され、それによって、シルヴィア妃の御子をも御自らの子として認められたとか……ヴァレリウス殿？どうかなさいましたか？」

「いえ」首を振って、ヴァレリウスは目尻ににじんだ涙を隠した。塔の上で見た、憂愁に満ちた豹頭の英雄の目を思い浮かべ、他人が口にする行為の奥にどのような葛藤があったかを思ったのである。他人の胤（たね）だからと憎むような心の狭い男でないのはわかっているが、夫を呪って男狂いを繰り返していた妻の、どこのだれによってはらんだとも知れぬ子供を受け入れるには、並々ならぬ決意があったにちがいない。

「さようですか、グイン王が……ならば、シルヴィア妃の御子という問題は、もう決着を見たということでよろしいのですね？」

「われわれも噂で耳にしただけですが、とりあえず、大きな内乱は起こっていないようですから、グイン王がうまく収められたのでしょう」

「すると、あとはオクタヴィア陛下が国内を掌握されるのを待つことになる」アストルフォが腕組みをして唸った。「われわれ下々は簡単に言いますが、まあ、一日二日ででぎることではないでしょうな」

「むろん、そうでしょう。オクタヴィア陛下は先にも言いましたが脇腹に生まれた姫、しかもはじめは認知されておらず、他国を放浪していた期間が長い。彼女は他国によってケイロニア傀儡化のため送り込まれた間諜であるという噂を、パロにいるときも何度か耳にいたしました。一皇女としてひっそりと身を処しておられた時でさえそのような噂が立ったものを、いかにグイン王がついておられるとはいえ、帝位に就かれた今では、また同じようなことを言い立てるものが出ないともかぎらない。ワルド城にいた時にも、なぜグイン王ではなく、女性でしかも傍流のオクタヴィア皇女が帝位に就くのかという疑問を、口にする者が多くいました。

　幸い、グイン王自らが騒ぐ者をその威によって鎮められましたが、ワルド一城においてもあのような意見がたつのです。おそらく、同じ疑問を抱く者はケイロニア全土にもいるでしょう。オクタヴィア女帝による新体制安定に尽力しながら、グイン王自身もまた、その安定を揺るがす火種となりかねない。いま自分が大きく動けば、必ずいらぬ波風が立つとご存じです。だからこそ、ワルドへの訪問も単身で、私人の一旅行者として現れる配慮をされたのでしょうし、そうすることによって、パロの苦境に表立って力を貸すことはできぬと、暗に示されたのでしょう」

「とにかく、ケイロニアの反対は受けぬことで、今は満足すべきなのでしょうな」とアストルフォは首を振った。

「アル・ディーン王子とリギア聖騎士伯がサイロンで安全にしていらっしゃるのが救いです」ヴァレリウスは言った。

「お二人がオクタヴィア陛下に謁見してパロに加えられた暴虐を訴え、パロの世継ぎとして正式にケイロニアに保護を訴えて認められれば、ひとまずパロの主権がイシュトヴァーンに簒奪されるのは避けられる。彼は監禁したリンダ女王と結婚してパロの玉座に座るつもりでいるようですが、ケイロニアとグイン王がそれを認めなければ、他国に協力を呼びかけるときにも有利に働きましょう」

「パロの玉座？」毒々しくマルコは舌打ちした。「あのような殺人者が座れるような玉座がどこにあるものか。奴にふさわしいのは、断頭台の上の首置きの座だ」

「とにかく、われわれとしてはひとまずヴァラキアへ戻って時を待つしかないということだ」アストルフォがマルコの腕に手をかけ、なだめるようにそっと揺すった。

「焦ってはならない、マルコ。カメロン卿の教えにもあったろう。航海をもっともうまく乗り切るには潮目を見定めるのが何よりも大切だと。引き潮の時に無理に船出しようとしても、船底をぶつけて沈んでしまうだけだ。潮が満ち、順風が吹き始めるのを待つほうが、嵐の真っ最中に港を出る無謀よりもはるかに賢い」

マルコの瞳は昏く陰ったが、反論はせず、彼は黙って頭を垂れた。

騎士たちはアッシャを珍しがった。男並みに働く女というのは沿海州では普通だったが、魔道師の黒衣を着る年端もいかない少女というのは二重に珍しく、なにか魔道を使ってみてくれとせがんでは、アッシャを困らせた。

「だめだよ。こういうのは、遊びでやっちゃいけないんだ」

アッシャは頰をふくらませてそっぽを向いた。

「あたしはまだまだ見習いだし、お師匠は勝手に力を使っちゃいけないって何度も言ってる。本当に使わなきゃいけないときしか、力は使わないよ」

「つまらないことを言ってくれるなよ。火花か、光玉のひとつを出してくれるだけでもいいんだし」

「だめったらだめ。失敗して、あんたのそのかっこいい巻き毛をちりちりに焦がしちゃってもいいんならやったげる」

「うわっ、そいつは勘弁してくれ」ヴィットリオはあわてたように前髪を抑え、みんなが笑った。

「こんなに幼いのに、つらい目にあったのですね」

膝に楽器を載せて優雅に脚をそろえたアルマンドが髪をなで、目を細めた。

「騎士団に入る前、いとこの少女がよく私の家に遊びに来ていました。私によく歌やお話をせがんできたものです。あなたの持っている短剣はずいぶん立派ですね。どなたかの贈り物ですか？」

「騎士様からいただいたんだ。パロの女聖騎士伯様。リギア様っていうの」

腰帯にはさんだ短剣を叩く。

「いまはサイロンにいらっしゃるはずだよ。小鳥の王子様といっしょに。あんたは王子様に似てるね、楽器の騎士様。王子様もいつでもキタラを持ち歩いてて、四六時中ぶつぶつ言ったり指を動かしたりして、曲を作ってるよ。でも歌はすごくうまい」

「パロのアル・ディーン王子ですね。お噂はかねがね」アルマンドはほほえんだ。

「私など、とうていあの方の足もとにも及びませんよ。あの方の歌は野の獣を眠らせ、風を鎮め、海さえもその声を聞くために息をひそめるとか」

「どうなのかな。あたしがいた時にはそういうのはなかったけど。でも、あんたもすてきな声だ」丁寧にアッシャは言った。アルマンドは淑女にするように一礼した。

「赤毛と緑の目は魔女のしるしだ。俺の国もとではそういうことになってる」離れたところで石札とさいころを使った複雑なひとり遊びに没頭していたミアルディが口をはさんだ。そばで勝負を眺めていたデイミアンもうなずいた。

「おっと、別にあんたが魔女だって言ってるわけじゃないぜ、ちっちゃいの。こっちじゃどうだか知らないが、魔女ってのは呪いをかけもするし、その呪いを解くこともできるんだ。女には男の呪術師にはない特別な力があって、機嫌を損ねると恐ろしい呪いでがんじがらめにされるが、喜ばせれば嵐を鎮め、病と傷を祓い、大きな勝利と栄光をもたらす。お前さんはどっちなのかね、ちっちゃいの」

「知らない。だけど、役に立ちたいとは思ってるよ。イシュトヴァーンと竜王に関しては、絶対に許さないけどね」

緑の瞳が火明かりにきらっと光った。デイミアンがちょっと目を上げ、首をすくめて、床に散らばった黒水晶と瑪瑙の石札に視線を戻した。

もっとも仲がよくなったのは、奇妙なことにシヴだった。この寡黙な黒い巨漢のそばでは、誰のそばにいるよりくつろげた。あまり仲間のうちには入らず、みなが談笑しているときでも口を開かない彼は、厩でひとり馬の手入れをしたり、道具部屋で黙々と剣や鎧の手入れをしていることが多かった。ヴァレリウスが回復し、ずっとそばについていなくてもよくなると、アッシャはよく飲み物や食べ物を持って彼のもとを訪ねた。シヴは手を休めることなくちらっと彼女を見上げるだけで、ほかにどんな反応も示さなかったが、アッシャがそばにいることをいやがるようすはなかった。

「あんたみたいな人、見たことなかったな」

　せっせと馬具を磨いているシヴのそばで、アッシャは頬杖をついていた。大きな藁の梱(こり)に座って足をぶらぶらさせ、隣の別の梱に肘をついている。そばには彼女の食べた林檎の残りがあり、食べたあとの芯は飼い葉桶に入って、宿の下働き用の騾馬が嬉しそうにむしゃむしゃやっているところだった。

「パロにはいろんな人がいたし、父さんの宿屋にはいろんな国の人が来たけど、あんたみたいな黒い肌の人って知らなかった。つやつやしてすごくきれいだ。ねえ、遠いところから来たの、あんた？　そこってどんなところ？　そこにも、あたしみたいな子はいるのかな？　楽器の騎士様は、とっても暑いところだって言ってた。あんまり暑いと人間も焼けちゃって、そういう色になっちゃうものなの？」

　シヴは黙って手を払い、梁(はり)にかかった鞍をまたひとつ下ろした。別に返事を求めてはいなかったので、アッシャはそのまま喋りつづけた。

「ほんの半年くらい前まではね、あたし、こんな風になるとは思ってなかった。あたしはただの宿屋の娘で、父さんと母さんの手伝いをして、いつかは近所の年の近い誰かと結婚して、父さんの宿屋を引き継ぐんだろうなってぼんやり思ってたけど、魔道師の黒衣を着て、沿海州の近くまで旅してきて、林檎食べながら黒い騎士様にこんな風に話すなんてこと、あのころのあたしに言ったら、夢物語だって思ったろうな。うん、今でもちょっと、夢物語みたいな気がする。きっと、パロにいた頃のあたしはもう死んじゃってて、ここにいるあたしは、あたしの記憶を受け継いだ別物なんだ」ちょっと黙って、アッシャは右腕をさすった。黒い毛織りの長手袋の下で、鋼鉄の指がかたい手触りを伝えてきた。

「あたしねえ、すごく悪いことをしたんだ」とぽつんと言った。

「すごくすごく悪いこと。なにをやったって取り返せないくらい悪いこと。だからあたしは何があっても、死んだって、がんばらなきゃいけない。取り返せないことをちょっとでも取り返すために、あたしはこの黒衣を着たの。黒い騎士様はどうして騎士様になったの？　遠いところから来て、とってもさびしかった？」

「……失ったものは、弱点ではない」

ぼそりとシヴが言った。アッシャは視線をあげたが、黒い騎士は磨いている鞍に顔を向けたままだったので、自分に言われたものなのかどうか判断がつかなかった。

「欠如を武器にし、痛みを鎧にし、悲しみを衣とする」淡々とシヴは続けた。

「それによって強くなる。欠如を欠如と見るならばそれは弱点にしかならない。自らの欠けた部分を認識し、与えられた傷を吟味し、何によってそれらをあがなうことができるかを考える。それができるなら、欠けた部分のないものより、お前は強くなる」

シヴの目がちらりと走り、アッシャの右腕をとらえた。アッシャは思わず腕を押さえ、身をすくめた。シヴは何事もなかったように、革にしみこませる油の瓶をとり、轡にかけてこすりはじめた。

「……ありがと」しばらくして、アッシャは呟いた。

「ありがと、黒い騎士様。あたし、強くなる。うんとね」


ジョナート太守との会談から二週間が経過した。ヴァレリウスもかなり回復し、床を出て座り、外の空気を吸う程度のことはできるようになっていた。騎士たち一同と彼が〈波濤館〉の食堂に座って昼食をとっていると、差配のリッピオが、あわてたように入ってきた。

「皆様に申し上げます」きょときょとと左右に目を動かしながら、リッピオは落ちつかなげに両手をもみ合わせていた。

「何事だ？　ずいぶん慌てているようだな」

「まさか、追っ手でも」そう呟いたデイミアンに、食卓についていたドライドン騎士は色めき立ったが、「いいえ、そういうことでは」というリッピオの返事に静まった。

「では、何をそんなにあわてている」

「は、それが、その——」

「先触れはいらぬと申したであろう、リッピオ」

朗々とした声がして、一人の豪華な装束をまとった貴人が大股に食堂に歩み入ってきた。あとから〈波濤館〉の主人が、何人かの召使いを従えて必死になにかさえずりながらついてくる。羽根のついた帽子を頭にのせ、翡翠と真珠を散らした肩衣をさげて、ととのえた黒い髭の先をぴんと跳ね上げた痩身の貴族である。

目を細めていたアストルフォが、「バーリ卿？」と声を上げて立ち上がった。

「いや、バーリ卿ではないな。しかし、実によく似ておられる。すると、あなた様は……」

「正式にお目にかかるのは初めてかもしれぬ」

白い歯を見せて貴人は卓をまわり、老騎士の手を親しげに握った。

「父がカメロン卿の随身としてのあなたに会われたのはずいぶん昔だ。私も若かった。私は海洋伯リッケルト・カルディニ、このザカッロを含め、ザルケロ地方一帯を支配するものだ。太守ジョナート・オーレリオの報告を受けてまかり越した。カメロン卿の悲劇に対し、騎士団の方々には幾重にもお悔やみを申し上げる。私にとってもカメロン卿はあこがれであり、夢に見る英雄であった。卿が海を離れ、無法者の手による横死を遂げられたと知り、心を痛めている」

卓のまわりでいっせいにほっと息がもれた。リッケルトは椅子から立ち上がりかけたままのヴァレリウスに親しげに頷きかけ、

「こちらがパロの魔道師宰相ヴァレリウス殿か。内乱後のパロを治めたご手腕はかねてより。病と聞いたが、もうお体はよろしいのか。このリッピオと〈波濤館〉に手落ちはあるまいと思うが、もしなにかご希望があれば、なんでも仰せ付けいただきたい」

「わざわざのお出まし、恐縮に存じます、閣下」あわててマルコが言った。

「このような場所でお迎えするようになったことをお許しください。しかし、閣下にかれては、なぜまたこのように急なお越しを――」

「いや、ここに飛び込んできたのは、実は私の意志ではなくてな」

若い海洋伯は跳ね上げた髭の下に微苦笑を浮かべ、扉の方に手を上げた。衣擦れの音がして、以前顔を合わせた太守ジョナート・オーレリオに導かれて、ひとりの女性が扉をくぐって現れた。頭から面紗をかぶり、地味な色の衣装ではあったが、その挙措(きょそ)にはおかしがたい優雅さと、生来の気品があった。

「お久しゅうございます、ヴァレリウス様」

細い声で彼女は言った。

「クリスタルを出立するとき以来ですね。……ほとんど死人のようだったわたくしに、あなた様はとても優しくしてくださいました。パロのお話は、このジョナートから聞きました。父はとめたのですが、嫁した以上、パロはわたくしの故国。どうしても黙っていることができず、リッケルト卿に無理を言って、こうしてやってまいりました」

「あなたは……」

ヴァレリウスはふらりと進み出た。おしのけられた椅子が倒れる。面紗の下で、女性はこわばった笑みを見せた。

かつてヴァレリウスが知っていた少女のような面差しはやつれて色が悪く、消しがたい悲しみと苦悩が消えない皺を刻んでいた。最後に見たときには、染みついた狂気が彼女の顔をみにくくゆがませ、そばについた母の涙をそそがれてもこわばった身体はぴくりともしなかった。ひどくやせ細っているとはいえ、今の彼女はしっかりと自分で立ち、迷いのない目をヴァレリウスに向けている。

「アグラーヤ王女にして前パロ国王レムス陛下の妃、パロ聖王妃、アルミナ・アル・ジェヌス・アルドロス・ヴァレン殿下」

荘重な声でリッケルトが告げた。

「パロの苦境を耳にして心を痛められ、ドライドン騎士、およびパロ宰相ヴァレリウス殿に面会のため、微行（しのび）でこちらに足を運ばれた」

第三話　祈る者たち

1

「許さないよ、この土くれじじいが！」

大神殿の地下深く、今しもミロク降臨にわく地上の、その、はるか下――三魔道師と異形の魔道師の対峙はすさまじい魔力の充満する中にあった。室内は濛々とたつ茸やシダの胞子で渦巻いている。黒い魔女ジャミーラは右目からだらだらと赤い涙を流しつつ、ゆっくりと浮遊して起き直り、石槍を引き抜いた。手の中で石筍はみじんに砕け、怒ったように羽音をたてるぶよの群れになった。手を振ると、歯をむき出して威嚇するババヤガの蔦の髪にぶよがまっしぐらに飛んでいき、顔と言わず手と言わず刺しまくる。ジャミーラは吠えるような声でなにか唱えた。暗黒の中の仮面となった彼女の口から紫色の炎が噴出し、ババヤガを包んだ。

だが、植物と泥でできているようなもののノスフェラスの魔道師には通じなかった。

ババヤガは巨体を揺すって杖を構えると、舌打ちとともにそれを振り下ろした。炎はぱっと散り、逃げもならず周囲にたむろしていた蛇兵士の上にまともにふりかかった。

緑色の鱗の上に鬼火が這い回り、数人がたちまちくさい松明と化した。じゅうじゅういいながら床に倒れ、なまぐさい汁を垂らす鱗だらけの焼き肉が十体近くできるに及んで、さしも血の冷たい蛇生物も、生命の危機を悟ったようだ。槍をそろえて、人間の男女がひそんでいるはずの植物の防壁を取り囲んでいたが、槍をさげてあとずさり、じりじりと魔道の範囲から出ようとするようすを見せた。

「逃げるな。許さぬぞ、うぬ」

イラーグがいやな喉声でうなり、手を動かした。さがりかけた蛇人間が槍を取り落とし、伸びた首に手をやって苦悶の様子を見せたかと思うと、たちまちその場に倒れて、真っ黒なタール状の不定形となった。とろけたもと蛇兵士はたちまち合体し、粘菌めいた擬足をのばしてババヤガの上におおいかぶさろうとする。

『臭いわ、ここな下級生物どもめが！』

ババヤガが身震いする。どっと地面から石筍が噴出し、それが一気に赤熱した。焼けつく溶岩をまとった石が刃となって不定形生物を切り裂き、炭と灰にかえる。

杖を下げたババヤガの隙を狙って、胸をまだ石に貫かれたままのベイラーが轟くような呪文を発した。ごうっとあたりが唸り、空間がゆがんだ。空中に昏い窓が開き、その向こうに、どこともしれぬ異様な赤紫の空と、黒い星々の異様な風景が垣間見えた。

「おう⁉」ババヤガの身体が揺れ、全身の蔦や植物がざわめいた。彼は杖を立て、吸い込まれようとする身体の碇とした。異様な世界は強力な引力でもってこの場にいるベイラー以外の者を吸い上げ、ジャミーラもイラーグもいっしょくたに、どこともしれぬ異世界の空の下へ吹き飛ばそうと試みた。

「ベイラー、なんてことをおしだい、あたしたちみんな、まきぞえにする気かい！」

「力あるものはひとりおればよい。ミロク様は煩雑を好まれぬ」

貴族的な唇にベイラーは気取った笑みを浮かべていた。

「ミロク様が降臨なされたいま、無能な売女や醜い物乞いの席など聖なるヤガにはないわ。われが心をこめてお仕えする。うぬら余り物はそこのこやし山ともども、宇宙の果ての知られぬ場所で朽ちはてるがよいのだ」

イラーグがすさまじい咆哮をあげた。短い両手を打ち振り、蝦蟇じみた喉で粗野な呪文を続けざまに唱えると、窓の向こうの異世界の光景がぶれ、水のむこうのようになって揺れた。ベイラーがわずかに動揺を示す。ジャミーラは白い歯をむきだし、さっと頭を振った。長い黒髪がどっとこぼれ、触手状の闇となってベイラーに絡みつく。

「蛙女めが、何をする」

「あたしたちを始末しようってのかい。そうはいかないよ、おかま野郎」ジャミーラはどろりと暗黒から頭を突き出し、赤い涙でいっぱいの目をぎょろりとむいた。

「自分ひとりだけ、ミロク様のお救いに与ろうなんてあんたのうす汚い心臓の考えそうなことだ。けど、おあいにくさま、ミロクの御世で浄福を味わうのはあんたじゃない、このあたしだよ」

「小悪党めが、身の丈にあった小細工をするわ」イラーグが毒のしたたる口調で唸った。ぐいと手をひねると、窓の輪郭が引っぱられたように歪む。

「貴様ひとりにミロクの恵みを独占されてなるものか。うぬらどちらも消えよ、真のミロクの使徒たるは、このイラーグひとりでよい」

『おう、ひとりでも多すぎるぞ、若造ども！』

ババヤガが身をゆすって吠えたてた。ひときわ濃い胞子の雲がたちこめ、ベイラーが思わずひるんだとたん、異界の窓はぱちんと弾け、泡のように消え去った。

よろめいたベイラーに、ババヤガの蔦と胞子と杖、ジャミーラの炎をあげる髪、イラーグの呼び出した雷光がまっしぐらに襲いかかる。ベイラーはさっと身構えて、ぐるりと腕を回した。光の盾がその眼前にでき、もう少しで身に触れるところだった三人の攻撃をあやうくはじき返す。

四者はさっと飛び離れ、また距離をとった。空間はいまにも火を噴きそうな魔力に充満し、ぴしぴしと音を立てていた。すでに蛇兵士は全員が倒れ、黒焦げの死体になるか、生まれもつかぬ軟体生物に変えられ、引き裂かれて床の上でぴくぴく震えている。常人ではとうてい存在もならぬすさまじい魔力の暴風の中心に、ババヤガの巨体、ジャミーラの黒い姿、ベイラーのぎらつく石の目、そしてイラーグの人間大の蝦蟇めいた矮軀が、きりもなくぐるぐるとまわっている……

……どれほどその状態が続いたのかはわからない。おたがい、髪の毛一本の隙を見せればたちまちひっくり返される膠着状態の中に、ちかりと光が走った。空間が震え、何ものかがまっすぐに、台風の目のごとき魔道師の対決の真ん中に踏みいってきた。

『うぬ、何者……』

ババヤガが吠え、杖をまっすぐに打ち下ろそうとして、その場に停止した。

ジャミーラがあっと声をたてた。暗黒に溶けていた彼女の輪郭が形を取り戻し、長い髪がさらさらと流れ落ちた。彼女は崩れるように膝をついて、その場に額をすりつけた。

「大導師様——カン・レイゼンモンロン様！」

ベイラーとイラーグも喉の奥で低く声をもらし、たちまちその場に膝をついた。

室内を荒れ狂っていた魔力の嵐が消える。残っていたのは杖をかまえたババヤガだけだったが、異形のノスフェラスの魔道師は、杖を手にした半端な姿勢で停止し、口を開いた怒号の顔のまま、琥珀の中の昆虫のように凍りついていた。

カン・レイゼンモンロンの肉の薄い頬に表情はなかった。だが、青白いその顔にまつわる悽愴の気は、三人の魔道師全員の背筋を凍りつかせるに十分なものだった。ミロクの大導師は腕をおろし、その手にかかげていた、虹色の光に包まれた奇妙な機械を、注意深い手つきでババヤガの足もとに置いた。

「これは指定した対象物の時間を操作できる」と彼は言った。

「いま、この怪物めの時間を極度に停滞させてやったわ。うぬら役立たずの魔道師どもが無駄なたわむれをやらかしている間に、もっと早くこうすべきであった。うぬらがこれほど無能だとは思ってもみなかったぞ、〈ミロクの使徒〉どもよ」

三人ともに、殴られたように身を震わせた。

「お許しください、大導師様！」

がばと身を伏せて、ジャミーラが声を絞った。

「ご降臨は……ミロク様のご降臨は、どうなりました。つつがなく王国がこの地上にまいりましたか。正義はなされ、光の王のおみ足がこの大地を清められましたか」

カン・レイゼンモンロンはじろりとジャミーラを見やった。黒い魔女はひっと喉を鳴らし、必死に頭を床にすりつけた。

「お許しください、大導師様、あたしは卑しいミロクの婢(はしため)でございます。ミロク様のご来迎に参じなかったことをお怒りでしょうか。ならばどうぞ、この間抜けのイラーグとベイラー、それにこのいやったらしいババヤガめをお叱りくださいませ。あたしはこんな奴らの相手なんかしたくなかったのに、馬鹿どもがあたしの邪魔をして、よってたかって足をひっぱりやがったんでございますよ」

「讒言(ざんげん)は女の得意の手管だわ。おお、聖なる大導師、カン・レイゼンモンロン様」イラーグがぶつぶつ言い、大導師のサンダルのつま先に這い寄った。

「誰よりも先にミロクをお迎えしようと思ったに、邪魔をしくさったのはこの腐れ女、それにそこのどぶ泥の塊に、目なしのうつけの三名にございます。わたくしは心からなるミロクの使徒、一切を捨ててミロク様のもとにはせ参じようと存じおりましたのに、こ奴らの邪魔立てのためにこの場を離れられなんだのです」

「屑どもは好きなように言うがよいわ。知恵深き大導師様、どうぞ」ひとりまっすぐ立っていたベイラーは両手の袖を合わせ、キタイ風の礼を完璧にやってのけた。

「このような下賤のものどもの言葉に耳をおかしなさいますな。わたくしこそ誰よりも先に、ミロクの御降臨を喜び迎えるつもりでございましたに、嫉妬深いこやつらが、身の程知らずにもわたくしの権利を奪おうとし、いらぬ術などを駆使して、使徒たるつとめからわたくしを遠ざけようとしたのです。わたくし、ミロクの一の使徒として、御降臨の折には何をおいても駆けつける所存でございましたに、それがならなんだのは、ひとえにこの塵にも等しい有象無象どものせいでございます」

「黙れ！」

三人三様、口々に言いつのろうとした魔道師たちは、腕を払って怒鳴りつけたカン・レイゼンモンロンの声にいっせいに息をのんだ。

「ミロク降臨はならなんだ」

カン・レイゼンモンロンは言った。むいた歯が不自然に白く、妙にとがっているように見える。ジャミーラが音をたてて息を吸い、手を口にあてた。イラーグのあばただらけの顔が真っ青になり、ベイラーは、石の目をむいて「なんと！」と呻いた。

「そ、それは、どういうことでございます」

ジャミーラは転がるように這い寄ってカン・レイゼンモンロンの袖をつかんだ。

「ミロク降臨がならなんだとは。ミロクが来られなかったとは。あたしは確かに感じました、大いなる力がこの地に近づいて、光が天を満たそうとしていること、それなのに、何故でございます。ミロクはこの地に降り立たれたのではないのですか。汚れしこの地上を浄化する炎の剣を、この世にもち来たられたのではないのですか」

「邪魔が入ったのだ。おのれら三人が、こんな場所でうつけた争いにかまけているあいだにな！」

三魔道師はふたたびあっと言った。ここに至ってようやく、彼らは魔道の戦いに夢中になって、忘れていたいろいろなことを思いだしたのである。

「そ、そうだ、あの間者めはどこへ行った？　おらんぞ！　確かにババヤガめにかばわれてそこにすくんでおったに」

「それに、そうだ、イグ＝ソッグもいないよ！　あの人質の小娘もだ……」

「ババヤガめのしわざか？」ベイラーが凍りついたままのババヤガの異形を見上げ、語気荒く、「いや、ババヤガもわれらと同じく、魔道の争いに集中しておった。もし間者と女を逃がそうとしておれば、気づかぬはずはない。大きな隙ができる。われが見逃すはずはない。イグ＝ソッグ？　いや、あれにはそこまでの魔力は感じなんだ」

「仮にも魔道師を名乗るうぬらが、同じ魔道師の介入も感知できぬか。無能め」

カン・レイゼンモンロンは声を荒らげた。三魔道師ははっと身をすくめ、全員、まだ立っていたベイラーも含めて、殴られたように地面に平たくなった。

「そ、それは——まさか。まさか、魔道師が？　われわれに敵する魔道師めが、ミロク降臨に害をなし、光の到来をはばんだとでもおっしゃるのですか」

「おまけに、パロのヨナ・ハンゼまで姿を消したわ」

ジャミーラのすがるような問いかけには直接応えず、憎々しげにカン・レイゼンモンロンは吐き捨てた。ベイラーの顔から血の気がうせた。彼は許しを請う余裕もなく立ち、くるりときびすを返して姿を消した。一呼吸のちに戻ってきたが、端正な顔は引きつり、石の目は落ちつきなくきょときょとと動いて、しきりにまばたいていた。

「まさか、まさか、そんな」ベイラーはあえいだ。

「あの空間に入り込むことのできるものなど、いるはずがない。ババヤガ、いや、違う。イグ＝ソッグにもそのような能力はない。いったい誰が」

「まさか、抜け駆けしやがったんじゃないだろうね、あんたたち」ジャミーラが白目を稲妻のようにぎらつかせて残り二人をねめつけた。

「ベイラー、そんな風にわざとらしくあわてちゃいるけど、ヨナ・ハンゼを閉じ込めてたのはあんたじゃないか。あたしたちの知らないうちにあいつを連れ出すことなんてお茶のこさ。何を考えてるんだか知らないけど、あたしたちを出し抜いて、うまいことやろうったってそうはいかないよ。

それに、あんたもだ、イラーグ」と粘りつくような視線で、

「この部屋に呪文をかけてたのはあんただろう。目くらましにババヤガを誘い込んでおいて、あたしたちをごまかしてなにかしようったってそうはいかないよ。間諜の男と小娘をどこへやったんだい、え、蝦蟇。イグ＝ソッグまであんな風に姿を変えさせておいて、どぶ板生まれにしちゃちょいと考えたみたいじゃないか。どうなんだい」

イラーグのいぼだらけの顔がどす黒く染まった。ベイラーは完全に表情を消し、目どころか全身が石になったように身をこわばらせて、口の中で不穏な言葉を呟いている。

「もうよい！」

耐えかねたようにカン・レイゼンモンロンがさけんだ。ふたたびお互いの喉もとにつ

かみかからんばかりになっていた三魔道師は、ぱっと離れて再度地面に頭をすりつけた。

「ババヤガでもなければイグ＝ソッグでもない。あの間者めの後ろにずっとついていた、きわめて強力な魔道を操る何者かがいる」

一言一言を短く区切って言うにつれ、三魔道師の背中が杖で打たれてでもいるようにびくびくと波打つ。

「うぬらはその何者かを探索せい。そ奴こそがあの剣士を送りこみ、地下牢から脱出せしめ、イグ＝ソッグの身を利用し、ババヤガを呼び覚まし、はてはヨナ・ハンゼを奪取してミロク大祭を破壊した当人だ。必ずとらえてわが前に引き据えよ。できるとも思えぬが」

声もなくひれ伏す三名にさげすみの目を向けて、

「どうやら、相手は端倪すべからざる大魔道師と見えるわ。うぬらごとき無能の手には負えぬ相手かもしれぬが、せいぜい励んでみるがいい。やらぬよりましかもしれぬ。やらぬほうがましかもしれぬが」

イラーグの丸まった背中を蹴りつける。げっと声を漏らしたのをさらに踏みつけ、ジャミーラの投げ出した腕を踏みにじって苦鳴をあげさせ、ベイラーの腹を蹴上げてむせかえらせた。

「うぬら間抜けがいたところでミロク大祭がこともなくすんでいたとは思えぬが、もしうつけた争いにかまけることなくば、多少の助けにはなっていた。ババヤガをうぬらのもとに送り、足止めに使ったのも敵の企みかもしれぬわ。返す返すも、うぬらごとき低脳ではなく、かの敵手の魔道師をこちらに迎えておくべきであった」

「お許しください。お許しください、大導師様」

ぎりぎりと手を念入りにくじられて、ジャミーラは悲鳴をあげた。

「必ず相手を見つけます。あのいやったらしい剣士も、小娘も、ヨナ・ハンゼも、あたしがきっと見つけてまいります。どうぞお怒りをお鎮めくださいまし。大導師様。カン・レイゼンモンロン様」

「ジャミーラめの言葉などお耳に入れられますな。ここは必ずわたくし、この石の目のベイラーが」

「ええ、黒い蛙女もなまっちろい石ころもうるさいわ。われこそ真のミロクの使徒として、必ず敵を捕らえてご覧にいれまする、大導師カン・レイゼンモンロン様。イラーグの手並みはミロクもご照覧」

「なんだって、どぶ蛙めが……」

「外道の魔女風情がなにを……」

「白面の腰抜けめがしゃれた口を……」

「黙らぬかというに！」

甲走った声でカン・レイゼンモンロンはわめいた。三魔道師はぴたりと口をつぐみ、それ以上はなにも言わずに、そろって空中に溶けるように消えた。

彼らの影がすっかり消えてしまうまで、カン・レイゼンモンロンは肩で息をしながらその場に突っ立っていた。やがて、ふと眉をひそめ、あまりに人くさい仕草をしすぎたというかのように、袖口を鼻にあてて臭いをかいだ。

妙になめらかな動作で首をのばし、頭上に停止するババヤガの巨体を見上げる。怒りの表情が顔面から抜け落ちてゆき、やがて非人間の、のっぺりとした蛇の顔が浮かび上がった。だが、その顔はどんな人間の顔よりも、恐怖にふるえおののいていた。

2

「この子がたいそうお世話になったようですね」

　少女を抱きよせながら青年は言った。形のいい頭をきちんと剃りあげ、青いゆったりした衣の胸にミロク十字をさげている。手は美しく、指が長くて、なめらかな手の甲にはなにか呪術的なものらしい線の絡みあった入れ墨があった。スカールに向けた顔はほほえんでいたが、濃い睫毛(まつげ)はきっちり降りたまま、あがる気配がなかった、

「どうぞ、お入りください。お疲れのご様子ですね。私たちはこちらにほんの一昨日到着したばかりなのです。外で何かあったのですか？　ずいぶん騒がしいようですが」

「そなたは、外へ出なかったのか」

　スカールは用心しながら部屋に入った。青年はベッドの上に足を伸ばして座っており、室内には簡素な木の椅子がひとつと卓があり、釘にミロク教徒の長衣が大小二枚と、古いずだ袋ひとつがかかっている。壁際のもうひとつの簡易寝台には長座布団が敷いてあった。少し迷って、スカールは椅子を引き寄せた。あとからそっと入ってきたザザが、

すばやく寝台を占領する。

「この目ですので」

　青年はほほえんだ。おそらく、二十歳を少し出たころだろう。端正な、おだやかな顔立ちで、高い額の真ん中に、赤と黒で小さな点が、これもまた入れ墨されている。細い顎の真ん中にも同じ模様がある。さらには開いた襟元から、耳の下から首筋にかけて、手の甲と同じような複雑な文様の入れ墨がちらりと見えた。

「目は、生まれつきなのか。もし、不躾(ぶしつけ)な質問だったらすまないが」

「いいえ」青年は面白がっているようだった。

「私はある山間の部族の生まれなのですが、誕生したとき、特別な感覚を持つといわれる青い目を持っていたので、厄除けのため太陽を長時間見つめる行を受け、視覚を失いました。しかし、形のあるものを見る能力を失った代わりに、形のないものを見る能力を得て、今に至ります。ああ、申し遅れました」

　彼は手をさしのべてスカールの手を握った。

「私はアニルッダと申します。この子はティンシャ」

「俺はスカール。こっちはザザだ」

　ザザは黒い目を光らせてちょっと頭を下げた。

「お二人は親子――ではないか。兄妹か」

「いえ。ここへ来る旅の途中で出会ったのです」

　しがみついて離れない少女ティンシャに、アニルッダ青年は慈愛に満ちた手つきで頭を撫でた。

「彼女の一家の属していた巡礼団は山賊に襲われてしまいました。ほとんどの者が殺され、彼女も首を絞められて捨てられていたのですが、なんとか息を吹き返させることができました。けれども、その時に喉を潰されてしまって、声を出すことができないのです」

　ティンシャは小さなため息を漏らすと、いっそうきつくアニルッダにしがみついた。

「私は目がこのようですから、彼女が杖代わり、目の代わりになってくれて、とても助かっているのですが……ティンシャ、いったい何があったんだい？　急にいなくなってしまうから、心配したのだよ」

　声を心配げなものに変えて、アニルッダは少女の肩をそっとゆすった。ティンシャはびくっとして顔を上げ、保護者の青年をおずおずと見上げた。

「それは、われわれから話そう」

　小さい顔に戸惑いと混乱の色が広がるのを見て、スカールは口をはさんだ。先刻までヤガを支配していた狂熱と陶酔を語り、ティンシャを見つけて救い出したいきさつを話して聞かせると、「それは」と呟いて、アニルッダは困惑したようにうつむいた。

「ミロク大祭……ミロクの降臨？　確かに、そんな声が聞こえたような覚えはあります。大勢の人が楽器を鳴らし、歓呼している気配も。けれども、私にはまったくそんな気はしませんでしたから、いつも通りこの部屋で、日課の勤行と瞑想を行っておりました。お前はたしか、こちらの台所を手伝っていたね、ティンシャ」と少女に顔を向け、「お前が私に知らせずに出ていくなんて珍しいね。こちらの〈家〉のみなさんも、いっしょに出ていってしまったの？　そういえば、人の気配が感じられない」

「あなたは出ていく気にならなかったのか」半信半疑でスカールは尋ねた。

「どうして行く必要があります？　ミロクは平穏と祈りをみずからの胸のうちに見いだすよう説いておられます。私は祈りの都ヤガに至り、人々の助けを得て心静かに思念をこらすことのできる場所を得ました。ほかに行くべきところなどあるのでしょうか。もし起き上がることのできぬ病人であろうと、ミロクは常にそばにいらっしゃいますのに」

　胸のミロク十字にそっと手を触れる。スカールはザザとちらりと目を見交わし、身を乗り出した。

「出ていく気にはならなかったというのだな？　外でなにが起こっているのかにも気がつかなかったと」

「はい。なぜでしょう」アニルッダは不思議そうな顔になった。

「なぜ、そのようなことをお訊きになるのです？　なにか、出ていなければならない行事でも行われていたのでしょうか。でしたら、失礼をおわびしなければなりませんが」

「鷹」ザザがスカールの腕をぐいとひっぱり、耳もとに口を寄せた。

「この男、どうやら〈新しきミロク〉の催眠にかからなかったようだよ。術が行われていることにも気がつかなかったらしい」

「しかし、そんなことがありうるのか」スカールはいまだに信じかねていた。

「あれだけ大勢の市民や巡礼がまとめて操られていたのだぞ。ヤガから離れた郊外でさえ、ほとんどの住民が表に誘い出されていたのをお前も見ただろう。黄昏の国にまで影響が出ていたというのに」

「聞いたことがあるんだ。遠い東の果ての山脈に住んでる部族の中には、心眼の血脈を受け継いでる一族がいるってね」

　ザザの目はアニルッダの両手と額、顎、首筋に刻まれた入れ墨の文様をたどっていた。

「とても遠い土地だし、あたしの力が及ぶ範囲を超えたところだから、くわしいことは知らない。でも、この男がもしその一族の出で、見えないものを見る能力を継いでるんなら、竜王の催眠をすり抜けたこともおかしくはないかもしれない。系統が違うから読むことはできないけど、あの手や首筋の文様は、確かに精神を強めて精気の流れをととのえ、集中を高めるために生み出されたものだよ」

　言われて、スカールはあらためてアニルッダの身体の文様を見た。細い蔓草のような線は無秩序に彫られているのではなく、骨や筋肉、血管の筋にそってきちんと刻まれている。青年が動くと、肌の上で文様も生気をおびて身じろぎするかに思える。青白いなめらかな肌に蔓草がなびくのが見えた気がして、スカールは息をのんだ。

「もう一度伺うが、確かになにも感じなかったのだな。外へ出たいとも、大神殿に行きたいとも、思わなかった」

「はい」

「部屋から出ることさえも」

「はい」アニルッダはますます不思議そうな顔になった。

「申しわけありません、もしかして、なにか重要なお知らせを聞き逃してでもおりましたでしょうか。みなさんにご迷惑をかけるつもりは少しもなかったのです。ティンシャ、お前が出ていくときに、一声かけてくれればよかったのに」

「こっちへおいで、お嬢ちゃん」

　泣き出しそうな顔になったティンシャに、ザザがそっと声をかけた。

「いいんだよ、アニルッダさんとやら。この娘は自分の意志で出ていったんじゃないんだ。ほかの巡礼や街の人たちが引き出されたのと同様にね。ねえ、お嬢ちゃん、どうして外に出たのか、このザザに教えてくれるかい？」

　ザザは浅黒い腕をのばして少女を手招きした。ティンシャは迷うようにザザと、アニルッダを交互に見比べていたが、おずおずとアニルッダから離れ、ザザの膝へじりじりと近づいた。ザザはほほえんで少女を抱き取り、両手で手を包み込むようにして、耳を傾ける仕草をした。

「今考えてみると、どうしてあんなところにいたのか、わからない、ってさ」

　しばし沈黙したのち、ザザは言った。

「ここの〈家〉の台所で豆の莢をとっていたところだったのに、気がつくと、たくさんの人たちといっしょに、大神殿への道を押し合いへし合い歩いてた。みんな、酔ったみたいにふらついてて、顔が真っ赤で、目を血走らせてて、見るも恐ろしくてぞっとするのに、その時はそれが正しいように思えた」

　ティンシャは大きな目をしてザザを見つめている。

「大神殿ではなにが起こったか、よくわからない。思いだそうとすると頭が痛い。とにかくまぶしくて、頭がかっかして熱くて、身体が百倍にも大きくなった感じだった。それからなにもわからなくなって、気がついたら溝にはまって溺れかけてて、この男の人に助け出してもらった。とっても怖かった。自分が自分じゃないみたいだった」ひと息ついて、ザザはティンシャに笑顔を向けた。「こんな感じかね？」

　ティンシャは大きな目をしたまま何度もうなずき、急に顔をくしゃくしゃにして、ザザの胸に飛びつくように顔を埋めた。「おやおや」ザザはちょっと困ったように、だがまんざらでもなさそうな顔で少女の背をさすった。

「甘えんぼさんだねえ。よしよし、もう怖くないよ。このザザさんがいっしょだからね」

「……驚きました」

アニルッダは見えない目をザザに向けて、眉をあげていた。

「ティンシャの言葉が通じるのは、これまで私ひとりしかおりませんでした。彼女が声を失ってから、という意味ですが。あなた方はいったい、どういうお方なのですか？ほかの巡礼の方々とは、どうも違う感じがする、と思っていたのですが。そちらのスカール様も尋常ではないとお見受けいたしますが、ザザ様、あなたは、実を言うと、この部屋に入ってこられた時から、大きな黒い鴉として私には感じられてならなかったのです。そしてスカール様、あなたは鷹。草原の空を舞う、雄々しく強い翼として」

スカールの方に頭をかたむけて、アニルッダは遠いところの物音を聞くように眉根に皺を寄せた。

「そしてもうひとつ、強靭で高貴な野生の獣……狼……の気配。でも、ここにはスカール様とザザ様のおふたりしかおられませんね。どうしてでしょう。口に出すのは失礼かと思って黙っておりましたが、ティンシャの声を聞くことのできるザザ様、またそのお連れのスカール様ならば、お許しいただけましょうか」

「許すも許さんもない、アニルッダ殿」

　ザザの視線を受けて、スカールは決断した。賭けにはなるが、この地で味方になる者は貴重だ。椅子を前に進め、アニルッダの耳に口をよせてごく低く、

「実を言うとな、アニルッダ殿。俺とこのザザは、ミロク教徒というわけではないのだ」

　え、と戸惑って身を引きかけるアニルッダにさらに身を寄せ、

「ミロク教徒ではないのだが、ある目的を持ってヤガにやってきた。ヤガは今、邪教の徒によって、以前の聖都とは似ても似つかぬ場所に変えられようとしている」

　アニルッダはますます戸惑った顔になったが、スカールから身を離そうとするのはやめた。首を曲げ、スカールの言葉に耳をすます様子をみせる。

「その名を〈新しきミロク〉という。そなたは真のミロクの教えを今も奉じているようだが、今やその教えは廃されて、ミロクの教えをねじ曲げた邪教がヤガにはびこり、ミロクの名のもとに人々を武装させ、侵略戦争の駒としてかり出そうとしているのだ」

「しかし、そんなはずは」アニルッダは理解に苦しんでいるようだった。

「ミロクはあらゆる暴力を禁じておられます。戦争などとんでもない。人と争わず、あらゆるものと相和し、平和におだやかに日々を過ごすのがミロクの教えのはず。どうし

て人々が、そのような教えに耳を貸しましょう」

「〈新しきミロク〉の背後には、いまわしい異界の王の存在がある」

さらに声をひそめて、スカールはささやいた。

「その名を竜王ヤンダル・ゾッグという。──今はキタイに座し、その玉座を簒奪して、中原と人間世界を我が物にせんと企む邪悪な存在だ。その者が聖なるヤガに手の者を送りこみ、平和なヤガとミロク教を、じわじわとむしばんでいったのだ。今ではミロク教は奢侈を誇り、武装し、飾り立てた神殿や騎士やらを山とかかえて、もとのミロク教とは似ても似つかぬものになろうとしている」

「……偽っておられるようには聞こえませんが」

アニルッダは頭を振った。

「申しわけございません、スカール様、あなた様を疑うわけではないのです。ただ、あまりにも急で。確かに、ヤガに到着してから、多少の違和感を覚えることがなかったとは申しません。けれども、人々は変わらず親切でしたし、ミロクのための勤行も以前より盛んに行われているようでしたので、まさか、そんな」

「でも、まったくなにも思わなかったわけでもないだろ？」

ティンシャを膝に乗せてあやしてやりながらザザが言った。指を立てて動かすと、そこから黒い羽根がさっと扇のように広がり、少女の手にこぼれ落ちた。ティンシャは目を丸くし、声を立てずにきゃっきゃっと笑った。

「あたしが考えていることが正しいなら、あんただってなにかおかしいとは思っていたはずだ。たとえば、この〈家〉。ヤガには一昨日来たばかりだって言ってたね。ここにはどうして宿を取ることになったんだい？」

「はい、それは、ティンシャとふたり歩いておりましたら、ご親切な商人の方が声をかけてくださいまして、もし泊まるところがないのであれば自分の家に来てほしい、巡礼の人々をもてなすことでミロクにご奉仕したいのだからと、そのように」

「で、その商人とやらに関してはなにも感じなかったのかい？　あたしや、鷹に関して見えたようなものは、なにも」

「いえ、それは――」アニルッダは口ごもって眉をひそめた。

「助けていただいた方に、あまり失礼なことは言いたくないので」

「そう、じゃあ、あたしが代わりに言うけれど、まるで死人みたいな臭いがしてなかったかい？　そいつは」勝ち誇ったようにザザは言った。

「まるで死体があったため返されて、生きてるふりして口をきいたり歩いたりしてる、そういう風に感じなかったかい？　そういう奴がいっぱいごろごろ、このヤガの道を歩き回ってる、そういう気はしてなかったかい？　形のないものを見る、と言ったね。形のあるものの後ろに、どんな形のないものが隠れているか、あんたは知ってるはずだよ」

「……それは」

呟いて、アニルッダはうなだれてしまった。しおれた姿に、ティンシャはあわてたようにザザの膝から飛び降り、青年の胸にとびついて、非難するようにザザをにらんだ。

ザザはあわてて手を振って、

「違うよ、お嬢ちゃん、いじめてるわけじゃないんだ。ただ、もう一度、自分の感じてることをしっかり見直してほしいってだけだよ。あのね、あんた、ここは〈ミロクの兄弟姉妹の家〉っていって、〈新しきミロク〉が、やってくる巡礼を洗脳して操り人形に変えるための施設なんだよ。あんたを拾ったっていうその商人は邪教の手先で、とうの昔に人間じゃなくされてる死人なんだ。あんたがなにも気づかなかったはずはない。あたしや、鷹の素性を、あれだけしっかり見抜いたあんたならね」

「ザザの言うとおりだ、アニルッダ殿」

スカールも口を添えて、

「俺も以前、ヤガにいた時、これと同じような場所に連れて行かれ、あやうく監禁されるところだった。脱出したが、追ってきた〈新しきミロク〉の手先によって、その時いっしょだった婦人は捕らえられ、別に逃がすつもりだったある貴人も連れて行かれてしまった。加えて俺が連れていた部下の一隊もその時、虐殺されてしまったのだ」

失った部下たち、そして、剣で胴体を真っ二つにされてなお生きていたイオ・ハイオンの不気味な姿を思いだして、背筋を震わせる。

「そして俺と連れもまた、そなたと同じように甘い言葉でここと同じ、〈家〉に連れて行かれた。数日もすればそなたも、〈新しきミロク〉に洗脳されて、奴らの走狗に変えられるところだったのだ」

反応がない。

「俺の仲間がいま、〈新しきミロク〉に潜入している」とスカールは続けた。

「彼がおそらく、教団内部を騒がしているのだろう。ミロク大祭、ミロク降臨とやらは、なにかがおかしいと気づいた〈新しきミロク〉の指導者が、泡をくって計画を前倒ししようとした勇み足だと俺は感じる。本来ならばもっと時間をかけ、誰にも気づかれぬうちにミロク教を殺人教団として作り替える予定だったのだろうが、ブラン——俺の仲間だが、彼が、さらわれた貴人の救出のため大神殿内をさぐるうち、さだめし何か大きな事態を巻き起こしたのにちがいない」

「なんだか、ちょっとうれしそうだよ、鷹」ザザが渋面を作った。スカールは無視した。

「そなたは俺を鷹と見たそうだな。それは正しい。俺はかつて草原の鷹と呼ばれ、また、豹の副星(そえぼし)、鷹の星を負うとも聞いている。またこのザザは正しく鴉だ。彼女は黄昏の国の女王であり、妖魔の大鴉ザザの姿を変えたものだ。狼は、ここに」

スカールは袖をあげた。中から、手のひらにのるほどの大きさに身を縮めたウーラが出てきて敷布の上に立ち、金色の目でアニルッダを見上げた。さすがにこれには驚いた様子で、アニルッダはわずかに口を開いた。

　ティンシャはぽかんと口を開け、おずおずと手を伸ばしてウーラに触れた。ウーラは首を回し、少女の指先に濡れた小さい鼻を押しつけた。少女はまばたき、くすくすと喉を鳴らし、声のないまま、つめたい、と唇を動かした。

「わかってくれるだろうか。俺は、ある子供に誓ってその母を取り戻さねばならんし、俺の部族の男たちを殺戮したこの都の邪教徒どもに、なんとしても一泡ふかせたい。俺には、自分自身にもわからぬ複雑なさだめがあって、このヤガとミロク教を異界の勢力の手から取り戻すことが、自らの任務であるとも思っている。

　力を貸してもらえんか、アニルッダ殿。このまどわしの都で、邪教の催眠から逃れられる人間というのはひどく貴重なのだ。しかし、このままおけばそなたもいずれ、〈兄弟姉妹の家〉の網にかかって魂を抜かれるか、あるいはその心眼の存在に気づかれて、ティンシャともども抹殺される運命だ。そんなことになるのは忍びない。小さいティンシャのためにも、どうか、〈新しきミロク〉に抗する力になってはもらえまいか」

「お話はわかりました」

　まだ驚きからさめやらぬ様子で、アニルッダは敷布に手を置いていた。小さいままのウーラがすたすたと歩いていって、彼の手の入れ墨を嗅ぎ、その上に乗ってきちんと座った。アニルッダは人形のように小さな狼の背に指を置き、そのふさふさしたたてがみとぴんと立った耳をたどって、おずおずと笑みを浮かべた。

「夢でも、まぼろしでもありませんね。これは確かに狼、いまは小さく姿を変えていても、地上で最も偉大な力と魂をそなえた狼の王です。このような存在を袖にいれて歩いておられるお方が、ただ人のはずがない。ザザ様が妖魔であられるというのも、納得がいきました。実をいうと今も、ザザ様のことは、大きな鴉が寝台の上にとまって、羽をつくろっているとしか、私には思えないのです」顔を曇らせて、

「しかし、私に何ができましょうか？　私はただの、力弱い人間にすぎません。あなた様のように強健なわけでもなく、戦い方も知らねば、また、そのつもりもありません。他人と争うことは、私の精神には含まれていないのです。ザザ様や、この狼王のように、自然の魔力に恵まれているわけでもありませんし」

「だが、正しいものを正しいと見通すことはできよう。邪教といつわりにとりつかれたヤガにとって、真の姿をそれと指さすことができる人間は、大きな力となるはずだ」

「そうでしょうか――」

なおもスカールが言葉を継ごうとしたとき、ザザが飛びつくように立って、シッと舌を鳴らした。スカールが飛び離れ、アニルッダがけげんそうに頭を上げた。廊下からどやどやと床を踏み鳴らす乱暴な足音が聞こえた。こちらに近づいてくる。

扉が開いた。ウーラはさっと身をひるがえし、スカールの袖に身を隠した。

青っぽい胸甲と具足に身を固めた一団の兵士が部屋になだれ込んできた。先頭には美々しい鎧で着飾ったミロクの騎士が威厳をつくろい、尊大な顔をしている。

「何か、ご用でしょうか」

何事もなかったようにアニルッダが問いかけた。

「私と友人の方々はただ今、ミロク様のみ教えについて、こもごも意見を交わしていたところでございますが」

「汝はミロク大祭に参じなかったな」

そっくりかえって騎士は言った。懐から書状を取りだして突きつける。

「五大師様、および超越大師ヤロール様、そして大導師カン・レイゼンモンロン様ご連名による聖勅である。ミロク大祭に喜び参らなかったものはすべて大神殿に集められ、大導師様じきじきに、聖なるみ言葉によって魂の浄めを受け、ミロクの光を迎える準備をさせるとのご通達だ」

「お言葉ですが、それは、本当にミロクのご意志にそったものなのでしょうか」

穏やかにアニルッダは問い返した。騎士は戸惑った顔になり、ぎょろりと目をむいて相手を見下ろした。「なんだと？」

「ミロクの存在はそれぞれの胸のうちにあり、外部に求めるものではありません」

握り拳を胸にあて、ミロク十字に触れてアニルッダは敬虔に頭を垂れた。

「ミロクの再来はただみ教えの方便にして、未来になく、過去になく、また現在にもないのが、融通無碍（ゆうずうむげ）なるミロクの本来。生死定まるところなく、生まれず死なずのミロクそのお方が、いかに輝かしく光り輝いていようと、われわれ凡俗の前に姿を現されるとは、私にはどうしても思えませんが」

騎士の顔が紫色にふくれあがった。

「わけのわからん理屈を抜かすな、この背教者めが。さあ来い、来るんだ。大導師様のありがたいお言葉で根性たたき直してもらうがいい」

あっという間もなくアニルッダは寝台から引きずり出され、兵士どもによってたかって縛りあげられた。

「その娘もだ」と、ザザにしがみついて震えているティンシャに顎をしゃくる。スカールはさっと立ちあがり、ティンシャをつかもうとする騎士の前に立ちふさがって怒鳴った。

「乱暴をするな。目の見えぬものと、幼い子供ではないか」

「なんだと。貴様も背教者の仲間か。来い。そちらの女もだ」

四方八方から手が伸び、スカールとザザを押さえつける。袖の中でウーラが唸ったが、「しっ」というザザのささやきで静まった。

『どうする、鷹、暴れるかい。アニルッダがつれてかれちまうよ』

頭の中でザザの声が言った。スカールも同じく頭の中だけで、『いや』と応えた。

『いい機会だ。俺たちもアニルッダといっしょに行って、その大導師とやらの顔を見てやろう。いずれにせよ、ブランと合流するためにも、一度あの大神殿にはもぐり込まねばならんと思っていたところだ。アニルッダを守り、敵の面つきを見定めるためにも、ここはおとなしくして、奴らが連れて行ってくれる先へ従おう』

3

「おや、そこにいるのは猪剣士どのではないかの」と老僧は言った。

「確かおぬしはヤロールを探してくると約束していたように思うが、どこにおるかの。どうも面妖な蛍はいるようだが」

「あやつならば先刻、地上にいたではないか、ヤモイ・シンよ」

「ふむ、それはそうだが、それとこれとはまた話が別よ。ヤロールを見つけて連れてくると剣士どのはお誓いなされたによって、そのことに関してはいちおう訊いておかねばならん。で、どうだの、剣士どの。なにやらたいそう不景気な顔をしておいでだが」

「ああ勘弁してくれ、勘弁してくれ、勘弁してくれ」

ブランは頭をかかえてぶつぶつ言っている。イグ・ソッグはなにやら独自の言語で呟いたり笑ったりしていたが、いまにも爆発しそうなブランを見かねたイェライシャになだめられ、天井近くにのぼって静かになった。ヨナとフロリーは揃って礼拝し、低い声でミロクの経典の抜粋を唱えていた。ヤモイ・シンは顔をしかめた。

「これ、拝むのはやめてくれ。消化に悪い。腹が膨れてならぬ」

「聞いておらぬな、これは」ソラ・ウィンが唸る。「そこの剣士はまだヤロールの話をしておらぬぞよ」

「立つがよい、ヨナ・ハンゼ、フロリー」

髭の奥で、イェライシャは含み笑いを抑えかねている。

「あらためて紹介しよう。こちらはヤモイ・シン殿、そしてソラ・ウィン殿よ。先刻、〈新しきミロク〉の手でミロク降臨の幻影が人々を包み込もうとしたおり、進み出て、信徒たちの気をよそへ散らしてくださった。おかげでわれも、まどわしを追い散らし、ヤガを覆おうとしていた異界の幻術を破ることができた」

「できるならばもうしばらくあの場にいたかったのであるが」とソラ・ウィンが不服そうに、「あれしきではヤロールめの心得違いを質すことができなんだ。あの者にはとっくりと膝詰め談判をして、いうて聞かせねばならぬことが山とあるというのに」

「ヤモイ・シン様。ソラ・ウィン様」

ヨナはほとんど恍惚としている。

「光栄です。まさか……こんなことがあるとは思いもしませんでした。ミロク教の歴史にもまれな高僧お二方に、一度にお目にかかることができるとは――でも、ヤモイ・シン師もソラ・ウィン師も、とうに亡くなられたと伺っていますが」

「しぶといじじいどもで、地下に放りっぱなしにされてもひからびなかっただけだ」

ひからびていてくれたほうがいくらかましだったのに、とブランは思わずにはいられなかった。だいたい、何故ここにいるのだ。自分は確かにこの二人をしっかり地下においてきたはずで、鍵をかけた記憶はきっちりこの手に残っている。出てくるな、ときっぱり言い聞かせておいたはずであるのに、なにをのこのことこんなところで、そろってのんきそうな顔をぶらさげているのか。

「剣士はわれらがここにいるのが気に入らぬようだぞ、ヤモイ・シンよ」

「うむ。出てきてしまったのはまことに申しわけない。しかし、なにやら頭の上が騒がしゅうなってきたので、気になって二人、そろそろ行くことにしたのだ。あの鎧姿の信徒はいつまでたっても白目をむいたままで目をさまさぬし、いささか退屈であったしの。あのような騒ぎは、ミロクの教えに思いを凝らすにはまことにもって不都合」

「俺は鍵をかけておいたはずだが」

「はて。そうであったかの、……いずれにせよ、真に往かんと志すときには、どのような鍵も隔ても邪魔にはならぬものよ。ミロクの道は真実を選ぶ。真実であったればこそ、いかなる障碍も越えてゆく。われらはミロクの教えを説くものとして、ミロクの道を行くものであれば、有り無しさだかならぬ鍵ひとつくらい、ささいな問題にすぎぬ」

「俺にとっては大問題だ。その上、どうやって地上までやってきた。誰にも見つからなかったのか。俺でさえ、たちまち警備に見つかって追いかけ回されたというのに」

「おお、何かそんなものもおったな。あれらもまた道を誤ったものども、このソラ・ウィンは教化せんと思ったようだが、わしはそれより頭の上の騒ぎを鎮める方が先だと思ったので、哀れながら通り過ぎた。あんなに大騒ぎされては、ミロクのお声に耳をすますべき沈黙も守ることができん。騒ぐ弟子にはまず静けさを教え、寂妙の境地の美しさを味わわせねば、ミロクの言葉も語れまい」

「あきらめるがよい、ブランよ」

　イェライシャはもうはっきりと笑っていた。

「このお二人は融通無碍、そうと心に期されたことは必ず実行される聖者であられる。われわれは魔道の徒、この方々とは道を異にしておるが、お二人の得ておられる境地はわれわれとても驚嘆のほかはない。世間のよしなしごとにとらわれ、ああでもないこうでもないと苦労しておる我が身が恥ずかしくなるほどだ。いっそわれもお二人の弟子になり、この絶対平和の智慧にあずからせてもらいたいとすら思う」

「頼むから冗談でもそんなことはやめてくれ……」

　二人どころか一人でもはた迷惑この上ない聖者が、さらにまた一人増えるかと思うと頭が割れそうだ。しかも相手はイェライシャである。ただでさえ厄介な大魔道師が、ミロクの聖者の教えを受けたりなどすれば、どんなややこしい事態になるか見当もつかない。


「おお、そういえば、あの場から連れ出していただいた礼をまだ言っておらなんだ」

　ヤモイ・シンはぐるりと身をめぐらし、ほがらかに、

「イェライシャ殿とおっしゃったかな。確かに、あの槍やら刀やらいろいろとやかましい中では、ヤロールにゆっくり説教もできぬところであった。のちほどまた機会があるとはおっしゃっておいでであったが、さて、それはいつほどのことになろうかの」

「いや、そこまではな」イェライシャはちょっとたじろいで、

「カン・レイゼンモンロンなるあの蛇の手先、すさまじく腹を立てておるわ。乾坤の策であったミロク大祭を砕かれ、またこのヨナ、それに、フロリーも見失うたと知って、ますます鱗を逆立てておるに相違ない。大神殿は上から下まで大騒ぎよ。御僧がたがあがってこられた時はみな、ミロク大祭のほうに気を取られていたのであろうが、現在はおそらく、もっときびしい検問がしかれていよう。融通自在の聖者であっても、心をもたぬ蛇兵士の槍衾をやり過ごすのは、ちと難しいように思うのだ。少なくとも、しばらくの間はの」

「ああ、カン・レイゼンモンロンか。あの者もしばらく見ぬうちに、えらく着飾るようになっておったの。以前会ったときにはあれほどでもなかったものだが。しかし、あれらに法を説くのはかなりやりがいがありそうではある。竜王とやらにはことに。いや、

悪魔とは」くっくっと笑った。「新鮮で、実に楽しい。前回にもそう呼んでくれれば聞いたかもしれぬのに」

「ヤロールの錯誤は深刻であるぞ。笑い事ではない」

ソラ・ウィンの方はまだ、ヤロールのところから急いで連れ出されたことが気に入らないようで、しわびた顔を不機嫌そうにしかめている。

「それからそちらの二名、いいかげんに、拝むのはやめぬか。役にもたたぬ上に意味がない。祈るべきはただ、ミロクのみであるに」

「たいへん失礼いたしました、師」

いつのまにか両手を組み合わせて額ずきかけていたヨナはあわてて立ち上がり、ぱたぱたと膝をはたいた。フロリーもぴょんと起きあがって、しわだらけで真っ黒な聖者たちにただただ眼を丸くしている。

「うむ、それがよい。わしの腹にもよくないし、おぬしの膝にもよくないでな」

のんびりとヤモイ・シンは頷き、首をめぐらせて、

「で、わしらはここで、機会を待てということかの。確かに今はさわがしい。ヤロールのもとへおもむいても、哀れなあの者は心乱れてわれらの声を聞く落ちつきはあるまい。道を聞かせねばならぬ者は山とあふれているようであるに、聞かせるべき静けさがないとは、なんと歯がゆいことか」

「どうか、ヤガをお救いくださいませ、ヤモイ・シン様、ソラ・ウィン様」

ヨナが手をあわせかけ、思い直して、ヤモイ・シンのぼろぼろの袖にすがって頭を下げた。必死の形相で僧を見上げて、

「ご覧になりましたでしょう、地上の、ヤガの今のありさまを。〈新しきミロク〉なる、ねじ曲げられた教えがミロクの聖なる名を名乗って、人々を破壊の走狗にせんとしております。誰か、目を覚まさせるものが必要なのです」

「神には神。信仰には信仰」とイェライシャも口を添えた。目を厳しくして、

「御僧がた、地上で、ただ一声にして群衆の催眠を破り、邪教の幻影から人々を解放なさるお姿を見て、われはいま何がヤガにとってもっとも必要なのかを悟った。ヤガに必要なもの、それは、ゆがめられた教えを正し、人々にかけられたまどわしを砕いて、正しきミロクの信仰を取り戻させる指導者である。御僧がた、御身さまお二人こそ、この迷えるヤガの民衆に先立ち、真のミロクの教えを説き聞かせるにふさわしいお方。どうぞ、道を見失った人々の先頭に立ち、あやまてる信条を正して、いま一度、ヤガに正しく聖なるミロクの言葉を充たしてはくださらんか」

「どうぞ、お願いいたします、御僧さま」フロリーも必死になって頼んだ。

「わたしは限られた心しかもたぬ女ではございますが、信じてまいりましたミロクの教えが、あのように踏みにじられているのを見てはいられません。どうか皆の先に立ち、

正しきミロクの教えをお説きくださいまし。魔の幻影にとらわれていた人々も、御僧さまがたの一喝を受けてたちまち我にかえられたよし、お二方が姿をあらわされ、法を説かれたならば、きっと皆は目覚めて、真のミロクのみ言葉を知ることでございましょう。どうか、どうか、お願いいたします」

「御僧がた、お願いする」イェライシャの言葉にも熱がにじんだ。

「わしの魔道によって催眠を解くことはできるが、それは一時の手当にしかならぬ。竜王の魔の手はヤガとミロク教を通じて、人々の心に深く食い入ってしもうた。魔道によって精神を書き換えたところで、それは形を変えた洗脳にすぎぬ。信仰に垂らされた歪みの毒は、正しき信仰という清水によって洗い流さねば根本的には消えぬのだ。ヤガとミロク教団を、殺人と征服の狂信者の集団にするのは御身さまがたも忍びなかろう」

「どうか、ヤモイ・シン様、ソラ・ウィン様」ヨナがすがりつき、耐えかねたようにまた膝を落とした。ふたりの僧のつま先に頭をつけ、絞るように、「どうか」

「どうか、御僧がた。どうか」

「どうか――」

「ああ、ああ、話はわかったわい」

ヤモイ・シンは盛大に顔をしかめていた。

「だが、それについては、まっぴらごめん、と言うしかないの」

なんとなく、この老僧がそう言うことを予期していたような気がブランはした。

しかし、平伏していたヨナとフロリー、それに、真剣な顔をしていたイェライシャの
三人は、まるで丸太の一撃を食らったような顔でぱっと起き直った。イェライシャの肩のあたりで浮遊していたイグ＝ソッグが飛び上がり、主人の動揺に合わせたように、ちょろちょろと空中を舞っている。

「ど、どうして。何故です。何故、いけないのです」

ほとんどつかみかかるようにして、ヨナはヤモイ・シシにすがりついた。

「ヤガの様子をご覧になったのでしょう。カン・レイゼンモンロンをはじめとする異界の手によって、邪教のちまたと変えられつつあるヤガを。このままでは正しきミロクの教えは、地上から永久に失われてしまいます」

「まことの智慧が失われることはない」ずしりと響く声でソラ・ウィンが宣言した。

「真実は、失われぬからこそ真実である。いかに異界の力があろうと、真実そのものである ミロクの言葉が地上から失われることなどあろうか。失われるとすれば、それは、失われるべくして失われるのである。われわれごときの関与するべきものではない」

「そんな」フロリーの目から大粒の涙があふれた。

「どうしてそんなことをおっしゃるのです。邪教に目を曇らされ、殺人の道具に信徒の

みなさんが変えられようとしているのに、なぜそんな、お見捨てになるようなことを」

「娘さんや、ミロクは、本来みずからの心の中に見いだすべきものであることを忘れてはおらぬかな」

ヤモイ・シンは気の毒そうな視線をフロリーに向けたが、その態度は動かなかった。

「イェライシャ殿はいまのヤガに必要なのは、正しきミロクの教えであやまてる教えを打ち消すものだとおっしゃった。しかし、もしわしがそれをやったとして、わしはミロクそのお方であるか。そうではあるまい。わしはただのじじいであり、いまだミロクの袖にも触れられぬ小坊主にすぎぬ。ミロクの教えはミロクのみ言葉にのみ従うべきもの、もしわしの言葉に人が従ったとしても、それはわしという者の心、わしという者の考えに従うのみであって、わしが語った時に、教えは真なるミロクのものではなくなる」

「代理人として語ればよろしいのではないのか」さすがにイェライシャも、思いがけぬ風向きに声をつまらせている。

「あれだけの人々が、御僧おふたりの一声によって迷妄の闇を払われたのだ。御身さまがたにその能力があることは疑いない。われはミロク教徒ではなし、ミロクの教えの深奥に達しているとはとてもいえぬが、いまここにおいでのお二人以上に、それらに通じておられる方はおられぬ。ことはヤガのみにとどまらぬ、放置すれば、いずれ中原に燃え広がる戦乱の火種にもなろうという一大事なのだ、難はさまざまにあろうが、どうぞ、曲げてお引き受けねがえぬものか」

「ならぬ。真理は曲げられず、変えられぬ」

　ソラ・ウィンはきっぱりとかぶりを振った。

「変えられる真理など、真理ではない。……きわめていい加減な男ではあるが、こ奴、ヤモイ・シンの信条は正しいと言わざるを得まい。人はすべて、胸のうちなる真のミロクにのみ従わねばならぬ。いかに長上であろうと、他人の言葉に従った時点で、錯誤の道の第一歩を踏み出すことになるのだ。誰の言葉に従うかはこの際問題ではない。イェライシャ殿、代理人とおっしゃるが、それは、今おぬしらが相対し、われらに打倒を懇願しておる超越大師と名乗るヤロール、また大導師を名乗るカン・レイゼンモンロン、あれらと比べてどう違うのか、おぬしに言えるか。ミロクの代理人を称して言葉を他人に押しつけることについて、彼我にどのような差があるのかを」

　小さく息をついたイェライシャの身体がわずかに、だがはっきりと傾いた。

「こちらは……こちらは、正しい教えではありませんか」

　ヨナの声はもはや悲鳴のようである。

「他人を害し、意のままに操ろうとなどしないではありませんか。あるべきミロクの信徒の姿を人々に思い起こさせ、もとの穏やかな生活と平らかな心を取り戻してもらいたいと願うのみではないのですか」

「それが正しいと、誰がきめたのかの。おぬしかの。わしかの。ミロクかの」

ヤモイ・シンの目がうすく光った。ヨナはたじたじとあとずさった。

「何が正しいのか、ご存じなのはミロクお一人のみ、わしではない。ましてや、おぬしでもないぞ、お若いの。

現在はまちがっておるように見えても、十年先、百年先に、実はあれこそが正しかったと判明する可能性がないと、だれに言えよう。ご存じなのは天地開闢よりあらゆる光を目にし、あらゆる智慧を手にされるミロクのみ、そのミロクの代理人を名乗り、他人にあやまちをおかさせようとする人間には、わしはなりとうない。人はみな、真のミロクの言葉にのみ動かされねばならぬ。自らミロクと語ったと信じ、その真の代理人とうぬぼれたヤロールの轍をふむことは、わしはごめんこうむる」

「言っても無駄だ、老師」

ブランは投げやりに声をかけた。

ヨナもフロリーも見ていられぬほどうちひしがれた様子で、イェライシャの髭もいささかしおたれている。まあ、この坊様がたがどれほどやっかいか知らんのだからな、と、ブランは苛立ちと皮肉と、多少の小気味よさが混じっていないでもない気分で思った。二人の高僧の、宗教的にはきわめて深甚なのかもしれないが、常識的に考えれば屁理屈以外の何物でもない言動に、さんざん振り回されてきたブランである。今さら協力を求めたところで、すなおにうんと言うなどとは、とうてい思えないのだった。

「このどうしようもないお二方は、われわれ不信心者とはちょっと違った常識で生きておられるのだ。聖者というものがこんなにはた迷惑だとは俺も今まで知らなかったが、どうしようもない。ノスフェラスの岩を押して動かす方がまだしもだ。少なくとも、ババヤガはこの二人よりは話が通じた」じろりと睨む。

「いろいろ並べているが、つまりはどうせ、拝まれるのはかなわんし、面倒くさい、とでも思っているのだろう」

「むろんよ。ヤガの住民すべてに法を説くなどと、考えただけでうんざりするわ」

まったく悪びれずに、ヤモイ・シンは肩をすくめた。

「どうせ拝まれずにはすまぬのであろうし。飯がまずくなるではないか」

ソラ・ウィンも、まったくだと言わんばかりに頷いている。ヨナはまだがんばった。

「しかし、超越大師ヤロールについては、師として説教を加えると――」

「うむ、それは師僧としてのつとめであるでな。ミロクの教えを説くのと、師僧として弟子に、修行の上での心得違いをただすのとでは、まったく違う。混同してもらっては困るの。ヤロールにはしっかり言うて聞かせねばならんが、だからと言って、わしがヤロールと同じ間違いを犯すと思ってもらっては困るぞよ」

イェライシャは言葉もなくただ首を振っている。

「ブラン様」陰気にヨナは言った。「どうか、あなたからもお願いしてください。きっと僕たちのお願いの仕方が悪いのです。ちゃんとお願いすれば、きっとおふたりとも」

「すまんが、それは甘い、と言わねばならんな、ヨナ殿。この御仁らは俺の言うことなどきかんよ。聞いてくれればもうちょっと楽なのだが」

フロリーはすっかり肩を落として座りこんでいる。大きな吐息をついたイェライシャが、なんとも言えぬ空気を打開しようとでもいうのか、手をあげて、また空中に鏡のようなのぞき窓を開き、大神殿のあちこちを映しはじめた。

「お──」

しばらく、所在なげに、うろうろしている平信徒の群れだの、布団に埋もれて唸ったりやけ酒をかたむけたり女に走っている五大師たちだの、贅沢な部屋の奥で黒蓮の薄い煙が漂うなか眠りこけている超越大師ヤロールののっぺりした顔だのを見回っていたイェライシャだったが、ふと、神殿の裏門あたりを眺めていて、声をたてた。

「誰か、捕らわれてくるものがいるな。四、五人、六人。まだ来るの。どうやら、ミロク大祭が破れたために、暗示が弱くなった人間を狩り出しておるようだ」

「また暗示をかけ直そうというのですか?」

ヨナが青くなった。フロリーは耐えかねたように胸に手を組んで、

「ああ、御僧さまがた、これでもまだ手出しはせぬとおっしゃるのですか？」とまたとりすがらんばかりにする。

　ブランは映像をすかし見た。僧二人は知らん顔である。

　何人かのミロク騎士が先頭に立ち、縛りあげられた男女が哀訴しながら引きずられてくる。ミロク降臨の壮麗な幻に没入していた分、それが砕かれたときに目の覚めた信徒は、かなり多かったらしい。見ているうちにも七、八人、やがて十数人にもおよぶミロク教徒が、怯えた様子で引きずられてくる。

「あの人々を助けられないのですか、ブラン様」

　震えながらヨナが言う。

「よした方がよかろう」イェライシャが代わりに応えた。

「打って出るには早すぎる。もっと多くの信徒が、おのれを取り戻して正しい道に立ち戻っておればよいが――」

　さしものイェライシャも多少恨めしげな調子になっている。手を出すにはまだ早いとの意見はブランも同じだったが、目の前を、無辜の人々が縄目にかけられ、引っぱってゆかれるのを見るのは気分のいいものではなかった。

　せめて、時節が来たとき、つぐないができるように顔のひとつも覚えておこうと、連れてゆかれるものの顔をひとりひとり丹念に眺めた。何人目か、ある一隊が、ずいぶん厳重な警備のもとに取り囲んできた数人の顔を見たとき、ブランは思わず飛び跳ねるようにして前に出ていた。

「スカール様！」

「なんと？」イェライシャもにわかに目を輝かせた。

「スカール殿？　隊列の中にいたのか？　間違いないか」

「おそらく。ちらりと見えただけだが、あの横顔は確かにそうだ」

胸が高鳴りだした。鎖から解き放たれたような心地でブランは腰をさぐり、頼もしい剣の感触をそこに見いだした。

「こうしてはおられん。スカール様が捕らわれたとあれば、さっそく行ってお救いしてこねば。あの方がおられれば、こちらの方にも多少の味方はできるというものだ。老師、あの一団の行く先を追ってくれぬか」

勇んで数歩足を踏み出したあと、ブランはふとあることに気づいた。

「……老師、たしか、スカール様はスーティといっしょにどこぞ老師の手によって身を隠されたと聞いているのだが、なぜ、こんなところに居られるのだ」

「さあ。われも知らぬな」

スカールの出現は、意気消沈したイェライシャにも多少の元気づけになったようだった。沈んでいた声に多少の笑いを含ませて、イェライシャはブランにいたずらっぽく片眉をあげてみせた。

「スカール殿をお隠ししたのは確かにわれであるし、めったなことでは見いだせぬ場所でもあったはずだが、見いだすべく入るべく星によって定められているものであれば入れもしよう。われは星を見るが、星の運行まで司っておるわけではないでな。疑いなくスカール殿であれば、お目にかかれたときに、何があったかお話しくださるであろうよ」

『老師のご意志に文句をつけるでないわ、猪武者』天井からふわりとイグ・ソッグが下りてきて、肩の上でそっくりかえるようにぐるりと回った。

『おぬしはただ老師のお知恵に従っておればよいのだ。ありもせぬ脳みそを無駄に働かすのではないわ、うっとうしい』

「やはり老師も聖者のお仲間か」苦々しくブランは呟いた。「はっきりしない物言いがよほどお好きと見える。えい、どいつもこいつも」

4

「主よ」彼はシューシュー息をもらした。とがった歯は人間のそれではなく、種族としてもともと持つ針のようにとがった歯列にもどっていた。舌がひらめき、二股にわかれた先がちらっと空気をなめる。室内は暑く、香炉の熱と煙でむっとしていて、息をするといがらっぽい灰が喉にはりついた。

「主よ」彼は繰り返した。「主よ。偉大なる竜王よ、卑小なるしもべおんみを呼ぶ。応えたまえ、力ある鱗のぬし、暗黒の叡智の支配者、時と空間とあまたの世界を征服するもの、豹の捕獲者、天なる星々を渡りあるき、ぬるい血の生物を補食する無慈悲の王」

実際にはもっと多くの言葉が語られ、おびただしい賛辞と称号が惜しみなく並べ立てられた。竜王ヤンダル・ゾッグ（この名はいまの次元の生物の貧弱な精神に合わせたごく簡易な名のひとつにすぎない）は傲慢とだけ表現するにはあまりに複雑な精神を有していたが、下位のものどもの敬意の欠如にはきわめて断固とした態度をとる。種族としてこの冷酷な知性に支配されてきた蛇の一族にとって、彼の機嫌をとりむすぶことは呼吸するより重要なことだった。王がなにかの拍子に機嫌をそこねれば、呼吸などしたくてもさせてもらえず、しかも死ねない羽目に陥るのである。並べられるだけの美辞麗句を並べておくに越したことはない。

もっとも、それでさえ無意味なことはある。いまがそれだった。ついに精神力が尽きて、彼は疲れ果てて座から滑り落ちた。香炉から青い煙の最後の一筋が立ちのぼって消えた。

カン・レイゼンモンロンは四肢を突っ張ってぎこちなく立ちあがった。身辺の人間たちにはミロクの導きを祈るため、祈禱室には近づかぬようにと言い含めて追い払ってある。

「おお、そんな、大導師さま！」

おろおろして手を揉みしぼるばかりの人間たちは顔をくしゃくしゃにして、偉大なる指導者にすがりつかんばかりだった。

「あれはなんなのです？　もう亡くなられたはずの高僧おふたりがミロクの階に……ソラ・ウィンとヤモイ・シン……ミロクのお姿が消えてしまった！　われらはどうすればよいのです？」

くだらぬ阿呆どもめ、ととがった歯を鳴らしながらカン・レイゼンモンロンは思った。名前ばかりを飾り、無能な旗印として彼らを押し立てたのはまぎれもなく自分ではあったが、いったん計画が躓きかかると、これほど腹の立つものであるとは思わなかった。五大師というたいそうな名前に着飾ったくだらぬ堕落僧どもは、とつぜん姿をあらわした二人の老僧にすっかりちぢみ上がり、いまにも裁きの雷で討たれるのではないかと戦々恐々としている。いままでしてきたことはことごとくミロクの御意志であると公言してはばからなかったくせに、いざ真の有徳を目にすると、すっかり怯え上がってしまっている。ヤロールなどはひきつけを起こして、黒蓮の粉をかがせて一室に押し込めねばならなかった。放っておくと泣き叫んで、剣をふりまわしながらヤモイ・シンたちを殺そうと飛び出していくので、拘束しておくしかなかったのである。

彼にとっては、せっかく築き上げた自我に、致命的な一撃を食らったも同然だったのだろう。脆弱な自己はたやすく狂気に侵食され、いまは魔薬の夢の中で脂汗をかいて、うつうつとミロクの名を呟くばかりである。

だが、人間たちの動揺など小さなことだった。ついになんの反応も返さなかった空中の鏡を見上げて、カン・レイゼンモンロンは喉首を絞めつける不安におののいた。人間に擬態する以前であれば、漠然とした所在なさと空虚さに怯えるだけですんだのに、下手に感情などというものを習得したせいで、苦痛が何倍にもなっていることに彼は気づいていなかった。

なぜ主は何も応えないのか。

先刻の地上での大失態について、主からすさまじい怒りが下るであろうと、ある意味覚悟して座についたのである。まだ時期尚早かもしれぬという内心の小さなささやきを振りきって、ミロク大祭というめくるめく見世物を敢行し、ヤガと、周辺のすべて人々を一気に竜王の駒となす考えであった。

地下御堂にいるはずの者の消滅、そして侵入者の消失が、彼にそのような決断を下させたのであった。だが、計画は目も当てられぬ結果に終わった。地下御堂から消えた当の高僧二人がのんびりと現れ、面と向かって超越大師および五大師、そしてこのカン・レイゼンモンロンと〈新しきミロク〉に疑問を投げかけた。

あまつさえ、どこからか未知の魔道の介入があり、僧二人をどこへともなく連れ去っていってしまった。追うにも手がかりはなく、手持ちの魔道にかけても痕跡はない。相手についた魔道師は相当な遣い手である。疑いなく、ヤガに潜入していたあの人間に、後ろ盾としてついていた人の魔道師が活動している。イグ＝ソッグの身体に人の精神を入れられ、またヤモイ・シンとソラ・ウィン両名を連れ去られて、手をこまねいているしかなかったおのれを思うと、屈辱と不安に冷たい汗が鱗の顔をしたたり落ちる。

ミロク降臨の荘厳な幻は砕け、それと同時に大規模に展開されていた幻術と催眠の網ももろく崩れ去ってしまった。いまにも狂信者の群れとなって中原に燃え広がるはずであった信徒たちは、なにやらしらけた顔で四散してしまった。完全に洗脳されきったものはまだしも、〈新しきミロク〉にいまだ浸りきっていない大多数の信者は、さだめし不信感をあおられたことだろう。催眠にかかっていたあいだの記憶は曖昧だろうが、なにか、胸苦しい悪夢にあやつられていた感触は疑いなく残る。

ミロクの騎士および手駒と化した洗脳者たちを街に放って、不審者および背教者を狩りたてさせているが、効果のほどはまだわからない。もともと傭兵である騎士の中には、なにやらきなくさいのを感じてヤガを去ることを考えている人間も少なくないだろう。傭兵とは負け戦にさといものだ。そしてカン・レイゼンモンロンは、負け戦が自分の爪のさきに、砂を崩す寄せ波のように忍び寄ってくるのをどうしようもなく感じている。

前回の意志がくだされたとき、ささやかな不興を示すだけで全身凍りつくような恐怖をこの身に刻みこんだ大王である。この失態を前にして、あるいはその場で五体を引き裂かれるかもしれぬ、いや、すぐにこの身が消え去ることは人の不信を招くであろうが、座での一瞬が一万年にも感じられるほどの業罰を与えられるにちがいないと、麻痺したような思いで報告の場に臨んだのだが、結果は——空振りだった。

どんなに思念をこらし、必死になって呼びかけても、返事はなかった。あちらがそうと意識すれば脳の中にまでかんたんに手をつっこめるはずの竜王だったが、宇宙の虚無に小石を投げるのも同然で、エネルギーをいたずらに吸い取るむなしいこだまばかり。

座をすべり落ちたときには人間の形を保っていられぬほどくたびれ果てていたが、それだけ思念をこらしても、偉大なる異界の竜王は、まるで消滅したように反応を返さなかったのだった。

　この無反応は、当然あるべき罰や苦痛よりもっとカン・レイゼンモンロンを恐怖させた。長年にわたってこの恐怖の王の支配下にあり、すべての意志決定において王の存在を抜きにはできない彼ら一族にとって、ここまでの不在とは精神の支柱がいきなり消え失せたに等しい。夢の眠りの中で泣いているヤロールは、カン・レイゼンモンロンに比べればまだまだ救いがある。

　叱責され罰され、それでもこの失態から抜け出る策を指示されるであろう、もしくは消滅によって任を解かれるであろうという、カン・レイゼンモンロンの期待は不発に終わった。ぎくしゃくと身体を立て直し、人間らしい仕草とはどういうものであったか思いだそうとしながら、カン・レイゼンモンロンは出口のない迷宮に閉じ込められた不安が、あらためて強く重く背中にのしかかるのを感じた。王の力強い手によってこの事態が回復されるものと信じてすがる思いで呼びかけたのに、拒絶どころか、その存在すらも感じられずじまいとは——。

　のろのろと歩むカン・レイゼンモンロンの影は長かった。蛇の尾に似て長々と引きずられるその影が、一瞬よじれて、鞭のように太い鱗の塊になり、ピシッと音をたてて、石造りの階段を叩いてひびをいれた。

第四話　うねる潮流

1

「わたくし、とても変わりましたわね」

　アグラーヤのアルミナ・ヴァレン王女は言った。ヴァレリウスはすぐには答えず、壺をささえる海の精霊の乱れ髪に躍る陽光に目をそそいだ。精霊は法螺貝をかまえる太った子供と海豚、鯨、貝と魚たち、それに館の名にちなんだ荒々しい波濤の上に立って、永遠の微笑を大理石の顔にきざんでいた。ゆたかな水がとうとうと壺からあふれて空中に花開き、すずしい水音をたてている。

　密談にはぴったりな場所だ、とヴァレリウスは思った。水音のせいでほとんどの話し声はかき消されてしまうし、あたりは低い花壇と石のベンチがあるだけで、身を隠すところはどこにもない。盗み聞きしようという気があっても、話が聞こえるところまで接近するのは至難の業だ。おそらくこの精霊はいままで、表に出せない会話にそれこそ海の砂粒ほどの数、耳を傾けてきたのだろう。

「でも、見苦しい姿をすっかりお見せしたあとでは、かえって気づかいがなくていいかもしれませんわ。少しはましになっているといいのですけれど」

「母君はご健勝でいらっしゃいますか」

どう話すべきかわからないまま、ヴァレリウスは訊ねた。アルミナがパロを去るとき、蒼白くひきつった娘の横で、自分も倒れそうになりつつ看護していた母后の憔悴しきった顔はいまも脳裏にある。

「ええ。おかげさまで」

アルミナは肩をすくめた。覚えている彼女は骨と皮ばかりにやせ衰え、涙と血でべたべたに汚れた顔に目ばかりをぎょろつかせた、乱れた髪の狂女だったが、今の彼女は多少血の気に欠け、口もとにきびしい色があるものの、年齢相応の落ちつきを備えた貴婦人だった。金色の髪をきちんと結い上げて小粒の真珠で飾り、腰帯には珊瑚珠をつづった飾りが揺れている。おろした薄い面紗には金糸で海鳥の縫い取りがあり、彼女の白い顔は、ひろげた鷗(かもめ)の翼によってかばわれているように見えた。

「今回、こちらにお伺いするのにもずいぶん反対されましたの。父もですわ。わたくしがパロにかかわることを、両親はとても恐れているのです。また、あの……おそろしい事件を思い出して、わたくしの病がぶり返すのではないかと」

声がわずかに震えた。ヴァレリウスは黙って、そばの石卓に置かれていた葡萄酒を一杯そそぎ、王女に渡した。アルミナは餓えたように飲み干し、ほっと息をついて、口をぬぐった。

「ありがとうございます。父は、己を責めておりますの。わたくしの前では口にいたしませんけれど。自分がレムス王子を認めて、娘と結婚させたせいで、このような凶運を招き寄せることになったのではないかと」

「ヴァレン陛下がそのようなことを。レムス様の一件は……誰のせいでもございませんよ。ましてや、お父君のせいなどと、誰も考えてはおりません。すべては異界の邪悪な意志によって引き起こされたことであり、父王陛下、またアルミナ殿下が苦になさることなど、どこにもありません」

「でも、人間というものは、責任を求めたがるものですわ。異界の力という姿さだかでないものより、もっと確実なものに」

笑顔を向けたアルミナの顔にはかげりがあった。

「これもまたわたくしには知らされていなかったことですけれど、わたくしが故郷に戻って以来、アグラーヤを軽視したとして、パロを攻撃しようという意見が御前会議ではたびたび取り上げられていたのですよ。きっと、お聞きおよびでいらっしゃいましょうね」

「当然のことですな」

ヴァレリウスは自分も葡萄酒をそそいだ。

レムス王の妃としてパロにあり、魔王子アモンの出産によって狂乱に陥ったアルミナ王女は、静養のため故郷のアグラーヤに戻された。

しかし魔王子と、彼が巻き起こしたパロの怪異はアグラーヤにも伝えられていたにせよ、実際に目にしなかったものにとっては、にわかには信じがたい話である。いったん正式な王妃として迎えたアグラーヤ王女を狂気に追い込み、しかも適切な扱いもせずに、いい加減な理由をつけて故国へ突き返したものとして、国家間の争いに発展してもおかしくはなかった。子煩悩のボルゴ・ヴァレン王としては、すぐさま兵をしたててパロへ進軍し、娘の名誉を問うてもよかったはずである。

「わたくしが止めましたの。少なくとも、そういう話ですわ。わたくしはあのころ度を失っていて、記憶が確かではないのですけれど、今にも武装してクリスタルへ進軍すると息まく父に、わたくし、泣いてすがったそうなのです。自分がパロを出たことをよく理解できずに、自分はまだ水晶宮で、レムス様と息子といっしょに暮らしていて、父がわたくしを見捨てて、水晶宮ごとわたくしも焼くつもりなのだ、と叫んで暴れて、短剣を持ちだして自害騒ぎまで起こしたので、とうとう断念したのだそうです。御前会議の人たちはたいそう不服がったそうですが」

「パロとしては、助かったといわねばなりませんな。ご存じのとおり、内乱の直後でパロはたいそう荒れておりましたから。アグラーヤ全軍に囲まれて攻め立てられれば、持ちこたえられたかどうかはあやしいところだ」

「あの戦いは、わたくしも胸を痛めました」アルミナはうつむいた。

「ナリス卿にはとてもお気の毒なことをしました。あの方も、パロの未来を思ってのことでいらしたのに。レムス様にはどうぞお怒りをおさめて、お従兄弟さまと和解なさってくださいと何度か申し上げたのですが、お聞き入れいただけませんでしたわ」

ヴァレリウスは酒杯に鼻を埋めることで返答を避けた。アルド・ナリスと、彼に関するいくつかの記憶は、いま彼にとってもっとも思い出したくない一事だった。明るい陽光が真っ白に変わり、くらんだ視界のどこかで、粘りつくような声がささやいている……『あの方があなたを必要としていらっしゃるのですよ』。

「パロを離れられても、王妃として国を想っていてくださったことに感謝いたします、殿下」と彼は言った。

「もし殿下がそうして父君を引き留めてくださらなければ、パロは今よりずっと以前にばらばらに引き裂かれ、街道沿いの街のいくつかに名前を残すきりとなっていたかもしれません」

「あるいは、父をあおった大商人たちが、わたくしを王座に据えてクリスタルを支配していたかですわね」

アルミナはため息をついて手の杯を揺らした。

「わたくしもまったくの子供ではありませんのよ。父がレムス様の妻としてわたくしを差し向けたのが、単純にレムス様のご器量を見込んでのみのことではないと理解しております。沿海州の王は利益を見込まねば動かない。パロに比べれば、アグラーヤは小国です。もしなにごともなければ、たとえすこしは青い血を引いているとはいっても、パロの玉座につくようなおかたの妻に、わたくしのような娘が迎えられることなど、本来あり得なかったのです」

「アグラーヤは由緒正しい海の王国でございますよ」

「わたくしの言うことはおわかりだと存じますわ。亡国のパロの王子と対面する機会を得て、父は大国パロの王室に自分の血を入れる誘惑に抵抗できなかったのです。船を貸し、庇護を与えて恩義を売ったことで、レムス様が断れないように細工しておいて、父はわたくしを、自分の血を運ぶはしけとしてパロに送り出したのですよ」

「陛下はアルミナ殿下を愛しておられたのです」

「愛しているかどうかとは、これは別の問題です」

アルミナはにがく笑った。

「王族というのはそういうものです。ことに、父のような代々沿海州で生きてきている一族には。父はわたくしを掛け金として、レムス様によるパロの統治、ひいてはわたくしの息子を通じた、自分の血縁によるパロ支配に投資したのです。わたくしの幸福を考えなかったとは申しません。けれども、わたくしがいずれパロの皇太后となり、自分はその父として、パロの幕僚に参画することもまた、考えなかったわけはないのです」

「当てがはずれたというわけですな」ついヴァレリウスはそう口にし、居心地悪く咳ばらいした。「失礼いたしました」

「いいのです。その通りですもの。――せっかくパロが二分裂し、自分が介入する余地ができたと思ったら、しようのない娘はお産の衝撃で混乱し、故郷につき返されてしまった。それっきり、パロはほとんど鎖国状態、なにが起こっているのか探らせてもはかばかしい結果はなし。混乱が収まったと思ったら、レムス様が廃位されてお姉さまのリンダ女王が即位なさる。父は、もしかして自分の野心が王室に知れて、レムス様の廃位につながったのではないかと疑ったことでしょう。

　パロとリンダ女王のうしろには、ケイロニアと豹頭王グインがついていらっしゃるのは周知の事実です。父は、自分のパロへの野心がために勇猛なるケイロニアの目を引いたかと驚きうろたえ、クリスタルに進軍しなかったことにおおいに安堵したはずです」

「あれは人間の関与できるようなものではございませんでしたよ、殿下。あれはただ英雄のみが対抗できる魔界の出現、地上に展開された悪夢の王国でございました」

「知っています」王女の手にくっきりと筋が浮かび上がった。砕かんばかりに握りしめた酒杯に、細い指が食い込む。

「知っていますとも。あれは、わたくしの産んだものが引き起こしたことですもの。正気を失っていても、いいえ、失っていたからこそ、わたくしは自分の胎内を通って出現した怪物がすることを、いちいち感じ取っておりました。今では、ありがたいことにだいぶん薄れておりますけれど、アモンと名乗るあの魔性の存在は、何よりわたくしの狂気をあおり立ててやまないものでした。あの者が消滅したことにより、わたくしもようやく、いささかの正気を取り戻すことができたと言えるのです」

「おつきの方をお呼びいたしましょうか」

彼女があまりに蒼白く、血の気を失って見えたので、ヴァレリウスはそっとささやいた。

「いいえ」

アルミナは何度か深呼吸して天を仰ぎ、もう一度強く杯を握りしめると、残っていた中身を一気にあおった。小さくむせて胸を押さえ、しばし凝固したように身を丸めている。やっと顔をあげたとき、その目に浮かんだ狂的な光にヴァレリウスはぎょっとした。

「わたくしがまだ狂っているとお考えですのね」

ヴァレリウスの顔色をめざとく読んでアルミナは囁いた。唇が笑いの形にひきつれた。

「ええ、そうですね、わたくしまだ少しは狂っておりますのかも。レムス様に嫁いだころのわたくしではなくなっているのは確かですわ。あのころのわたくしはほんの小娘で、父の意図をうすうす感じていたにせよ、愛や夢や歌に胸をときめかすことしか知りませんでした。パロには太古の闇が存在する。その闇に、わたくしも染められたのかもしれません。あの異次元の妖魔がもたらした恐怖は、わたくしを永遠に変えてしまいましたわ。今のわたくしは、以前のわたくしでしたら耳にすることすら厭ったであろう暗い考えをもてあそぶことも、平気でできますのよ」

「なにをお考えなのです」低く、ヴァレリウスは訊ねた。

「復讐を」

すばやくアルミナは言った。

「竜王に対する復讐を。わたくしの子供時代を踏みにじり、永遠に葬り去ったあの怪物に対する復讐を。わたくしの夫、わたくしの息子、わたくしの魂、それらをすべて打ち砕いた、竜王ヤンダル・ゾッグへの復讐を」

つかの間、水の音ばかりが〈波濤館〉の中庭に響いた。ヴァレリウスは自分の荒い呼吸音を聞いた。アルミナ王女の手は白い蜘蛛のようにヴァレリウスの腕にとりつき、がっちりとそれをつかんでいた。

「……易いことではありますまい」

「ええ、それはそうです。でも、始めずにいることはできません。パロの惨状はお聞きいたしました。お気の毒に存じます、ですから、お力添えしましょうというのです」

　アルミナが浮かべている笑みにはあたたかみのかけらもなかった。

「父がレムス様にお貸しした助力を、わたくしもお貸ししましょう。アグラーヤはあなた、パロの魔道師宰相閣下につくでしょう。沿海州の諸侯会議を説いて、船と兵士と資金を供出させるお手伝いもいたしましょう。アグラーヤ自体は小国ですが、沿海州諸国に呼びかけて連合軍を仕立てることができれば、かなりの兵力をお出しできます。王太子アル・ディーン様は、いまはケイロニアに身を寄せていらっしゃるとか。ケイロニア軍と沿海州、ふたつの勢力をあわせれば、中原諸国もきっとなびきます。人々があげて力を合わせるならば、竜王のキタイ軍がいかに精強であり、魔道が強力でも、対抗できぬことはないでしょう」

「ご自分の復讐に中原全体を巻き込まれるおつもりですか」

「いけないのですか？　いずれにせよ、あの怪物を中原から取り除かなければ、人類に未来はないのでしょうに」

　かわいた笑い声をアルミナはたてた。

「竜王の力と邪悪さ、その異質さは、悪魔アモンの母とされたわたくし自身がよく存じております。だからこそ、わたくしはあなたがこの都市に現れたと知って、今しか機会はないと考えたのです。王宮の奥で、母と侍女たちに腫れ物のように扱われながら生きるのはもうたくさん。わたくしは自分の悪夢を祓いたいのです。悪夢を送りつけてきた相手にそれらを突き戻し、わたくしが味わった苦痛と恐怖を、あらいざらい償わせてやりたい。そのためなら、どのようなことだろうといたします。たとえ評議会の構成員すべてに身を売ることになろうとも」

それ以上に暗い考えが、王女の頭の中でうごめいているのは明白だった。ヴァレリウスは顔をそむけた。

「父は反対いたしませんわ。わたくしが自殺騒ぎを起こして断念せざるを得なかったパロへの侵攻が、今度は大手を振ってやれますものね。諸侯にしても同じことです。パロはいま、熟れきって割れた石榴（ざくろ）のようなもの、暴虐にあらがってパロの民を保護するという正義のもとに、大手を振ってクリスタルに兵を入れることができるこの機会を、見過ごすことのできるものなどいはしません。みんな、こぞって賛同するでしょう。わたくしにおまかせください、ヴァレリウス様。アグラーヤにいらして、父に会ってくださいな。きっとわたくしの言葉のとおりになりますから」

「あなたは私に、諸国によるパロ収奪戦争ののろしを上げさせろとおっしゃっているのですよ、アルミナ殿下」

「それがどうかいたしました？　わたくしが求めるのは竜王への復讐です。それはもう申し上げましたわね」

　アルミナは牙のようにそろった白い歯をみせた。

「その過程でどんなことが起ころうと、わたくし、どうでもよろしいのです。パロがよその国の食い物になろうと、それはあなた様の問題で、わたくしのではございません。また、父がパロに手を出すことによって、どうなろうと気にもなりません。だれがどうなろうと関係などない。わたくしは竜王の首がほしいのです」

　やせた手をあげて、アルミナは空をつかむような仕草をした。

「夫と息子を奪われた女の怒りがどのようなものか、男の方にはとうてい理解できないのでしょうね。異界の生き物には、なおさらそうでしょう。

　さあ、ヴァレリウス様、おわかりのはずですわ。今、あなた様が必要としていらっしゃるものを、わたくし、差し上げようと申し出ているのですよ。パロから竜王と、ゴーラのイシュトヴァーンを追い払うための兵力、そして資金です。パロの誇る魔道師連合は壊滅し、騎士団もパロ軍も、市民すらほぼ全滅してしまったそうですわね。このままでいいとは、あなた様も考えてはいらっしゃらないはず。わたくしのお出しするものをおとりください、そして、わたくしの復讐をとげさせてくださいな」

　ヴァレリウスはこわばって突き出されたアルミナの手を麻痺したようにみつめた。あれは人間のかなう相手ではありません、という言葉が口まで出かかっていたが、それは見えない手で押しとどめられているかのように、舌の上で凍ってうごかなかった。それ自体が竜の鉤爪のように曲がってねじれた女の指はこまかく震え、そこにはいない竜王の鱗首をつかもうとするがごとくに空中に爪をつきたてている。翼を広げた金の鷗の後ろで、はっとするほどの青色の瞳が爛々と燃えている。うすく噛みしめられた唇は両端があがって笑いの形をしているが、全体を支配するのは、狂女の悽愴な無表情でしかなかった。

「どうか、私もその計画に与らせてくださいませ、王女殿下」

水の幕のうしろで誰かが動いた。アルミナはさっと腕を引き、雷に打たれたように身をひるがえした。壺を持つ海の精の後ろから、まっすぐな黒髪を肩で切りそろえた、若い騎士が姿を表した。

「お邪魔をして申し訳ありません、殿下。それに、ヴァレリウス殿」

彼は胸に手をあてて一礼した。

「マルコ殿」ヴァレリウスはやっと言った。もっと早くに接近に気づいておくべきだったのに、まるでわからなかった。病で感知力が落ちていたこともあろうが、アルミナ王女の鬼気せまる視線にとらわれて、周囲への気配りをおこたっていたことに気づいて、彼はほぞをかんだ。

「あなたは、ドライドン騎士のおひとりですね」

アルミナ王女はさぐるような視線でマルコを貫いた。

「どういうことです？　計画に与るとは」

「私もまた、復讐を心に期する人間であるということです」丁寧にマルコは言った。

「そちらへいってもよろしゅうございますか？」

アルミナはなおしばしマルコを見つめていたが、やがて手を振って近づくことを許した。マルコはもう一度礼をして芝生を越えてきた。座ったままのヴァレリウスを、マルコは感情のこもらない目で見た。

「お体はもうだいぶんよろしいようですね、ヴァレリウス殿。ありがたいことです」

ヴァレリウスは頭を下げたが、内心、なにか自分の手には負えない事態が進行しつつあるように思えていたたまれなかった。ヴァレリウスがかつてこの青年に見たことがない目を、マルコはしていた。彼はヴァレリウスの前を通り抜けてアルミナの前に立ち、その場に片膝をついてかしこまった。

「ドライドン騎士団は長であるカメロン卿とともにゴーラに移動したと聞いていますが」

アルミナは言った。彼女の奇妙に澄んだまなざしはマルコの背中からはなれなかった。

「その通りです。そしてかの悪辣な殺人者イシュトヴァーンの手によって、われわれは、尊敬する長であり、ほとんどのものにとっては親にもひとしいカメロン卿を失いました」

「まさに」

「失った」アルミナは目を細めた。「殺されたということ？」

マルコは顔をあげてひたとアルミナを見つめた。

「カメロン卿はヴァラキアでイシュトヴァーンの父親にもっとも近い存在でした。彼がヴァラキアでの地位も資産も、またもっとも愛していた海と冒険の日々を捨てて、ゴーラの宰相となったのはひとえに、イシュトヴァーンに対する実の父にもまさる愛情からでした。ちまたで喧伝されるようなルブリウスの愛情などではありません。カメロン卿はひとたび心にかけた相手を見捨てることのできないお方でした。息子とも思うイシュトヴァーンのために、カメロン卿は彼が彼であるものすべてを擲たれた。私たちもまた、その心に感じてゴーラにうつり、カメロン卿のもとでイシュトヴァーンにつかえたのです。だがそれを」マルコの手が地面の上でこぶしを作った。

「だがそれを裏切ったのです。あの人獣は。あの見下げ果てた殺人者は」

「イシュトヴァーン王がカメロン卿を殺した」歌うようにアルミナは繰り返した。「ほんとうに？　たしかなのですね？」

「目の前で。私は見たのです。イシュトヴァーンが血まみれの剣を手にして立ち、カメロン卿のなきがらを前にしているさまを」

狂女の透明な目と、騎士の昏い、なにも見ていないかのような目が出会った。

「われわれはまたイシュトヴァーンについてパロにおり、彼らがクリスタルになした非道を見ております。異界の竜王の走狗と化した人でなしを生かしておくことは、世のためにもなりません。私はイシュトヴァーンをパロから追放し、やがてはこの中原から、人の前から、誇りの世界から、あの男を追い払ってやりたいのです。あの男には生きている価値などない。いまわしい竜王の力とともに、あの男は、永久にこの世界から追放されなければならない」

「ああ、とてもすばらしいわ。あなたは、わたくしと同じ言葉を話しておいでね」

アルミナはくすくす笑い、座をすべり降りてマルコの前にかがみ込んだ。額をよせんばかりに顔をちかぢかとつけ、両手をそえて顔を自分の方に向けさせる。

「わたくしには竜王の首」誕生日の贈り物をねだるかのようにアルミナはささやいた。

「そしてあなたにはイシュトヴァーンの首。そういうことでよろしいのかしら？　わたくしたちきっと、同じものを見ていますわ、そうではない？　あなたの声はとても快く響きますわ、わたくしたちがきっと、同じものを求めているせいね。たとえ相手は違ったとしても、償いの血をもとめてのばした手はいっしょ。わたくしとあなたはお友達なのだわ」

「マルコ殿」

耐えかねて、ヴァレリウスは声をかけた。マルコは首をめぐらせてヴァレリウスを見つめた。アルミナも。四つの奇妙なまでに澄みきった目に見つめられて、ヴァレリウスはふたたび言葉を失った。

「パロに攻め入るときは、ぜひ私を先発隊にお入れください、ヴァレリウス殿」

マルコは笑った。

「きっと誰よりも早く進撃して、竜王の手をクリスタルから払ってさしあげますよ」

彼はきっとそうするだろう、とヴァレリウスは思った。ほかの誰かがイシュトヴァーンを手にかける前に、自分が彼の胸に剣を突き立てられるように。明るい若者だったマルコの胸の中になにか夜にも似た暗いものが宿っていて、それはもはやヴァレリウスにはどうにもできないところまで成長していた。王女と騎士は仲良しの少年と少女のように見つめ合い、ほほえんで、思いをわけあっている。

パロの宰相として、国家奪回のためには確かに喜ぶべきことにはちがいない。資金も兵士も必要なのは確かであるし、ケイロニアがいまだ動けないいま、沿海州の協力を得られることは朗報である。

しかしヴァレリウスの耳にかわりに響くのは、カル・ハンの押し殺したささやきと忍び笑いだった。アルミナとマルコの上に、彼はあのキタイの魔道師の骨ばった手を、そして、愛していながら失い、墓におさめられたはずの者の見慣れた白い指先を見た。その指先が陰る目をした男女の上で動き、運命の糸をそっと引くのも見た。

アルミナは身をかがめ、マルコの額にそっと口づけた。

幻想にすぎぬとわかってはいたが、予感を消すことはできなかった。熱にうなされた夢の中で見た、長身の人影の横顔が脳裏をよぎった。船の行き来する水路を見下ろす窓辺に立ち、その胸には剣が突き刺さっている。涙のように流れる血は石をつたい、床に赤い水たまりとなってゆっくりひろがっていった。

あれは、誰のための涙だったものか。

答えはなく、形のない不安に苦しめられながら、水しぶきの輝く陽光がしだいに陰ってゆくのを、ヴァレリウスは見つめているしかなかった。

2

「アルミナ様は心ゆくまで宰相閣下と語らっておられましょうな」

リッケルト・カルディニ海洋伯は上品な手つきで干した棗をつまんだ。卓上には蜜につけて木の実をつめたこの棗のほかにも、ぱりぱりに焼いた羊肉、岩塩と紅こしょうの粒をふりかけた魚、黄金色の皮に玉ねぎのあんを詰めた塩味のおつまみや砂糖がまっ白にこびりついたふくれ菓子などが並んでいる。ヴァレリウスたちのところにも運ばれた上質の葡萄酒がここでも栓を開けられ、三つの杯の中で赤く揺れていた。

「料理はお気に召しませんか、アストルフォ殿。先ほどから何も口になさっておられないようだが」

「私をお呼びになった理由をお聞かせ願えないことには」

堅苦しい口調でアストルフォは言った。彼はアルミナがヴァレリウスと話すために去ってから、若い騎士たちといっしょに〈波濤館〉の部屋にとどまっていたのだが、そこに太守からだという使いがやってきて、彼を連れ出したのだった。取り分けられた杯にほんのしるしばかり口をつけて卓に戻す。白髯の老騎士は警戒をひそめた視線をリッケルト海洋伯に送った。

「私は老齢のために一行の頭をまかされておりますが、真にわれわれの中で指導力を持っているのは、若いマルコです。彼はカメロン卿の身近で成長した若者であって、能力も、精神も、いま団を離れているブランを除けば、ドライドン騎士団随一と呼べるでしょう。このような老いぼれに声をかけずとも、マルコが戻ってくるのを待って、彼に話をなさればよろしいのではないかな」

「ご謙遜を」海洋伯の隣に席を占めていた太守ジョナートが肩をすくめた。

「あなたの武勇は存じあげておりますよ、アストルフォ殿。カメロン卿の元に参じられる前は、かのロータス・トレヴァーン公の膝下に勇名をうたわれた方ではありませんか。公とともにヴァラキア海軍の華として、いくつもの海賊団や略奪の民の襲来をしりぞけ、〈竜巻〉と呼ばれていたのは、確かあれはあなたでしたな。船人どものあいだにもこう詠われておりました。『精強なる剣士らのうちに、めざましきは〈竜巻〉、舞わせる剣風は波を斬り、血染めの海原にさらなる紅き航跡をきざみ……』」

「昔の話です」ぶっきらぼうにアストルフォは言い捨てた。「ご用件を」

「残念だ。歌の中の英雄に、武勇の思い出話など聞かせていただきたかったものを」

海洋伯は肩をすくめて手を広げ、杯をゆっくりと置くと、椅子に身を沈めた。

「今ごろアルミナ様は、ヴァレリウス卿にパロ奪回に関する援助のお話を持ちかけておられるはずです。お気の毒なご夫君の母国を取り返すために、弱った身体をおしてこちらまでしのびの旅をなされた。女の鑑と言えましょうな」

「あるいは、狂気の」ジョナートがずけずけと言った。

「王宮の侍医の話では、多少はまともになったように見えても、いまだに完全な回復にはほど遠いとのことです。王女の正気は剣の切っ先に蜘蛛の糸一本でつるされているようなもので、半歩間違えばたちまち踏み外し、奈落の底に転げ落ちてしまいかねないとか」

「そのような女性を連れてこられたのはあなた方でしょう。ヴァレリウス殿の出現をアグラーヤにまで伝え、王女の耳に入れたのは、あなた方では」

アストルフォもずけりと言い返した。太守ジョナート・オーレリオはリッケルトの女婿で、アグラーヤにもつながりがあるとの話は聞いている。アグラーヤ王宮の奥に大切にやしなわれていたアルミナ姫の耳にこの話を届かせたのは、リッケルトとジョナートの差し金にちがいない。

実体のない古名でしかない海洋伯といった称号に長年甘んじてきた彼らが、自分たちにはたらきかけてきた意味をアストルフォはいまだはかりかねていた。名誉にも自由にも栄光にも興味を持たず、金貨と宝石の輝きにしか価値を見いださない、したたかでひそやかな影の海のものたちは、いったいなにが望みだというのか。

「王女のお苦しみについては、われわれも心を痛めております」

リッケルトはいかにも悲しげに首を振った。

「以前、王女の狂気はアグラーヤへの侮辱であるとして兵を仕立てる話もあったのですが、ボルゴ・ヴァレン王が意志を変えられましてな。愛する娘に自害さわぎを起こされては、おやさしい陛下は計画を強行できなかったようです。父王の妨害をよけて、知られぬよう奥宮からお連れするのも、実をいうととても大変でしたよ」

「それほどまでにして、なぜ彼女をヴァレリウス卿に？　剣の上で踏みとどまっているだけの王女の正気に、今度こそとどめをさすことになるかもしれなかったのに」

「以前、私はこうお話ししましたな、アストルフォ殿。『宰相閣下のご意志が確認できぬのでは、勝手にこちらが何かするわけにもいかぬ』と」

太守ジョナートは女のような美しい手を品良くぬぐった。

「さよう、私どもは何もいたしておりません。知り得たことどもを上に報告いたしましたところ、それをたまたま——さよう、たまたま——耳になさったさきのパロ王妃たるアグラーヤの王女が、夫君の国の窮状を放っておけず、ぜひ援助をしたいとわれわれに仰せになったのです。一国の王女からの要請があっては、動かぬわけにはまいりません」

アストルフォは杯で唇を湿した。「亡国の宰相の存在だけでは利益がないが、王女の要請という大義名分があれば、十分な儲けが期待できると？」

「私どもは王女のまごころにお応えしたいと思ったまでですよ」

「若いマルコやほかの騎士たちと違って、私はあなた方のやり方をつぶさに見てきたのだ。彼らは表のヴァラキア、表の沿海州の輝く光しか知らない。だが私は諸国を経巡り、あなた方、海に巣くい実体のない称号のもとに、利をむさぼるものたちのやり口を幾度となく見届けた。ライゴールの大不況を仕掛けたのはあなた方のうちの誰だ？　あの時は名のある商人がいくつも破産し、数え切れない数の男女が首をくくり、子を抱いた母が海に身を投げた。いったいアンダヌス評議長とのあいだになにがあった？　あるいは、どういう密約が交わされたのだ？」

　ジョナートは軽く肩をすくめただけだった。

「以前のパロ救援のための沿海州会議にはまったく手を出してこられなかったな。あのときのモンゴール討伐戦役では金にならないと踏んだか？　当時はレムス王子とリンダ王女がおられ、クリスタルは占領されてはいても人民も魔道師たちも存在し、またアルド・ナリス卿も動いておられた。パロ奪回に手を貸したところで、投資に対しての配当が少なすぎると見たか。あるいはパロとモンゴールの独りつかみ取りを狙ったアンダヌスに依頼されて静観を守ったか。結局そのもくろみはついえたが」

やはり答えはなく、品のよい微笑が返るばかりだ。

「そうだ、あなた方は手に入る金貨の数が算段できるまでは絶対に動かない」

はげしい口調でアストルフォは決めつけた。

「そしていったん計算した儲けは絶対に手に入れる。十枚儲かるところを八枚だったならば、八枚手に入ったではなく二枚損したと口惜しがるのがあなたがただ。狂気の縁にあるアルミナ王女をたてに、今度こそパロ侵攻を成功させるおつもりか、影の海の民よ」

「疲弊し果てたパロの再興に尽力いたすのはやぶさかではありませんな」

リッケルトは優雅に手首にかかったひだ飾りをととのえた。

「聞けば、ただ今パロには確とした王座を継ぐ後継者がおられぬとか。女王リンダ陛下はとらわれの身、前王レムス様は幽閉されて生死も不明、アル・ディーン王子はケイロニアに亡命中。でしたら、国を憂う前王の妃としてアルミナ王女が立ちあがり、民に救いの手をのべられるのは自然な話ではありませんかな。なにしろ正統な王座の継承者が現在おられぬわけですから」

「アル・ディーン王子が王太子としておられるではないか」

「おお、ケイロニアにね。しかし青い血の持ち主とはいえ、正統のお生まれではない」

リッケルトは指を鳴らしてもう一杯葡萄酒を注ぐよう命じた。

「しかも国を出て放浪した期間が長く、ご自身もさほど王者には向いておられないご気性とか。この大国難の時期に、そのような指導者をいただくことには、いささかの不安がありますな。他国者の率直な意見としては」

「まあ、ケイロニアとグイン王が後ろ盾につく——というのはあるでしょうが」

口を開こうとしたアストルフォにかぶせるようにして、ジョナートが甘い口調で言った。

「このたび立たれた女帝オクタヴィア陛下はかつてアル・ディーン王子と婚姻しておられたとか。その絆をもとに、ケイロニアが改めてパロの支えとなることもむろんあり得ましょうが、それもまた、他国が古きパロに介入するのは同じこと。高貴で優雅なあのパロが、武張ったケイロニアの属国となることは見るに耐えません。やはりパロはパロの縁につながる人間の手で取り戻さねば」

「グイン王は他国を属国に下すようなことはなさらぬ」

「なさらぬ、とあなたはお思いになる、それだけでしょう」リッケルトが冷笑した。

「グイン王は伝説の英雄王、剛勇にして廉潔、ええ、確かにそのようなお話はたくさん耳に入っておりますよ。しかし、ケイロニアはいま、悪疫の後始末と実力もわからぬ女帝のもとで、少しでも国力を拡大しておきたいところ。いかにグイン王が実直にして清廉なお方でも、周囲もまたそれと同じとは必ずしもいえますまい。アル・ディーン王子が玉座につけば、そのもと妃としてオクタヴィア女帝が実質的なパロの支配者となることも、十分に考えられる」

「ですからここはアルミナ王女に入っていただこうというのですよ」

なめらかにジョナートがつづけた。

「レムス王は廃位されたとはいえ、まだ婚姻の絆が切られたわけではない。お二人の間にはお子様もおられる。アルミナ王女は、お気の毒にも、生まれたお子が悪魔だという夢を錯乱のあいだに見ておられたようですが、なんの、高貴な姫君がそのような悪魔など生みますものか。あるいは、もしや悪魔であっても王子は王子、パロの玉座を請求する権利はあります」

「幼子などみな似たようなもの」リッケルトは知らん顔で爪を磨いている。

「パロの青い血と申したところで、肌を切れば流れ出すのはみな赤い血に変わりはないでしょう。年齢と姿の合う幼子、そしてその生みの母たるパロ王の正統な妃。相手が廃王かどうかなど、この苦難の前にはどうでもいいことでしょう。必要なのは旗印にするに足る名前、それだけのことですよ」

「思ったとおりだ」

アストルフォは拳を卓に叩きつけてどなった。

「あなたがたはこの機会に、今度こそパロを熟れた木の実のように掌中に収めようとしている。われわれはただ、カメロン卿の血に対する負債をイシュトヴァーンに支払わせたいと望んでいるだけだ。ドライドン騎士団はカメロン卿にのみ従う自由な騎士団だ。他国への侵略戦争に利用されることまで望んだ覚えはない」

「もしそうだとしても、マルコ殿はそうお思いになりませんよ」ジョナートが言った。リッケルトがくすりと笑った。アストルフォはぎょっとして相手を見た。

「どういうことだ」

「先ほど、マルコ殿がアルミナ様とお話しになったと風がささやきました」

杯の上に指を組んで、ジョナートは茫洋とした顔を宙に向けている。

「アルミナ様はパロ奪回にかけるマルコ殿の熱意をたいそう喜ばれ、接吻と手を与えられたとか。おそらく、クリスタル進撃のおりには、誰よりも奮戦なさいますでしょうな。貴婦人の愛と白い手のために戦うのは、古来よりの騎士のほまれ」

「マルコが」愕然としてアストルフォは立ちあがろうとした。杯が倒れ、黒紫色の濃い酒が卓からこぼれて床へとしたたる。リッケルトとジョナートは目くばせを交わし、ジョナートは手まねでアストルフォを座らせた。

「まあ、落ちつきなさい、アストルフォ殿。ここにあなたをお呼びしたのは、侵略などという無粋な話をするためではないのです。純粋に、そう――お金の話をするためですよ」

「あなたがわれわれに期待するとおりに」海洋伯はくっくと笑った。まだ呆然としたまま、アストルフォはぎくしゃくと腰を下ろした。

「金の話だと？　われわれがここに滞在している費用のことか。それならば、ヴァラキアに帰還してから、手形を発行して全額支払うと約束してある。どうせ、信用の照会も済ませているのだろう。われわれに支払い能力がないとはいえないはずだ」

「ああ、そのような、どうでもいいはした金のお話などした覚えはございませんよ。われわれは、もっと大きな金額について話したいのです」

リッケルトはなめらかに続けた。

「話というのは、カメロン卿の財産のことですよ」

「カメロン卿の？」

アストルフォは動揺して腰を落とした。そんなことをなぜ今尋ねられるのかわからなかった。カメロンはヴァラキアを離れるとき、財産をみな処分して、投資に回す分は投資に、分配する分は分配して、後腐れのないようきちんと処理したはずだ。ヴァラキア海軍提督の地位も正式に返上し、そのことは大公も認めてゴーラへの推薦状もみずからしたためている。何事にも遺漏のないカメロンが、今さらつけこまれるような弱みを遺していったとは思えない。

「帳簿を持ってくるのだ。例のな」

ジョナートは脇に控えていた執事に手を振り、やがて革の書類ばさみに収められた書類の束がとどけられた。慣れた手つきで紙をめくり、広げてアストルフォの前に押しやる。

「お確かめください。個人的な財政状況に口をつっこむことをお許しいただきたいのですが、われわれとしても、放置しておくわけには参りませんで」

アストルフォは受けとって、紙面に目を走らせた。しだいのその顔が赤らみ、額に汗が噴き出してきた。白い眉の下で目はかっと見開かれ、飛びださんばかりに血走ってきた。

最後まで読み終えて、「馬鹿な！」と叫び、アストルフォは床に書類を投げつけた。羊皮紙がくるくると巻き上がりながら散乱し、一面に書かれた数字と朱で書き込まれた負債の額を明らかにした。

「こんなことがあるわけがない！　カメロン卿はこのような無謀な投資も交易もなさるような方ではない。これはまやかしだ。贋物だ。貴様ら、偽の負債をカメロン卿にかぶせ、その名誉を穢(けが)そうというのか？　許さぬぞ！」

「おお、どうぞ、暴力はなしに願います。われらは無腰の商人にすぎません」

拳を固めて立ちあがったアストルフォに、リッケルトが大仰に震え上がってみせた。

剣はさすがに持ち込んでいないが、もしこの場で帯剣していれば、アストルフォは間違いなく抜剣して二人を切り捨てていただろう。両人を見据えるアストルフォの息は荒く、両目は危険な光に燃え上がっていた。

「お驚きになるのはわかりますが、もう一度落ちついて、よくお確かめください。それは間違いなくカメロン卿のなさった投資と、それに付随する交易の一覧でございますよ。われわれは嘘をつきはしません——金のことに関しては特にね」

アストルフォはしばらくわなわなと拳を震わせて二人を交互に睨みつけていたが、やがとどすんと椅子に腰を落とし、執事が拾い集めて渡す書類を、今度はじっくりと時間をかけて吟味しはじめた。

「……計画していたのか、貴様ら。これを」

紙のこすれる音しかしない長い静寂のあと、アストルフォはうめいた。その声は弱々しく、怒りよりも疲労と、混乱の色が強かった。

それは確かにカメロンが投資した財産の行く先だった。だが、周到に準備され、いざとなればより大きな形で手に戻るように計画されていたそれらは、少しずつ、一見無害そうに見える交易や先物買いに投入されていた。

だが投資される先からそれらは不良債権の姿をあらわにし、遺された資金をたちまち食い散らして穴を開けた。ひとつの投資先に資金を集中させるような愚はカメロンは冒していなかったが、どんなに安全な株であろうと荷物であろうと、それらは端から何者か、姿の見えない手によってねじ曲げられ、積み増される負債にさらなる負債を重ねるもとにしかなっていない。

アストルフォはそれらに隠微な商人たちの手を見た。これまで慣習的な呼称でしかない海洋伯の名のもとにすました顔をしていたものが、牙をむいてアストルフォを見返していた。それはやはり笑い顔であり、にたにたと狡猾な笑みをこちらにむけていたが、その牙は鋭く、致命的だった。

「アンダヌスの指示か」

複雑な資金の行き来がほとんどの場合、ライゴールの市場で折り返していることを確かめてアストルフォはうめいた。

それ自体はべつだんおかしなことではない。自由貿易都市ライゴールには沿海州を行き来する船荷の多くがたどりつく。しかしたいていの場合、ライゴールの大商人のあいだでやりとりされたあと、がくっと下がった評価額が、この書面には記されていた。剣に生きてきたアストルフォにはどのような操作がなされたのかは見当もつかなかったが、カメロンの遺産が、なにか隠微な手によって蚕食され、乗っ取られて、今では巨万の借金としてしか残らなくなっていることはわかった。

「あのライゴールの蛙めが、貴様らと結んでなにをするつもりだ？　カメロン卿の名誉を汚してどうするというのだ。前回のモンゴール戦役ではなしえなかったパロ乗っ取りを、今度こそ確かなものにしようとでも言うつもりか。だが、われわれは、そんなことには荷担せぬぞ。このことはロータス・トレヴァーン公に申し上げて、そしてどうなさいます？　それで負債が消えるわけではないのですよ。お気の毒ですが」悲しげにジョナートは首を振った。

「公はご自分の友人であり、股肱の臣であったカメロン卿の負債を清算しようとなさるでしょう。しかし、これだけの巨万の額、これだけの負債を国庫から支出すれば、それはヴァラキア自体の破産を意味します。公はヴァラキアの統治者であり、ご友人の名誉とヴァラキア一国のどちらをとるか迫られれば、国をとるしか方法がない。それでもなんらかの手はお打ちになるかもしれませんが、とうてい根本的な解決とはなりえない。いいところ、カメロン卿の破産を認定し、残った卿の所有物すべてを債権者に引き渡すくらいですかな。ヴァラキアにはまだ卿の屋敷や、私有の船舶などが残っているはず」

「亡きカメロン卿に、破産者の恥をかぶせるというのか！」

「可能性です、可能性、……まあ、公はなんとしてもご友人の名誉を守ろうとなさるかもしれませんし、もちろん、交渉の余地はいくらでもあります。そうですな、ヴァラキア海軍の所有の軍船から、何隻かお譲りいただくということでもいいかもしれません。たとえば、そう、レント海をわたる海の淑女のうちの華、あの、オルニウス四世号などを」

「オルニウス号を奪うというのか！」

　怒りで視界が白くなるのをアストルフォは覚えた。カメロンの元に参じてから、あの偉大な船に乗り組み、海上を駆け巡った輝かしい日々の記憶が目の前に踊った。あの美しい、なによりもカメロンが愛した船を、このような商人どもの欲におぼれた手につかませるなどということが……

「仮定の話です。仮定の話ですよ」

　ジョナートがなだめるように手を振った。

「しかしですな。アストルフォ殿」

　リッケルトが両手を組んだ上に顎をのせ、上目遣いにアストルフォを見た。

「もしあなたがたが、ある条件を呑んでくださるのであれば、負債はすべて私、海洋伯リッケルトが肩代わりすることをお約束しましょう。カメロン卿の名誉は守られ、栄光あるオルニウス号の所有権は、変わらずヴァラキア海軍のもの。ただひとつ、われわれのお出しする望みを叶えていただけるのであればね」

「どんな望みだ」

　こわばった口を無理に動かしてアストルフォは言った。

「なに、たいしたことではありません。あるひとりの若者を、騎士としてドライドン騎士団に加入させていただければ、それでよいのです」

「若者……？　ドライドン騎士に……？」

どんなことを言われるかと身構えていたアストルフォは、思わぬ提案に気の抜けた声を出した。国庫に穴を開けかねない巨額の負債の引き替えにするには、あまりに小さな代償ではないのか？

「実は、私にはひとりの甥がおりましてな」ジョナートが言った。

「身内褒めも気が引けますが、これでなかなか器量も悪くない、剣の腕も頭もそこそこの若者なのです。これが以前から、アルミナ王女に強く恋心を抱いておりまして」

「王女がパロに嫁がれてからも、ずっと想いつづけていたのです」リッケルトがうなずいた。「泣かせる話ではありませんか」

「このたび、宰相ヴァレリウス閣下にアルミナ王女が面会され、パロ奪回のために尽力なさると聞き及んで、この甥はすっかり心を燃やし、自分もアルミナ王女のお役に立つため、騎士になりたいと申し出ました。お恥ずかしい話ですが、私は甘い叔父でしてな。このけなげな若者の一途な恋をかなえてやりたいと思うのです」

「それだけでよいのか」

アストルフォは動揺の隠せないまま、二人のすまし顔をとまどって交互に見比べた。帳簿に目を通したときは、てっきりライゴールの評議長兼市長である〈ライゴールの蛙〉大商人アンダヌスが、前回の戦役で手に入れそこねたパロを今度こそ太った手に握りしめようとしているとばかり考えていた。しかし、彼らが出してきた条件が、どうライゴールとアンダヌスにつながるのかわからない。あるいは、まったく別の企みがあるというのか？

「なぜ、ドライドン騎士団なのだ？　あなたがたのもとにも、兵士もいれば騎士もいるだろう。適当な騎士を選んで、叙任してもらえばいい。なぜドライドンなのだ」

「おや、いまヴァラキアに隠れもなき英雄といえば、ドライドン騎士しかおりますまい。可愛い甥が騎士として立つならば、できるかぎり格の高い、よい相手を後ろ盾に付けてやりたいのが身内の心です。まさかケイロニアの黒竜騎士団には入れませんし、パロの聖騎士団ももはやないことですし。それでは、偉大なるカメロン卿の創立になるドライドン騎士団以上に、若き騎士のよって立つ場所として恵まれた場所がありますかな」

「しかもアルミナ王女が心を寄せておられる」リッケルトが言葉をつぐ。

「恋する若者としては、ドライドン騎士としてめざましく働けば王女の目にもとまり、長年の恋心もそれで少しはなぐさめられるのではないかと、すがるような気持ちでいるのです。むろん、浮ついた心ばかりではないことは、叔父のジョナートが保証いたします。騎士団の名前に泥を塗るようなこともさせますまい」わずかに身を乗り出し、

「失礼ながら、パロを引き上げられたおりに、ほとんどの騎士は解散して故郷に帰され

たとか。まあ、ヴァラキアに戻れぱもっと人数は増えるとおっしゃるかもしれませんが、カメロン卿の血の償いをイシュトヴァーン王に突きつけるには、一本でも剣は多い方がよろしいでしょう。たった一名ではありますが、この者は自らの身命を賭しております。叔父の私のほか、血縁はありません。ここに騎士団にのみ忠誠を誓い、新たなる剣を持ちきたる、血の熱い若者がいるのです」

アストルフォは混乱した。商人のふたつの生白い顔を交互にながめたが、どちらも、内心を窺うことはまったくできなかった。愛想のよいにこにこ顔の中で、眼だけが氷のかけらのように鋭く、冷たく光り、そしてまったく感情を見せない。

脂汗が額を伝うのを感じながら、アストルフォは卓に拳をつき、歯をきしらせた。生前のカメロンの顔——怒り、笑い、戦い、海風に吹かれて目を細める日に灼けた横顔が、ありありと脳裏によみがえってきた。

「——駄目だ」ついに彼は言った。

「カメロン卿の名誉は守らねばならん。だが、得体の知れぬ陰謀の片棒を担ぐことなど絶対にできん。卿もおそらく理解してくださるだろう。破産者の名と、裏切り者の名とどちらを選ぶかと聞かれたら、卿は笑って、破産者のほうを選ばれたはずだ。躊躇なくな。死後の卿の名誉をわしが、陰謀の加担者として踏みにじることなどなぜできよう」

「騎士というのはやっかいでいらっしゃる」

ジョナートは少々鼻白んだようだった。リッケルトとの間に目くばせが交わされた。

ジョナートは手を挙げてまた執事を招いた。

「できれば使わずにおければよいと思っていたのですが」

運ばれてきたのは両手に載るほどの小さな寄木細工の箱だった。色の違う木をこまかく切って組み合わせ、美しい幾何学模様を表面に作り上げている。

前に置かれた箱を、怪訝な顔でアストルフォは見下ろした。用心深く手を出さずにいると、「どうぞ」とジョナートが勧めた。

「蓋を取って、中身をごらんください」

アストルフォは顔をしかめ、躊躇したが、そろそろと手をのばして蓋をつまみあげた。木の蓋は軽く、コトリと音を立てて横にすべり落ちた。

眉をひそめて中をのぞいたアストルフォの喉の奥でぐっという音が鳴った。喉を絞められたような音だったが、実際に、アストルフォの顔は首をくくられたもののような赤黒い色にそまっていた。白髪白髯の下で、しわを刻んだ皮膚が絞首死体のようなありさまになっていくのを、葡萄酒をすすりながら二人の商人はながめた。

「これは」

何度か声もなく唇を動かしたあとで、あえぐようにアストルフォは言った。

「これは――こ、これは――これは……」

「いかがでしょう」絹のような声で、リッケルトが言った。

「お引き受けいただくわけにはまいりませんかな？」

数度喉をひくつかせたのち、アストルフォはまた卓上に目を落とした。

先ほどの帳簿が開いたままになっていた。文字の上に汗が落ちて墨がにじみ、じわじわと黒いしみを広げていく。

しかしそのむこうに、彼はもっと別のものを見ていた。騎士としての自分自身、男としての自分自身を破滅に追い込み、呑み込む闇がそこにあった。それが迫り、覆いかぶさり、これまでの自分をあざ笑いながらかき消していく。

「――なんというのです」

長い沈黙ののち、アストルフォは重い口を開いた。「その若者の名は」

3

花の籠を頭に載せた若い娘にヴィットリオが必死に話しかけている。娘は笑い声をあげ、思わせぶりな仕草でヴィットリオの袖をつつき、身をくねらせているがヴィットリオの望みの言葉はなかなか出ないようだ。

彼の服や髪や首まわりに飾られる花ばかりがどんどん増えていく。とうとう、籠がからっぽになった。娘は今気づいたかのように、もう葉しか残っていない籠を見下ろして眉をつり上げ、結局籠の中身の大半を買うことになったヴィットリオに頭を下げ、踊るような足取りで離れていった。少し離れたところで見守っていたアッシャとアルマンドは、花まみれで帰ってきたヴィットリオの仏頂面に、そろって吹き出した。

「なんとでも言えよ、くそ、お前のせいだぞ、アルマンド」

髪からこぼれ落ちて鼻にくっついたすみれの花弁をうっとうしげにつまみ取りながらヴィットリオは不平を鳴らした。

「子供連れの男なんてものが、若い娘に真剣にとられるはずがないじゃないか。俺ひとりだったら確実にキスのひとつくらいはもらえたのに。聞こえてたんだろう、あの娘、『お子さんをあんまり泣かせちゃ駄目よ』って言ったんだぜ」

「アッシャがあなたの娘だと思われる気遣いはないと思いますがね」とアルマンド。

「あんまり似てないし」アッシャは背伸びして、ヴィットリオの額に小さくくるりと巻いている黒い巻き毛をひっぱった。

「あの女の子、あんたみたいな色男に手玉にとられるのはまっぴらだと思ったんじゃないかな。花売りはきょうはもう店じまいさせてあげたんだし、いいんじゃない？　あんた顔だけはいいから、お花だってけっこう似合うよ、巻き毛の騎士様」

「褒めてるのかけなしてるのかどっちなのか知りたいもんだ」

「褒めてるよ？　顔はいいって言ったげてるじゃないか」

「それじゃどうして、俺とデイミアンたちがちょっとしたお楽しみに出るのをほっといてくれなかったんだよ」

「行くっていったのはあたしじゃないもん。楽器の騎士様だもん」

「無駄ですよ、ヴィットリオ。このお嬢さんはあなたがこれまで慣れてきたたぐいの女性とはわけが違うんですから」アルマンドは手をのばしてアッシャの頰をつついた。

「だいたいマルコ殿とアストルフォ殿が大事な会談をこなしていらっしゃる最中に、女遊びをしようなんて了見がいけません。出かけることを許してあげただけでも感謝してほしいものです」

「子守係としてか」不服そうにヴィットリオは地面を蹴りつけた。「男の遊びっていうのは、そういうもんじゃないんだよ」

「ちびの魔女に見込まれちゃしょうがないさ」ミアルディが茶化すようにいい、ディミアンが吹き上げるように笑った。魔女じゃなくて魔道師だよ、とアッシャがまじめくさって訂正するとまた笑い、アルマンドと、ふくれっ面だったヴィットリオもとうとう我慢しきれなくなって笑い出した。

アッシャがアルマンドを「楽器の騎士様」と呼ぶのをうらやましがって、自分たちにもなにか呼び名をつけてほしいと言い出したのはディミアンだった。北国生まれの彼としては、彼言うところの「ちびの魔女」に縁起のいい名前をつけてもらえば、いい運を招くという計算もあったらしい。

特に異論もなかったアッシャは、アルマンドの「楽器の騎士様」に続いて、ディミアンに「大剣の騎士様」、ミアルディに「斧の騎士様」、ヴィットリオに「巻き毛の騎士様」、それにマルコには「盾の騎士様」、老齢のアストルフォには「お髭の騎士様」と名前をつけた。シヴはどうしようもなく「黒い騎士様」であり、肌の色を別にしても、彼の沈黙と影のような迅速さには、ほかに名前のつけようがなかった。芸のない名だな、とヴィットリオは不平を言ったが、小娘にあだ名で呼ばれるという新しい体験はまんざらでもなかったらしく、「巻き毛の騎士様」と呼ばれることに甘んじている。

アグラーヤの王女の突然の到着は、比較的平穏に日々を過ごしていたドライドン騎士団のめんめんにも多少の動揺をもたらした。ヴァレリウスとアルミナ王女が〈ささやきの庭〉と呼ばれている〈波濤館〉の特別な中庭へと導かれていき、マルコが誰にどこへ行くとも告げないまま姿を消し、つづいて、アストルフォが太守の従者に呼ばれて出ていってしまうと、あとに残された若くていたずら好きのヴィットリオとディミアン、ミアルディの三名は見るからにそわそわしだした。ザカッロに到着した日に、心ゆくまで痛飲して沿海州風の官能の手管を身につけた女たちと遊ぼうとしていたのに、思いがけぬパロ宰相の発見のおかげで宿に戻ることを余儀なくされ、欲求不満だったのである。

話のわからぬわけではないがやはり老齢が気詰まりなアストルフォと、このところ黙って妙に考え込んでいることが多く声をかけづらいマルコの二人が両方ともいないとなると、当夜の物足りなさを取り戻したいという欲求がむくむくとわいてくる。

一行の世話係に任命されているらしい街差配のリッピオが、多少の金子を信用貸しで都合してくれた。三人が遊ぶには十分な金袋を持ってこっそり宿屋を出ようとすると、そこへ、馬の手入れを終えたシヴと、手伝っていたアッシャが入ってきて、こそこそ出ていこうとする若い騎士たちをきょとんと見上げた。

「あれ、どこ行くのさ、騎士様たち？　みんなうちのお師匠と王女様のとこにいるんじゃなかったの？」

　彼女とシヴだけならなんとかごまかせたかもしれないが、そこへアルマンドまでが顔を出したのが運の尽きだった。三人のへどもどした返事から彼はこの放蕩者どもが出かけようとしていた用件を正確に見抜き、きつい言葉で説教したが、ふと、ぽかんとしているアッシャを見て、「そうだ」と顔をほころばせた。

「このお嬢さんを連れて、ザカッロの見物としゃれ込みませんか？　つい今しがた、〈波濤館〉とこのザカッロの街の歴史を述べた書物をここの書類室で読んでいたのですが、かなりいろいろ興味深い名物があるようです。午も近いことですし、昼食もかねて、みんなでぶらぶら散歩にでも行ってみましょう」

　むろん、ヴィットリオはじめ快楽主義者三人は盛大に反抗したが、「今、アストルフォ殿とマルコ殿は、入り乱れた交渉の海の波間で必死に櫂をこいでいらっしゃるのですよ。街へ出るのはかまわないでしょうが、カメロン卿の子飼いの騎士であるドライドンに風紀紊乱の噂でもたったら、交渉にどんな悪影響があるのか考えてもごらんなさい」というアルマンドの正論で、不承不承口を閉ざさざるを得なかった。

　とはいえヴィットリオはまったくあきらめたわけでもなく、また習い性にでもなっているのかしれないが、歩いていてちょっと目を引く容姿の娘を見つけると、さっと近づいて甘い言葉をかけることを忘れない。もっとも、アルマンドの目が光っていて、なおかつまだ幼いアッシャの無垢な視線が向けられているのはさすがに意識したのか、おそらくいつもの彼よりはかなり穏当な態度と表現が選ばれているようではある。

ザカッロはラトナ山の裾野に広がる低地の都市で、ヴァラキアの国境からは外れているが、飛び地として沿海州から太守が派遣され、代々統治される慣習である。はるか昔にはヴァラキアの入り江はずっと内陸部まで入り込んでいて、ザカッロもほかの都市と同じように海辺に位置していたのだが、ラトナ山の大爆発とその後続いた地震により、土地が隆起して海はずっと後退してしまった。近くを流れていた河も上流がうずもれ、変動の影響で河床が変わってしまったので、河口と海に面して内陸と海の橋渡しをつとめていたザカッロは、完全に内陸に取り残されることになってしまった。

しかし水際から離れたといっても、都市を手放す気は毛頭なかった沿海州の人々は、壊れた街並みを建て直すのにきちんと沿海州の様式を用い、どこがここを支配しているのかを旅人たちにも忘れないようにさせた。塩のように白いヴァラキアの石灰岩作りの家は、同じく白い流紋岩（りゅうもんがん）で代用された。火山灰におおわれた土地では耕作もできなかったため、住民は以前にも増して、交易に精を出すようになった。

〈波濤館〉にも立派な馬房が残るとおり、ザカッロのもっとも大きな取引相手はトーラ・オアシスやウィルレン・オアシスからやってくる騎馬民族の隊商で、彼らの持ち込んでくる絨毯や馬、馬乳酒、岩塩や蜂蜜は大きな利益を生んだ。特に珍重されるのはオアシス産の駿馬と塩湖からとれる岩塩で、一生を馬上で過ごすと噂されるオアシスの民が丹精した馬は普通の馬十頭分に値するといわれ、貴人や金持ちの騎士などがこぞって買った。岩塩は海の塩とは違った風味と滋養があって、同じ重さの銀と引き替えられるほどにこれもまたもてはやされた。特に珍しい薄紫色や青色の結晶は、湯浴みの時にいれると身体が温まり、女性の肌を美しくして万病を払うといわれ、きわめて高値で取引された。

「こんなものがそんなに高いなんてな」商店の店先に並べられた岩塩のたるにかがみ込みながら、ヴィットリオは言った。開いたたるから薄桃色の粒を指先につけ、なめて顔をしかめる。「うえっ、辛い。それに苦い」

「その苦みが、料理に使うととてもおいしい味になるんでございますよ、お客さま」店主が丁寧に言った。

「子羊肉にまぶして焼くだけで、すばらしいごちそうができますですよ。こちらに、お味見用に小分けにしたのがございます。どうぞお持ちください。お気に召しましたら、どうぞお買い上げを」

「もらうよ、爺さん」手をのばしたデイミアンが、かごに入った塩の小さな紙包みをひとつつまんだ。

「あっちで肉の串焼きを売ってる。あんたたちはどうか知らんが、俺は腹が減った」

五人の騎士と子供ひとりは目抜き通りをぶらぶらと歩いて、串焼きを立ち売りしていた男からそれぞれ好みのものを買い、ディミアンが渡す小袋からてんでに岩塩をふりかけてかじりついた。

「ほんとだ、味が違うね」アッシャが目を丸くした。「塩をかけただけなのに、もっといろんなものをまぶしてるみたいな複雑な味がする」

「あなたはパロの生まれでしたね、お嬢さん。あそこでは凝った料理が好まれていると聞きましたが」

「あたしは貧乏宿屋の娘だもん。上等な料理なんて、運ぶことはあっても食べたことなんてないよ。うわあ、おいしい」

あっという間に串に刺した鶏肉を食べてしまって、もう一本、汁気の多い緑野菜をさしてあぶった串をとる。アルマンドは川魚の串を上品にかじり、ヴィットリオは牛の腰肉をやけ食い、ディミアンとミアルディは自分の分をさっさと食べてしまって、酒を探してくると言い残してどこかへ行ってしまった。ほとんど口をきかないシヴは黙々と鶏のもつと葱をさした串をかじっている。

「はいこれ」アッシャは自分の串からぬいた野菜に塩をつけてシヴに差し出した。黒い騎士は目を光らせて少女を見る。

「これ、なかなかいけるよ。これあげるから、それ、あたしにも味見させて」

シヴはにやりとし、自分のもっと葱を一切れずつ引き抜いてアッシャに渡し、湯気を立てる野菜を受けとって歯を立てた。

「何本か包んでくれよ、親父」ヴィットリオが言っている。「歩きながら食べよう」

種類をとり混ぜて十本ほどを匂いのいい木の皮に包んでもらって、さらに先へ歩く。

中心部へ近づくにつれて行き来する人の数も増えてくる。ゆるやかな衣装に鮮やかな薄物をひるがえした沿海州風俗のものに混じって、馬にまたがって堂々と歩く草原からの客が目立つ。異民族にあまり慣れていないアッシャには、背の高い馬の上から眼光鋭く睨みつけてくる騎馬民族は畏怖の対象だったが、私たちがいるから大丈夫ですよ、とアルマンドにほほえまれると安心して肩の力を抜いた。

「それに街中での乱暴は御法度のはずですしね。彼らだって、せっかく運んできた交易品を没収されたあげくに裸で市門を追い出されるのは本意ではないでしょう」

「黒太子がいたころは、もっと規律が効いてたって聞いてる」

ヴィットリオが言う。「黒太子スカールが草原ににらみをきかしてたから、中小の部族でもあまり横暴なまねはしなかったとか……ミアルディたちはどこまで行ったんだ」

水売りの屋台が街角に腰を下ろして店開きをし、冷たい水に蜂蜜や果汁を加えて、薄切りの果物や砂糖漬けの花弁などを浮かべて売っている。薔薇水の甘い芳香が道の反対側にまで漂ってきた。ラトナ山の美味なわき水を使った清涼飲料はたいそう人気があり、小さな子供や若い娘が笑いさざめきながら涼をとっていて、ヴィットリオはまたぞろ落ち着きがなくなり、アルマンドにつつかれた。

　その隣では大きな鍋に油を煮立たせた中年の女が眠そうな顔をしながら次々と練り粉を油に落としては、からっと揚がったのを素手でつまみ上げて、簀の子の上に並べている。何重にも折りたたまれた練り粉は油で揚げられると花のように開いて、満開の睡蓮のような形になったら、白い粉砂糖を振りかけるのだ。

　唐辛子で真っ赤になった野菜と肉の煮物や、とろりとした薄緑の汁物を湯煎にかけて売っている店もある。午後も遅くなってきて、仕事帰りにちょっとした腹ごしらえのつもりの人足や馬番が屋台に群がり、持ち込みの皿に山盛りの黄色い穀物とたれをつけた肉や魚を大盛りにしてもらって、道ばたやその辺の階段、石の歩道のふちに腰を下ろして食っている。声高な会話と威勢のいい笑い声が、香料の効いた湯気と匂いにまじって漂う。

　デイミアンたちはまだ戻ってこない。やがて一同は、白い石で舗装した街の広場にたどりついた。円形の広場の中心に、灰色とも茶色ともつかない不思議な色合いのらせん模様が埋まっていて、アッシャは目を丸くした。

「あれ、なに？　すっごく大きい巻き貝——みたいに見えるけど」

「貝ですよ。とても大昔、人間がまだ中原にもどこにも存在していないころに、海で栄えていた大きな巻き貝なんだそうです。そのころはザカッロはまだ海の底で、ここらあたりもそんな巻き貝や、甲羅のある魚や、足のいっぱいある虫なんかが這い回っていたそうです。そいつらが死んで土に埋もれて長い間たつと、石になって出てくることがあるとか。あそこにあるのは、ザカッロの近くで見つかった中でも最大の石の貝で、街の象徴として、この広場に埋め込んであるんだそうですよ」

石と化した貝は体格のいい大人が上に横になってもまだ余るほどの直径があり、金色がかった茶褐色の表面には虹色のつやがあって、凝乳のようなうす黄色の半透明な部分と、入り組んだ小室にわかれた灰色っぽい殻の部分に分かれ、うす黄色の中にはさらにきらきら輝く小さな水晶の結晶がぎっしり詰まっていた。

この貝の渦巻きの上は一種の舞台と見なされていて、吟遊詩人や芸人、軽業師、語り部や素人の芸自慢がかわるがわるのぼり、集まってきた人々を楽しませるのが習慣になっているらしかった。広場の周囲には階段状のベンチが設置され、広場に面した家では軒先に椅子を持ち出してきて、夕暮れの一杯を楽しみながら歌に耳をかたむけている姿もある。三階建ての商館の二階から豊満な美女が上半身を乗り出し、洗いたての金髪をなびかせてしどけなく胸を開いているのを見て、ヴィットリオはたいそうよろこんだ。

「やあ、こういうのを見物するんなら、俺としちゃ文句はないな」

「口笛を吹くのはやめなさい、はしたない。おや、新しい歌い手が出てきましたね」

先の軽業師が輪と棒を手玉にとる曲芸を終えて一礼し、貝の舞台をさがると、かわって色とりどりの端切れを綴りあわせた衣装の旅芸人が場にのぼった。二人組の芸人は一方が笛を、もう一方がキタラを抱えていて、キタラを抱えた方が前に進み出てお辞儀をし、笛を持ったほうに頷きかけると、弦に指をのせた。甘い旋律が流れ出し、哀愁を帯びた笛の調べが重なった。前奏が終わって、キタラ弾きが澄んだ声で歌い出す。

「ああ、『星を追う波の上に』ですね。かわった変奏だ」

ちょっと耳をすましていたアルマンドがにっこりした。背中に回して愛用の楽器を前にかまえて、二音三音とつま弾く。

周囲の人が驚いたように振り返った。アルマンドは平気な顔で進み出ると、旅芸人二人の演奏に合わせるように、美しい和声を楽器と声で紡ぎ出した。

貝の上の演奏者もはじめはおどろいたようだったが、すぐに顔を輝かせて、懸命にアルマンドにあわせて奏で始めた。笛とキタラと、アルマンドのつま弾く音色がしだいに夕暮れの色を濃くしていくザカッロの広場の空に広がっていく。

沿海州の船乗りの間で愛唱される恋歌は、やがて誰もが知る『サリアの娘』の甘やかな調べに移って、アッシャも声をそろえた。住人はもちろん、そぞろ歩きに来ていた旅行者たちからも歌声があがり、軒先の椅子で酒杯を手にしていた見物客も、杯を置いて唱和した。演奏が終わり、芸人とアルマンドがそろって頭を下げると、どっという歓声とともに、花と投げ銭の雨がちりちりと石畳に降った。二階の美女もむっちりとした腕を振り、薄紅のリボンを振って投げキスと金色のひなげしの花をまき散らした。

「おまえときたら、いつでも歌で女の心をさらっちまうんだからなあ」

芸人たちとさんざん肩をたたき合って戻ってきたアルマンドに、ヴィットリオはぶつぶつ言ったが、口ほどではない証拠に唇はゆるんでいる。

「正しい心とよい品行のたまものですよ」アルマンドは軽くいなした。シヴは落ちた硬貨や飾り物などを大きい手でかき集めて、芸人たちに渡している。黒い肌の巨人はちょっと彼らを驚かせたようだが、小さいアッシャがそばにいるので相殺されたようだ。

「あんた、ほんとに小鳥の王子様みたいだね、楽器の騎士様」跳ねるように戻ってきたアッシャが笑った。集めた花から、白い野菊と水仙を耳もとにさしてもらっている。

「いつか、あんたたちのいっしょに歌うところを聞いてみたいな。きっと凄いよ」

「噂に聞くアル・ディーン様とですか？　嬉しいけれどこれは、恐れ多いな」

「おおい、ここにいたのか。やっと見つけた」

人混みをかき分けて、デイミアンとミアルディがやっと姿を見せた。

「あっちの酒場に席を取ったから、みんな来い。もう夕食の時間だから、あまり遅くなると腹を減らしたまま旅館に寝に帰ることになるぞ」

通る人々に肩を叩かれ、また歌ってくれよと声をかけられるのに応じながら、目抜き通りの方へ戻っていく。北国人ふたりが選んだのは、太い杉の柱と凝灰岩の作りがどっしりとした、地味ながら風格のある一軒だった。中は半分ほど客で埋まっていて、デイミアンたちは、そこの奥まった卓に席を用意させていた。仲間を呼びに行く前にちゃっかり、デイミアンは強い蜂蜜酒を、ミアルディは大ジョッキ一杯の濃いエールを注文していて、すでに数杯おかわりを重ねていた。

「先に飲んだ分は自腹だぞ。割り勘にいれるなよ」

「なんだ、けちなことを言うな。さっき山ほど投げ銭を稼いでいたじゃないか」

「騎士が投げ銭を受け取れますか。あれなら、全部旅芸人の二人に渡してきましたよ。見ていたんなら、もっと早く声をかければいいのに」

「邪魔しちゃ悪いと思って終わるまで待ってたんだよ。ちぇっ、せっかく奢ってもらえると思って楽しみにしてたのに」

「お生憎さま。アッシャ、こっちにお座りなさい。酔っ払いには近づかないように」

アルマンドはそしらぬ顔で二人からはいちばん遠い席の椅子をひいた。アッシャはちょっともじもじしてから席につき、自分のとなりの椅子を、シヴのためにひいた。巨漢は石の天井に頭がつかえそうで首をちぢめていたが、少女にうながされると、身体を折りたたむようにしてちんまりと腰を下ろした。

酒をたかろうというもくろみが外れて意気消沈したデイミアンたちだったが、一杯飲むとすぐに忘れて、にぎやかに食事を注文しだした。屋台で買った串焼きはとっくに食べてしまっていて、喉も渇いている。

　さっき、外で人足の男たちがいい匂いをさせていた、香料で黄色く色をつけた穀物に肋肉（あばら）のつけ焼きがのった料理が出された。濃い味のたれに肉の脂がとけて、穀物にまぜて食べると香料の香りがきいてうまい。ディミアンがまだ残っていた岩塩の包みを出して振りかける。ほかの卓にいた客たちにも同じように回し、うまいという声が飛び交った。

　塩問屋の店主に広告料をもらわなきゃな、とまんざら冗談でもない口調でミアルディがいい、俺の店のほうがもっとうまい塩を扱ってる、と別の問屋の主らしい禿げた小男が主張した。そこで、どこの店の塩、あるいは酒、こしょう、酢、糖蜜、がうまくてしかもお買い得かという談義になり、商売に関しては熱中するたちのザカッロの男たちは、酒場のがっしりした腕と胸板のおやじも巻き込んで、活発な議論をかわしはじめた。

　しだいに専門的な方向に流れていく話をかたわらに、騎士の五人と少女ひとりは食べることに専念した。〈波濤館〉の料理も悪くはないのだが、品格を考えてのことか、上品すぎて少し物足りないことがある。特に食道楽の北国人にはこの街場のこってりと味が濃く、量も多い食べ物が合うらしく、さかんに舌を鳴らしては、脂のしたたる骨から肉を噛みとって、しゃぶりつくしたやつを背中越しに放り投げる。こうしないと食べた気がしないとはデイミアンの弁である。アッシャもこっそり真似してみたが、あとでだれが掃除するのだろう、と考えると気になったのでやめた。宿屋の娘の性かもしれない。

川海老と貝を蒸し煮にして香草を添えた皿が出る。パン粉をまぶして焼いた魚が出る。屋台でも見かけた、睡蓮の形をした揚げ菓子を小さく作って蜜に浮かべた甘味が出る。蕪とにんじんを潰し、干しぶどうを混ぜたつけあわせが出る。皿にはどれも、あの広場で見た大きな石の貝と、その上に立つ海の妖精の図が描かれていて、飲み物を注ぐ器にも、同じ図案が藍色に染めてある。壁の灯火がちらちら揺れて、妖精の長い髪が、海風にゆらゆらなびくように見えた。塩漬けの豚に蜜を塗って照りをつけたのを食べて、アッシャは小さくしゃっくりをし、口に手をあてて音を抑えた。

「少し休憩しますか？　食いしん坊たちにつきあう必要はありませんよ」

アルマンドがそばから気遣う。「だいじょぶ」ともごもごいい、香りのいい花びらを浮かべた冷水を含む。丸焼きの雀を静かに食べていたシヴが手を伸ばして、口直し用に出された酸味のきいた氷菓子を引き寄せてくれた。微笑を返し、冷えた器を手に取ろうとしたとき、その目の前を遮るようにして、大きな壜がどすんと置かれた。アッシャは飛びあがり、シヴがぎらりと目を光らせて顔をあげた。

「なんですか？」アルマンドが声をかけた。

「あちらの方から、こちらの卓のお客さまにと」

墁を持ってきた給仕娘はすっかりどぎまぎしているようだった。上質なガリキア産の葡萄酒の大墁が、簡単に埃をぬぐわれただけで置かれている。若い酒でも、そのへんの葡萄酒なら十本はゆうに買える値段のする酒である。年代物ならもっとするだろう。

「――お名前を承ってもよろしいですか。そちらのお方」

アルマンドはさりげなくアッシャを後ろにやった。シヴはすでに両手を卓の下におろしいつでも動ける体制を整えている。陽気に騒いでいたデイミアンにミアルディ、ヴィットリオの三人も、酔いを顔から消し、引き締まった騎士の顔に戻っている。

「不躾とおとりでしたら申し訳ないんですが」

騎士たちの席の反対側の壁際から、すらりとしたかっこうのいい若者が立ちあがった。金茶色の髪を頭にぴったり沿う形に短く刈っていて、髭はない。ごく若く、二十歳をいくつも出ているようには見えないが、口もとに漂うなにか不遜な雰囲気が、若さを帳消しにしていた。

厚ぼったいまぶたの下の目は、おそらく青、もしくは灰色。ゆれる灯火のもとでは、いずれとも判断はつけがたい。長い手足と細い腰をしているが、肩幅は広く、歩き方からして剣をつるすのには慣れているようだ。中高な目立つ鼻をしていて、唇は薄く、薄桃色の頬にかすかなあばたの痕がある。

「僕はファビアンといいます。ファビアン・デマルティーニ。もうすぐみなさんのお仲間になる人間として、ご挨拶をしようと思っただけなんですけどね」

「お仲間？　どういうことです」まだ警戒をとかずにアルマンドが尋ねた。

「あなたがたはヴァラキアのドライドン騎士団の方々でしょう？」

「そうだ」ヴィットリオもとがった声を出した。「だが、新入団員がいるとは聞いてない。募集している覚えもない」

「お上の決定ってのは、往々にしてあとから知らされることになるものですよ」

ファビアンと名乗った若者は自分の酒壜と杯を持って卓を離れ、席を横切ってこちらに来た。「座っても？」とおざなりに尋ね、返事を待たずに近くの椅子を引っぱってきて腰を下ろす。皿から睡蓮の揚げ菓子をひとつつまんでかじりながら、

「実を言うとたぶん今日あたり、おたくの上の方に話が行ってると思うんですけどね。僕は小さいころから騎士ってものにあこがれてて、ぜひとも剣をとって貴婦人のために戦いたいと思ってたんです。それで今度、あなたがたがこちらのザカッロにいらっしゃると耳にして、どうしても団に加えていただきたくなったんですよ。ドライドン騎士団といえば、なにしろ名門ですからね。ケイロニアの黒竜騎士団、パロの聖騎士団ほどとは言わないまでも、沿海州では随一と言っていい」

「あんたみたいな礼儀知らずの小僧はお断りだな」ミアルディが冷たく言った。「あっちへ行け。俺たちは夕食をしてる最中だ」

「そう冷たくしないでくださいよ。まあ一杯いかがです」

　ファビアンは身を乗り出して酒壜をつかもうとした。彼が動いたとたん、卓の上で風が渦を巻いた。隣に座っていたヴィットリオとディミアンが左右からファビアンの顎の下に短剣を突きつけていた。ひとつおいた席のミアルディは壜の首に触れかけていたファビアンの手首をがっちりとつかんでおり、いつ動いたのかもわからないうちに、シヴが背後に回り込んで肘をつかんで締めつけていた。酒場は一瞬にして静まりかえった。アルマンドだけが動いていなかったが、金髪の騎士は燃えるような目を自称新入団員の顔に据えて、なにもかも見透かすような鋭い視線を注いでいた。

「まいったな。さすがは沿海州一のつわものの集団だ」

　ファビアンは二、三度のど仏を上下させたのち、いささか甲高い声で笑った。つかまれていないほうの腕をあげて、ヴィットリオの短剣をそっとつまんで遠ざける。

「せっかく上等のお酒をおごろうとした後輩相手に、さっそくの腕試しってことですか？　ありがたいことではありますが、心配なさらなくても、僕は目上の方々にはきちんと敬意を払う主義です。自分がほんの若造なことはわきまえてますよ。それに、善良な市民が食事を楽しんでる場所で、光りものを振り回すのは礼儀としてどうかと思うんですがね」

「あの、旦那さまがた」勇気をふりしぼったように、亭主が細い声を出した。「できれば――その、もめごとは、ここではごめんこうむりたいんで」

いくつかのきつい視線を浴びて、亭主はひっと喉を鳴らして頭をかばった。だが、短剣はすぐ溶けるように消え、ミアルディは手を離し、シヴも肘を離した。だが、何かあればすぐに対処できるよう、ファビアンの背後に巨大な影となって立つことはやめない。

ファビアンは両手をぶらぶらさせ、つかまれた肘に息を吹きかけ、椅子にもたれかかった。

「何が目的です」アルマンドは低く尋ねた。

「われわれは追われる身です。あなたがなにを聞いているのか知りませんが、美々しい飾り衣と銀の馬具を身につけて、堂々とヴァラキアの表通りを凱旋することを考えているのなら、おやめなさい。カメロン卿のことを聞いてはいないのですか？　いまのドライドン騎士団に入団したとしても、カメロン卿はもうおられない。いまのわれわれは、その辺にいる自由騎士の集団と大差ないのですよ」

「それでも、アルミナ王女があなたがたを訪ねていらっしゃった」

手に息を吹きかけながら、ファビアンは応えた。

「打ち明けていいますがね、僕は実は、昔っからアルミナ姫にぞっこんでしてね。あなたがたはパロの魔道師宰相閣下を発見して、姫君はその宰相殿下に援助を申し出られたところでしょう？　そして、現在パロを占拠しているゴーラのイシュトヴァーンは、あなたがたの仇でもある。ということは、あなたがたに協力してイシュトヴァーンを討てば、パロ奪還の力にもなり、姫の覚えもうるわしくなるってことになりませんか」

「つまり、アルミナ王女に取り入るために、われわれドライドン騎士の名前がほしいと」

「そう、身もふたもない言い方をしないでくださいよ。いとしの貴婦人のお役に立ちたい一心なんです。彼女のお目にとまることができれば、そりゃもう、万々歳ですがね」

「アルミナ殿下はパロ前王レムス様のお妃様です。あなたごときに目をくれるとは思えませんね」

「誰にわかります?」シヴの強烈な視線をうなじに浴びながらも、皿から肉の切れを一枚とってむしゃむしゃと平らげた。

「聖王レムス陛下はもう廃位されて何年もたってて、生きてるか死んでるかわからないって話じゃありませんか。生きてたってどうせ、ろくな有様じゃないでしょう。アルミナ姫はまだお若い。もしかしたら、自分のために戦ってくれた、ようすのいい若い騎士にお目が止まるってことも、ないではないでしょう?」

「そして、アグラーヤの宮廷にもぐり込むという寸法か」ヴィットリオが冷たく言った。

「女性への恋を野心のいいわけにする男ほど愚劣で無粋なものはないな」

「誰がそんなこと言いました? アグラーヤにはもう四人も姫君がいらっしゃいます。

パロへ嫁がれたアルミナ姫は別にしても、どっちにしろ僕なんかの出る幕はありませんよ。でも、パロならどうです？　あそこでは騎士も、兵士も、なんなら貴族や王位継承者だって、払底(ふってい)しちゃってるんでしょう？」

「王子様はいる。ちゃんとケイロニアに行った」

立ちあがってアッシャが怒鳴った。腹立ちを抑えきれなくなり、緑の瞳が爛々と異様な光を放ちはじめている。

「小鳥の王子様と聖騎士伯様はケイロニアのサイロンに上って、いまごろあそこの皇帝陛下に、正式に助けを求めてるはずだ。お師匠がそう言ってたんだ。あんたの出る幕なんて、どこにもあるもんか」

「ああ。あなたのことは聞いてますよ、小さな女魔道師。パロの魔道師宰相、ヴァレリウス閣下が、なんの気まぐれかギルドの掟を破って、女を弟子にとったとか」

肉を食べてしまって、ファビアンは気取ったしぐさでアッシャに向かって頭を下げた。

「見たところ、ずいぶん小さなお方ですねえ。まあ、魔道師といえども、たまには身近に女の存在がほしくなるってことなんでしょうかね。それにしてももう少し、大きくなってからにすればいいものを。あなたみたいな小娘じゃ、相手にしてても大して楽しくないだろうと思うんですけど。おや、失礼」

「お師匠はそんな人間じゃない！」椅子からはね上がってアッシャは怒鳴った。灯火がいっせいにごうっと音を立てて立ちあがり、髪にさされていた菊と水仙が橙色の炎になってぱっと飛び散った。

「アッシャ」アルマンドがそばから肩を押さえる。アッシャははっと我に返って自分を抑えた。胸にやった手の手袋の下で、鉄の指が不気味にきしんだ。

「……パロにはちゃんと女王様がいるんだ」アッシャは大きく息を吸って気を静めた。「リンダ様はあたしたちがきっと助け出す。イシュトヴァーンと竜王を追い払って。あんたなんかお呼びじゃないよ。いっちまえ、にやけ野郎」

「リンダ女王、ねえ」いかにも気の毒そうにファビアンはため息をついた。

「こういうことは、女性の前ではあまり言いたくないんですけどね。リンダ女王っていうのは、処女王にして、予見の巫女王でいらっしゃるんでしょう？　それが、イシュトヴァーン王の横恋慕で、現在はあの男の幽閉下にあられるとか」

「何が言いたいんです」

今にも食らいつかんばかりになっているアッシャの肩に指を食い込ませながら、低くアルマンドが言った。

「いえね。監禁するほど執着してる女を、イシュトヴァーン王がはたして手を出さずにおいてるかってことなんですよ。まあ、健康な普通の男なら、さっさと自分のものにしちゃってるでしょう。つまり、リンダ女王はもはや処女王じゃなくなってるってことになる。予見の力も、処女性といっしょに失われるんだとしたら、処女でも、予見者でもなくなった女王に、パロの民がはたしてついていくかって話で——」

　言葉は途中で苦鳴になって消えた。アッシャがわめいて飛び出しかけるのを、アルマンドとデイミアンがさっと抱きとめる。ヴィットリオとミアルディが卓を蹴って立ちあがり、剣を引き抜いた。客たちから悲鳴が上がった。シヴが熊手のような手でファビアンの首筋をつかみあげ、宙にぶら下げている。ぴかぴかの長靴をはいた足は手幅三つちかく床から離れ、顔を赤黒くしたファビアンは、声も立てられずにじたばたともがいた。

「離してやりなさい、シヴ。ヴィットリオ、ミアルディ、剣をおさめて。こちらの店にご迷惑をかけてはいけない」

　氷のような声でアルマンドが言った。二人はすっかり怯えあがった様子の客たちにちらりと目をやり、大きな動作でゆっくり剣を収めた。誰からともなく大きなため息が漏れた。アルマンドとデイミアンは動かないのを確かめつつそろそろとアッシャを離し、歯をむき出したままのアッシャは、椅子にすわって鉄の指を卓上にきしらせていた。手袋を突き破った指が、卓の上に細くて深い傷を残していた。

「どうにもみなさん、今夜はご機嫌がよろしくないようだ」

　シヴに放されて床に腰を落としながらも、ファビアンの人を小馬鹿にしたようなうす笑いは消えていなかった。締めつけられた首の後ろをしきりに揉んでいる。

「今日のところは、これで失礼しますよ。いずれ、またお会いすることはわかってますし。その時は、こんなに乱暴なおもてなしはしないでもらいたいものですね、先輩方」

「二度と会うもんか」ヴィットリオが吐き捨てた。ファビアンは謎めいた微笑を彼に向け、よろよろと立ちあがると、大仰に深々と頭を下げてみせ、給仕女が開いた戸口をくぐって、ふらつきながら戸外に消えた。

「……なんなの、あいつ。なんだっていうのさ」震える声でアッシャはささやいた。重苦しい沈黙が降りた。後ろで傾いた卓の上に料理が散らかり、さめた焼き肉に、白くじわりと脂が固まりはじめていた。


ジョナート・オーレリオは〈波濤館〉から帰宅し、執務机で南方貿易から上がる収益と、その投資についての資料を見比べているところだった。扉の開く音がして、彼は顔を上げた。長身の若者が入ってくるところだった。まくりあげた腕に白い布を巻いている。

「なにかあったのか。ファビアン」

「いやあ、ちょっとね、未来の同僚にご挨拶しようとしまして」不自然に陽気な声でファビアンは言った。

「ちょっとみなさん、虫の居所が悪かったみたいで。少しばかりお説教されましたよ。

肉体的なやつでね」

　ジョナートは鉄筆を置いて、使っていた書字板を押しのけた。立ちあがって甥のもとへ行く。ぐいと手をつかみ、腕をのばして布をはぎ取る。うす黄色を帯びた腕が表れた。青紫色の内出血が二の腕から肘、上腕の半分までぐるりとついている。

「性格はどうあれ、まあ、かなり強い戦士であることは間違いないですね」

　ファビアンの口調はあくまでも軽い。

　ジョナートはしばらく腕を見つめていたが、とつぜん手を振り上げ、ファビアンの頬を横殴りに打った。ファビアンは手もなく倒れ、口をぬぐった。高い頬骨の上にくっきりと殴打のあとが残り、みるみる赤みを増していった。

「勝手な真似をするな」甥の上に立ちふさがってジョナートは吠えた。

「誰が主人か忘れたか。オリー・トレヴァーンの耄碌（もうろく）じじいの豚小屋にまた戻りたいのか？　もしそうなら、すぐそうしてやるぞ。新しい淫売を欲しがってる男娼窟くらい山ほどあるんだからな。それとも船に放り込まれて、すり切れるまで女に飢えた水夫どもの穴役を務めたいのか、身の程知らずの陰間（かげま）めが」

「……わかってますよ、叔父さん。そう怒鳴らないでください」

「叔父だと？　調子に乗るなよ、豚の子め。貴様がそれを口にしてよいのは、私が認めたときだけだ。それ以外の時は旦那様と呼べ、ふさわしくな。虫酸（むしず）が走るわ」

ファビアンに背を向けて、ジョナートは大股に執務机へ歩いていき、書類の山から一枚の紙をとって投げた。紙は手を離れるとくるくると丸まり、床に足を投げだしたファビアンのかかとのあたりまで転がっていった。

「入団の承認状だ」ぶっきらぼうに言って、ジョナートはまた鉄筆を手にした。

「だいぶごねられたが、オルニウス号を盾にとられてはあのじじい騎士も抵抗しきれなかった。いいか、われわれの期待を裏切るなよ。貴様より、オルニウス号の権利をとっておいたほうがよかったと思わせるような羽目にはなるな、わかったか」

「ええ、叔父さ――旦那様」うつむいたファビアンの目は別人のように昏い光を放っていた。指先で承認状を撫でる手が、かすかに震えている。

「きっとご期待に応えてみせますとも。尊敬すべき、わが旦那様のために」

4

星の海だ。

いつだったか、かあさまといっしょに見上げた気がする。豹の頭のグインのおいちゃんと、それから、スイランのおいちゃんと、踊ったり歌ったりして歩いていたときに、何度も、こんな空の下で眠った。

あのときにはかあさまがいて、いつでもそばで笑っていて、夜中に目がさめると、こんな星空にかあさまのきれいな白い顔があって、眠れないの、ときいてくれた。眠れないの、スーティ、それとも、のどがかわいた？　夢でもみたかしら？

なんでもない、と首をふって、胸に顔をうめると甘いかあさまの匂いがした。ふっくらとやわらかで、あたたかかったかあさまの胸。だっこされるととても心がやすまって、またすぐにねむくなった。こわいことなんてなにもなかった。スーティはかあさまを守らなきゃいけなくて、スーティはつよい子だから、いつだってかあさまはスーティのとなりで笑っていた。

なのに、ここはどこなんだろう？

スーティは目をこすり、寝返りをうって、無意識にとなりに母の存在を探した。しかしうんと手をのばしても、何も触れるものがない。びっくりしてぱちっと目を開けた。ぼんやり見えていた満天の星空が、目の中いっぱいに広がった。

その真ん中で、燃える炎のような金色の髪と瞳をした、スーティよりすこし大きいくらいの女の子が、びっくりしたようにこちらを見た。とてもきれいな子で、肌はみがいた銅みたいに、ぴかぴかのつるつるだった。

「だあれ？」目をぱちぱちしながらスーティは尋ねた。

たしか、自分はスカールのおいちゃんと、それからとりさんの女のひとにいわれて、木の上のちいさな小屋に入っていたはずだ。いつのまに、こんなどこもかしこもちかちか光る星でいっぱいの場所に来たのか、わからない。

スカールのおいちゃんはぴかぴか光るきれいなはちみつ色の石をわたしていって、あんまりきれいだったので、あちこち回してあきずにながめているうちに、ちょっとずつねむくなってきて、何度かあくびをしているうちに、ねむってしまった――のだと思う。

こういう、頭の上も下もまわりも、ちらちら光る星しかみえないというような場所は、スーティの知るかぎり、夢のなかだけだった。

『わたしは、〈琥珀〉』

女の子はそう言った。まわりのきらきら星がいっせいにしゃべったような、ふしぎな声だった。

『あなたも、わたしの姿を見ることができるのですね、小さな星の子。あるいは、ここが魔力に満ちる黄昏の国だからかもしれませんが。それとも、あなたの父君の紅い凶星の王による縁(えにし)が、わたしの機能コードに合致しているのかしら』

「よくわからない。ここ、どこなの？　スーティ、ねんねしてるの？」

『はい。あなたの肉体は、現在深い睡眠状態にあります。しかし、浮動的レム睡眠の状態時の脳が発する微弱な電流が、わたしの展開する疑似思念フィールドに共鳴し、明晰(めいせき)夢(む)として、このような視覚情報を構成しているのでしょう』

「ふうん」なんの話かちっともわからなかったが、おとなの話というのはだいたいそういうものだと思っていたので、深く追求はしないことにする。

「こはくはここでなにしてるの？」

『自己修復およびこの次元にあわせたエネルギー調整が現在起動中のおもなプロセスですが、同時に、鷹によるコマンドを受けて、あなたの保護に関する遠隔監視、および防衛プログラムを実行しています』

やっぱりよくわからない。

「スーティ、ねんねしてるのに、どうしてここにいて、こはくとおはなししてるの？」

『あなたの脳波が、わたしの展開している多次元走査フィールドに、一時的に共鳴しているためです。わたしは自己修復に必要な情報を収集するため、この次元、および隣接する多数の並行次元を通して探索ビームを放射していますが、それには、宇宙の状態にあわせてきわめて多彩な状態が含まれます。ビームは探知したものをこのデータ場に投射します。あなたが星として見ているのは、この次元、およびわたしが観測中の多次元に存在する、生命エネルギーを保有する存在の数々です。あれらの星は、すべて生物なのです』

「せいぶつってなあに？」

『生命体。生きているもののことです』

「おほしさま、いきてるの？」スーティは目を丸くしてあたりを見回した。

『ええ。あなたと同じように』

「スーティもおほしさまなの？」

『処理パターンのひとつにおいては、ええ。あなたも』

スーティはますます目を丸くして自分の手や足を見回したが、ちっとも光っているようではないので少しがっかりした。琥珀がとてもぴかぴか光っていてきれいなので、自分もそんなだったらいいなとちょっと思ったのだ。

琥珀はやさしい顔でこちらを見ている。なんだか、かあさまににてる、とちょっと思った。見ていると琥珀は、小さな女の子なのにかあさまと同じくらいにみえたり、スーティよりもっと小さな赤ちゃんにみえたり、かと思うとみたこともないほど年をとってみえたりして、きれいなのにとてもふしぎだ。

「おほしさまとおはなし、したいなあ」スーティはため息をついた。

「おほしさまがみんないきてるんなら、かあさまもあのなかにいるの？　スーティ、かあさまとおはなししたいな。できる？」

『申しわけありません。あなたのお母さまは、暗黒の力が落とす歪んだ力場の内側にいまだ隠されていらっしゃいます』琥珀は残念そうに頭をたれた。

『鷹が向かったヤガと呼ばれる場所は、きわめて強力な空間変異と反‐光のフィールドに密閉されており、わたしも、内部の観測は不可能です。鷹とわたしの間には緊密なマスターリンクが成立していますから、彼に声を届けることくらいはできますが、それ以上のことは、いまのわたしの機能では及ばないのです』

「かあさまのこと、わからないのか」意気消沈してスーティは呟いた。「スカールのおいちゃん、かあさま、みつけてくれたかな？」

『彼は力を尽くしているはずですよ』

「スーティもいきたかったなあ。かあさまとおはなし、したいな」

上下左右、すべてにわたって輝く星のかずかずを、あこがれの目で見上げる。みんなでうたったり踊ったりしてすごした楽しい旅の思い出がつぎつぎ浮かんできて、ちょっと鼻の奥がつんとした。鼻をすすって気をとりなおす。

「それじゃスーティ、ほかのおほしさまと、おはなしできるかな？　グインのおいちゃん、いるかな？　スイラン、えっと、ブランのおいちゃんは？」

『グイン王の星は強すぎて、わたしの処理能力では扱いきれないのです』

琥珀は首をすくめた。

『海の剣士の星は……これもまた、ヤガの影にのまれていていまは捕捉できません。すべての星があなたにとって近しいものではないのですよ、星の子。次元を横断する走査フィールドに反映されるのは、人類種族だけではありません。この次元の生物であるとも限りません。不用意にアクセスすることは危険です』

「どれかおはなしできるおほしさま、いないの？」

いつになく、だだをこねてみる気になって、スーティは口をとがらせた。相手がスカールやブランといったおとなでなく、見た目は自分とさほどかわらないくらいの童女であることが、気やすさを呼んだのかもしれない。琥珀はちょっと困ったように口をつぐみ、金色の炎の目を周囲に走らせたが、

『あなたと縁（えにし）の深い星ならば、あるいは』と言った。

「えにしって？」

『あなたと因果律のもつれによって連続している別個体の生命のことです。あなたの両親や、鷹、海の剣士などもそうですが、いまそれらの存在はみな、闇の力の影に入ってしまって、接近できません。——ああ、しかしひとつだけ、アクセスしても安全と推測できる存在が見つかりました』

「どれ？　どのおほしさま？　スーティ、おほしさまとおはなしする！」

がぜん元気になって、スーティはぴょんと立ちあがった。星空のまんなかに浮いているように見えるのに、立ちあがろうと思うとちゃんと足が地面をふむのはふしぎだ。

『要求の安全性および妥当性に疑問。解析中。終了。あなたの保護に関するプログラムの一部として、精神的保全の項目に該当すると判断します』

またなにかわからないことを言って、琥珀は、『あちらです』とある一方向に手をさしのべた。スーティは目をこらした。藍色の深い深い空間の奥に、小さな、うんと小さな赤い色の光が、ちかちかとまたたいている。

スーティがそちらへ近づこうとしたとき、『止まって！』と琥珀が悲鳴にちかい声をあげ、スーティの視界が黄金色の炎でおおわれた。

スーティはあおむけにひっくり返って、あっけにとられていた。ちらちら光る金色の火が天井をつくり、そのむこうに、なにか大きなもの、とてつもなく大きくて暗くて、重たげなものが、満天の星々をなかば呑み込みつつ、じりじりと横切っていく。

「あれ、なあに？　あんなに大きくて、暗くて――」

『静かに』どこからか、琥珀の声が叱るようにいった。

『闇の力の影です。どこかへ移動しているらしい……でも、いったいどこへ』

それが完全に姿を消すまで、琥珀は金色の火でスーティを包んでいた。影がすっかり見えなくなり、星々がまたもとのように輝きだすと、ようやく琥珀は火をおさめて、もとの童女の姿になってスーティのそばに立った。

「どうしたの？　こはく。なんだか、こわいかおしてる」

『ダーク・パワーの大規模な移動を確認』

スーティの問いかけを聞いたようすもなく、琥珀は唇にあてた指をかんでひとりでなにか呟いている。

『目的は不明……追尾は不可能……おそらく、異界知性ヤンダル・ゾッグ本体、もしくはその類似体。鷹に報告すべきか。否定、現時点においては不可。蓄積データ層に格納し解析を開始。推奨、さらなる情報収集』

「ねえ、こはくってば」

じれたスーティが琥珀の腕をひくと、琥珀は意外なほど人間くさい動作でぴくっとし、とまどい顔でスーティに目をむけた。

「おほしさまとおはなし、しないの？　スーティ、おはなししたいよ」

『ええ、しかし、あの影が――』

　まだ気がかりそうに琥珀は暗黒のかたまりが消えた方向をふりかえっていたが、なにごとも起こらないと見きわめたのか、ふわりと戻ってきて、スーティのそばに立った。というか、漂った。彼女のふっくらした手のしたには、さっき見ていた小さな小さな紅い星があって、震えるように、ゆらゆらと明滅をくりかえしていた。

『情報を視覚データに変換し、あなたの思考フィールドに投射します』と琥珀は言った。

あいかわらずよくわからなかったが、つまりは星と話ができるのだ、と考えて、スーティは膝をついた姿勢になり、身をのりだして星の紅のまたたきに目をこらした。


見えてきたのは、なんだか殺風景な灰色の部屋だった。無骨な茶色い家具と、飾り気のない毛織りの敷物が何枚か。開けはなした大きな窓から芝生がみえるが、雑草がとがった葉叢にぼさぼさした穂をさかだてているところをみると、あまり手入れはされていない。大きな木がすぐ軒先まで枝をのばしているせいで、天気はいいのに、室内はうす暗くかげって、殺風景さとあいまってどこかさむざむしい。

床には木彫りの馬や、騎士姿の人形がいくつか転がっている。おもちゃがあるところをみると子供部屋か、少なくとも子供のいる場所らしかったが、そのような明るい雰囲気はかけらも感じられない。室内はしんとして、どこからももの音ひとつ聞こえない。

いつのまにかスーティは、すりきれた青い敷物の上に座らせられている、小さな男の子のそばにいた。

スーティよりかなり小さくて、まだまだ赤ちゃんぽい。髪はスーティと同じ黒だけれど、先っちょのほうは光があたるとすけてきれいな金茶色に見える。ほっぺたはふっくらしていて桃の実のよう、濃いまつげはとても長くて、緑色の瞳にはふしぎな金色のまだらがあって、蝶の羽根みたいにみえる。

桃色の口をつきだしてうー、うー、といいながら、手にもった船のおもちゃをしきりにゆすっている。ほうりだしてある木彫りのおもちゃはあまりかえりみられていないのに、その白い、骨か歯のような素材をけずって作った船は、この子のお気に入りらしかった。

「このこ、だあれ?」

『いまお見せできる中で、いちばんあなたに縁の深い方』

どこかから琥珀がささやいた。

『あなたの弟にあたる子。あなたの、母の違うきょうだい。ドリアン王子』

スーティの目が飛びださんばかりにまん丸くなった。

「どりあん」とくりかえす。

「どりあん。おとーと。すーてぃの、おとーと。きょおだい?」

スーティと琥珀の存在は、このひとりぼっちの幼児には感じられないらしい。小さい王子はひとりでうーうー、あーあーとひとりごとをいいながら船をうごかし、想像上の海のうえを航海させることに専念している。

「リア様。お着替えをお持ちしましたわ」

腕に子供服と布の敷布を盛りあげたかごを抱えた女官が部屋に入ってきた。半白の髪の女性で、疲れた、悲しそうな顔をしていて、スーティはまたかあさまを思いだした。かあさまがこんな顔をしていたら、きっと耐えられないくらい悲しいだろう。

「まあ、また、そんなところへお座りになって。さ、お船はこちらへお置きくださいな。お体を拭いてさしあげますから。冒険ごっこはまたあとで、ね、ほら」

女官は王子を抱きあげてそっと船をとりあげ、わきに置いた。王子は「うー、うー」と口をとがらせて抗議し、じたばたもがいて船をとりかえそうとする。

女官は子供を抱いて、まるでおとなの寝室のような茶色くて四角い寝台にいき、その上に座らせて服を脱がせはじめた。「あー！　あー！」と王子はさけんで足をけり、頭をふって、脱がせられまいとがんばる。

「あー！　かー、かめろー。あー！　かーろ、あー！　あー！　あー！　あー！」

「ああ、カメロン様、カメロンの小父ちゃまは――」

言葉をとぎらせて、女官は耐えかねたように手で口をおおった。しわのよった目尻に、光るしずくがふくらんで流れおちた。暴れる幼児をぎゅっと抱きしめて、「リア様。お気の毒なリア様」と激しくささやいた。

「どうしてこんな小さな、罪もないお子が。お母上があんなことになった上に、こんどは、カメロン様まで。それも、実のお父上が。ヤヌスの神よ、このような無垢なお子に、なぜそのような運命を課せられますのか」

熱い涙を首筋にそそがれて、小さい王子は身ぶるいしてまばたいた。しばらくすすり泣きながら王子を抱きしめていた女官は、やがて気を取りなおして涙をふき、声をはげまして王子にほほえむと、かごから新しい肌着と服を取りだした。

もがく王子に頭から肌着をかぶせ、脱がせた服をかごにたたんで入れているその時、遠くで、たまぎる絶叫が響いた。女官ははっとしてその場に凍りついた。耳をすますうちに二度、三度、悲鳴と乱れた物音、ものの壊れる音が響く。

部屋の外から荒々しい足音が近づいてきた。

女官は身をひるがえし、王子の前に立ちふさがった。両腕をひろげて子供をかばう女官の前で、扉が乱暴にはねとばされ、数人の黒服、黒い覆面の男たちが、床を踏みならしてぞろぞろ入ってきた。先頭の男の手には抜き身の剣がさげられ、その切っ先は赤いものをしたたらせていた。

「何者です、あなたたちは」

蒼白になりつつも、女官はふるえる声を張った。

「ゴーラ正統の王太子であられる王子ドリアン殿下の御前で、狼藉は許しません。剣をひいて、おさがりなさい。衛兵！　衛兵はどこにいるのです！」

ものもいわずに、男は剣をふりあげた。女官は肩から乳をざっくりと切りさげられ、声もたてずにその場にくずれおちた。

ざっと血がしぶき、鮮血は男たちの顔にも、壁にも、床にも、そして寝台の上の幼児にも、ふりかかった。

男が女官の死骸を蹴りころがした。真紅にそまった顔で、子供は凝固したように男たちをみつめた。金茶のまだらの散る緑の瞳に、いくつもの黒い鏡像がゆれた。血まみれの大きな手が広げられ、子供の上にくろぐろとした影をおとした。

あとがき

前巻からしばらく間があいての続投になります。こんにちは、五代ゆうでございます。

本来ならば私のつぎは宵野ゆめさんのターンとなるはずなのですが、今回、宵野さんが体調を崩されて執筆が困難となったため、協議の結果、しばらくは、私がひとりでシリーズの先を進めることになりました。

宵野さんのお早い回復をお祈りするとともに、今後、この長大な物語を、さしあたってはひとりで進めなければならないことにあらためてひしひしと大きな責任を感じております。栗本薫先生のような月刊グインという偉業はとうてい無理ですが、できるだけ、途切れることのないように続きをお届けできればよいと思っております。あらためて、今後ともどうぞよろしくお願い申しあげます。

さて。

今回、またもやスーパー魔道ジジイ大戦はおあずけといいますか、どうも始まりそうになったところでなんか退いてしまったというか。自分でも書いていて「あれ?」と思ったのですが、書き終わってみると、今回はどうやらヤガのことよりも、カメロンの死から広がっていく波紋を追いかけることのほうに比重があったようです。

『翔けゆく風』というタイトルは、はじめは別のタイトルを考えていたのですが、こうした内容の流れにそったものとしました。大きな動きが始まろうとしており、そこへ至る前段階としてのさまざまな流れが、ゆっくりとあちこちで蠢きだしているようです。


だいたいジジイ大戦にならないのはあれですよ、ヤガの変なジジイ二名こと、ヤモイ・シンとソラ・ウィンのじいさんふたりがとことんやる気ないからですよ。なんですかあなたがた何かっちゃめんどくさいめんどくさいって。いやそらめんどくさいでしょうよヤガ立て直すとかそういうことは！　そりゃそうですよ！　でしょうけど！

勘弁してくれというブラン君の魂の叫びが身にしみます。ごめんな。苦労するよな君も。けどきっとたぶんやっぱり苦労は続く。すまん。

スカールもどうやら合流してくるようですが、これもまたしゃべったり化けたりするカラスとか化けるでかい狼とかややこしいのつれてるし、スカールのほうはあれこれあっていろいろ麻痺しちゃってるようなので、合流したらしたでまた胃を痛くするのはブラン君ひとりの気がします。常識人って割食いますね……。

ジジイ二名があまりにもやる気ないせいか、また若いのがひとり出てきましたが、なんとかこの人にヤガまとめてまともになってもらいたいもんです。若いせいか、まだちょっとジジイ二名より話が通じそうなのが救いですが、なんかこうちょっとやっぱり浮き世離れしてるっぽい感が少々心配ではあります。頼むからそろそろヤガをまともにしてもらいたいもんです。聖者ってはた迷惑とか言ってる場合じゃないし。

あとこのアニルッダさんのそばにいたティンシャちゃんがなんでそこにいるのかわりと不思議だったんですが、聞けばなんか彼女もあとでなんかあるんだそうです。まあかなりあとになって、ヤガと中原が落ち着いてからのことみたいなので、そんな話がのちのち出てきたらあああの時の話かと思い出してくださると嬉しいです。

カメロンの死は彼の偉大さに比してあまりに悲痛な死であったと思いますが、やはり彼の残した影響は大きく、その影が徐々に動きを見せはじめております。

正篇序盤のパロ奪回戦以来、あまり本篇には大きくかかわってこなかった沿海州ですが、そろそろまた中原へ食指を伸ばしはじめているようです。レムスの妃であるアルミナ姫は正篇のころから私の気にかかっていたひとりです。夫と（本来は人間として生まれるはずだった）息子を失った彼女は、かつての愛らしい姫君ではなくなってしまっていました。

　いつかはレムスと再会し、笑顔と幸福を取り戻してもらいたいと願いますが、いま、マルコとともに復讐の狂気にとらわれている彼女に届くには、どうやら時間がかかりそうです。


へちょっているヴァレリウスはしっかりせい！　と背中をどつきたくなりますが、まあこれは、パロにいる例の人と対決をしっかり済まさないかぎり、おそらく彼にどこまでもついてまわる悩みでありましょうから、しばらくは悩んでいてもらいましょう。

悩む師匠に対して、アッシャはなんかしっかりもんになりましたね。あんまりこう生活の実際的なことに関しては縁のなさそうな師匠ですから、彼女がしっかりするしかなかったのかもしれませんが。まあ宿屋の娘さんだし、生活力はあるんでしょう。


あと、ちと今回ラストで、竜王さんにはしばらく表舞台から退いてもらうようお願いしまして、どっか行ってもらいました。

だいたいこの人（人じゃないが）、いろいろ強力すぎ便利すぎて、なにかするとこの人の差し金に見えたり、別にそうじゃなくてもこの人の介入に見えてきたりしかねないので、中原の人間同士のなんやかんやに集中するには少々邪魔っけ（こら）なのです。「あーほらあれですよ、ラスボスはラストに出るからラスボスなんでございましょ？　大ラスに満を持して降臨するのが最強の敵の醍醐味ってか、見せ場ってもんじゃありません？」と説得したらわりとあっさり退いてくれたんですけど、まあたぶん彼は彼なりになんか考えてはいるんでしょう。

去っていった先で何してるのかは知りませんが、なんかしてるんだとは思います。ヤガにはもうどうやら見切りつけたみたいですし、サイロンでグインにはじき返されたのでもたぶんダメージ受けてるんだろうと思いますから、それの回復かたがたいろいろあるんでしょう。まあ戻ってくるの待ちましょう。長そうだけど。

ただ大ボスが去ったとはいえ中間管理職は残ってる、というより残されてるわけで、わりとフリーダムそうなパロのあの人はともかく（どうせ反逆する気満々だしなあの人）、ヤガにほりだされたままのカン・レイゼンモンロンさん（仮名）は心底気の毒ですわな。まさに中間管理職の悲哀。僻地の現場にほっぽられたまま本社からの連絡断たれて右往左往してる姿は涙を誘います。部下どもはケンカばっかりしとるしのう。ブラン君ともどもあの立場には絶対立ちたくないです。ぶるぶる。

で、最後。ドリアン王子。

この子も私の気にかかる人のひとりでした。いろいろと恵まれたスーティに比べて、腹違いとはいえ兄弟なのに、母親にも呪われ、父親にも疎まれて、まだ赤ちゃんなのに、守ってくれるものもいなくて、カメロンにも死なれて、あまりにも可哀想。

なのでなんとかしてあげたい、というかまあこの情勢ならやっぱりこの幼い王太子にも手を出す奴は出てくるだろう、ということで、彼についてもいろいろ動きはじめるようです。スーティだって、いつまでも守られているだけでは小イシュトヴァーンの名がすたります。おにーちゃんはおとーとをまもってあげなくちゃ。がんばれ男の子！あと琥珀もわりとキャラとして動く気配を見せはじめました。彼女はグイン世界の文明からするとちょっと異質なSF的存在なのですが、そんなところの会話のズレっぷりがトンチキでなかなか書いてて楽しいです。

次巻はたぶん、この巻のラストから直接続くシーンから始まると思います。幼いドリアンに迫る魔の手は。はたまたドライドン騎士団に入り込んだファビアンなる青年の正体は。カメロンの葬礼に佇むマルコの心中は。ヤガに渦巻く魔教の影をはらうことはできるのか。ブラン君の苦労はちょっとでも軽くなるのか。さて。

監修の八巻様、田中様、今回は特にたいへんお手数をおかけいたしまして、申し訳ありませんでした。今後はもっと細かく注意したいと思いますので、どうぞ今後とも、あらためて、よろしくお願いいたします。

編集の阿部様にもたいへんご心配おかけしました。これからしばらくペースをつかむまではまたご迷惑おかけしますが、こちらもまた、よろしくお願いいたします。

それでは百四十三巻、『永訣の波濤』（仮）でお目にかかれますように。

川の名前

川端裕人

カバーイラスト＝スカイエマ

菊野脩、亀丸拓哉、河邑浩童の、小学五年生三人は、自分たちが住む地域を流れる川を、夏休みの自由研究の課題に選んだ。そこにはそれまで三人が知らなかった数々の驚きが隠されていた。ここに、少年たちの川をめぐる冒険が始まった。夏休みの少年たちの行動をとおして、川という身近な自然のすばらしさ、そして人間とのかかわりの大切さを生き生きと描いた感動の傑作長篇。**解説／神林長平**

ハヤカワ文庫

柴田勝家

第2回ハヤカワSFコンテスト大賞受賞作

人生のすべてを記録する生体受像（ビオヴィス）の発明により、死後の世界の概念が否定された未来。ミクロネシアを訪れた文化人類学者ノヴァクは、浜辺で死出の船を作る老人と出会う。この南洋に残る「世界最後の宗教」によれば、人は死ぬと「ニルヤの島」へ行くという――生と死の相克の果てにノヴァクが知る、人類の魂を導く実験とは？　圧巻の民俗学ＳＦ。

ハヤカワ文庫

誤解するカド

ファーストコンタクトSF傑作選

野﨑まど・大森 望編

羽田空港に出現した巨大立方体「カド」。人類はそこから現れた謎の存在に接触を試みるが——アニメ『正解するカド』の脚本を手掛けた野﨑まどと評論家・大森望が精選したファーストコンタクトSFの傑作選をお届けする。筒井康隆が描く異星人との交渉役にされた男の物語、ディックのデビュー短篇、小川一水、野尻抱介が本領を発揮した宇宙SF、円城塔、飛浩隆が料理と意識を組み合わせた傑作など全10篇収録

ハヤカワ文庫

僕が愛したすべての君へ

乙野四方字

人々が少しだけ違う並行世界間で日常的に揺れ動いていることが実証された時代――両親の離婚を経て母親と暮らす高崎暦は、地元の進学校に入学した。勉強一色の雰囲気と元からの不器用さで友人をつくれない暦だが、突然クラスメイトの瀧川和音に声をかけられる。彼女は85番目の世界から移動してきており、そこでの暦と和音は恋人同士だというが……『君を愛したひとりの僕へ』と同時刊行

ハヤカワ文庫

著者略歴　1970年生まれ，作家　著書『アバタールチューナーⅠ～Ⅴ』『〈骨牌使い〉の鏡』『廃都の女王』『豹頭王の来訪』『風雲のヤガ』（以上早川書房刊）『はじまりの骨の物語』『ゴールドベルク変奏曲』など。

HM=Hayakawa Mystery
SF=Science Fiction
JA=Japanese Author
NV=Novel
NF=Nonfiction
FT=Fantasy

グイン・サーガ⑭
翔けゆく風

〈JA1313〉

二〇一八年一月二十日　印刷
二〇一八年一月二十五日　発行
（定価はカバーに表示してあります）

著者　五代ゆう
監修者　天狼プロダクション
発行者　早川浩
発行所　株式会社早川書房
郵便番号　一〇一 - 〇〇四六
東京都千代田区神田多町二ノ二
電話　〇三 - 三二五二 - 三一一一（大代表）
振替　〇〇一六〇 - 三 - 四七七九九
http://www.hayakawa-online.co.jp
乱丁・落丁本は小社制作部宛お送り下さい。
送料小社負担にてお取りかえいたします。

印刷・株式会社亨有堂印刷所　製本・大口製本印刷株式会社

Printed and bound in Japan
ISBN978-4-15-031313-5 C0193